ISEKAI NO SUMIKKO DE
KAITEKI MONODUKURI SEIKATSU
異世界の
すみっこで快適
ものづくり生活
～女神さまの
くれた工房は
ちょっとやりすぎ
性能だった～
長田信織
ILLUST. 東上文

ムスビ
シルキーモスという精霊獣。
魔法で布を織る。
ウカタマ
リドルズという精霊獣。
穴掘りが得意。
チグサ
ソウジロウより前に
異世界転生してきた（元）女子高生。
最強クラスの闇魔法の
使い手だが……。
ソウジロウ
異世界の森に転生した元社畜。
女神さまからもらった
神器〈クラフトギア〉で、
念願のスローライフを満喫することに。

ミスティア
神樹の森に暮らす美少女ハイエルフ。
明るく人懐っこい性格で、
異世界に不慣れなソウジロウを
サポートする。
マツカゼ
ミスティアの相棒。
子犬のようだが、実は狼。
サイネリア
ソウジロウの祠に住み着いた妖精。
高貴で気ままな存在。

「やった。完成！」
ポンプに呼び水を入れてから、
ハンドルを押す。
一日仕事にはなったけど、
その甲斐はあったと思う。
綺麗で透明な水が井戸から
ドバドバと流れ出てくる様子に、
俺と千種は喝采を上げた。
「おおー……お水だ……」

ISEKAI NO SUMIKKO DE KAITEKI MONODUKURI SEIKATSU

異世界のすみっこで快適ものづくり生活

～女神さまのくれた工房はちょっとやりすぎ性能だった～

長田信織

ILLUST. 東上文

第一話　女神様はかく語りき

森を見て、分かることがある。

「田舎ってレベルじゃない……」

樹冠の間から見える空からすれば、昼を少し過ぎた頃合い。にもかかわらず、薄暗さすら感じるほど鬱蒼《うっそう》とした森の中である。

木の乱立した様子には植樹された様子もなく、高い位置で陽を遮る木々の樹冠――枝葉が集まって作る緑の層――は、分厚い。樹海、と言われても納得できるほど。

一言で言うなら、手つかずの森の中だ。

ゆるキャンくらいを考えてたのに、これじゃガチキャン……いや、サバキャン（サバイバルキャンプ）だろう。

俺の異世界、ナイフ一本で森スタート。

大丈夫だろうか？

田舎育ちで山に籠一つで放り出されたこととかはあるから、大丈夫って言っちゃったんだが……。

いや、

「慌てるな。俺は、メシが食いたいだけなんだ……」

なぜ俺が異世界の樹海にぽつんと一人で立っているのか。それには、現代日本での前世が関わっている。

俺の名前は桧室総次郎《ひむろそうじろう》。地方から就職を機に上京した、ごくありきたりな地方民だった。

しかし就職先の仕事はつらくて大変で、しかも安月給だった。いずれ良くなる――そう思い続けて、十数年以上が経《た》っていた。

倒産したり、体を壊したり、いろいろな理由で転職をくり返した。三十五歳、体はぼろぼろ。平社員のまま、働き詰め・休日出勤・残業続きな会社ばかりだった。

その日も、ド深夜に帰宅中だった。半分無意識で歩いていた俺は、自分に向けて突っ込んできたトラックに、衝突するまで気づけなかった。

痛みを覚悟したのだが、それは一向に訪れず、むしろわずかに心地好《ここちよ》いような、なにか夢うつつな朦朧《もうろう》とした意識だけがあった。

「聞こえる～？　大丈夫だからね～」

そんな声が意識に届く。

耳を震わせるものではなく、頭の中に直接届くような、夢の中で聞くようなメッセージめいたもの。ただ、なんとなくその声は女性のもの――おっとりした淑女のものに思えた。

「落ち着いて聞いてね～？　あなたの肉体は、壊れちゃったの。だからね、死んでしまったの」

「……人は、死んだら消えると思ってた」

「消えてないわね〜、うふふ」

答えを返せる自分は、妙に落ち着いていた。なんだかさっき言われた『落ち着いてね』が効いている気がする。

命令されたから——というよりも、その言葉が心に真《ま》っ直《す》ぐ染み込んでくるような、柔らかく温かな意志が、そのメッセージに込められていたからだ。

「あなたはね、わたしの神像を綺麗《きれい》にしてくれたことがあったでしょう？　その時に、わたしと縁ができたのよ〜。だから、こうして魂をえいって引っ張ってあげたの」

「えっ、覚えが無い……」

「ほら〜、あの時よ〜」

ふっと、意識の中に謎の石像を磨く自分の姿が思い浮かぶ。

あれは確か……どこかの山を登ってる時に見つけた、謎の祠《ほこら》の石像。前日の雨で祠から落ちてたっぽいから、拾って拭いて祠に戻しておいたやつ。

「神像……ってことは、神様、ということですか？」

思わず営業用の敬語が出る。

「うふふ〜、あのね、わたしは女神をしてるわ。だけど、そんなに肩肘を張らなくて大丈夫よ〜」

「えっと……では、少しだけ楽にさせていただき——楽にします」

「は〜い、良い子、良い子〜」

言葉一つ一つに逆らえない、というより抗《あらが》う気持ちが溶かされるのは、神特有の権能なのか、それともやたらに柔らかい声音のせいか。

「あのね、あなたはとっても良い子だから、可哀想《かわいそう》なままじゃだめって思ったのよ～。でもそっちの世界では、わたしはあなたにできることって、無さそうだったの。だからね、そっちの世界で死んでしまうのは、どうしようもなかったわ」

どうやら、ブラック勤めの俺に同情してくれたけど、干渉できなかったようだ。女神様でも、できることに制約があったりするんだろうか。

なら……俺がああして死んでしまったのは、そういう世界だった、ということか。

三十五年。短い、と思ってしまうが、心身を壊して死にたいと思った時期も明確にあった人生だった。戻りたいか、と言われると悩む程度と考えれば、なんとも微妙だ。

「でもね～、良《い》いことを思いついたのよ。そのまま別の世界で新しい時間を過ごしてもらいます、って、ひらめいたの」

「えーっと、つまり……『つよくてニューゲーム』ですか？」

「そうよ～」

肯定されてしまった。

まさか趣味のソロキャンが、女神との縁を作ってくれるなんて。

田舎育ちだから野山で寝泊まりするハードルは低くて、アニメをきっかけにして始めたソロキャンだった。会社から遠く離れられるので続けていた。

そのおかげでつよくてニューゲームができるとは、思ってもいなかったが……。

「別の世界で、新しい時間を……」

「ええ、そうよ～。あのね、送り出せる世界はいくつかあるけど、どんなことがしたいかしら？ わたしも、できるだけ応援してあげますからね。あなたが学んだことは、みんなあちらの世界でも同等に扱えるようにしたり、ね」

自分のしたいこと。

ずっと働き詰めで、将来のことを棚上げしながら生きてきた。そうしないとつらすぎるからだ。だから、そんなふうに言われても、具体的な夢や希望を掲げてそれに全力！　――とは、なれそうにない。

「……ゆっくり暮らしたい。味がしないメシはもう、嫌だ」

ポロリと漏らした望みは、そんなものだった。

寝るだけの部屋とすし詰めの電車、常に監視されてあら探しされる会社。

三〇分ごとの定時報告。残業。罵声。

自分がなに食ってるのかも分からない、あの生活。

「そこらで買った味がしない食べ物を、なに食べてるのかも思い出せないまま詰め込んでいくのは、したくない……」

あれはもう、嫌だ。

「田舎で昔食ってた素材の味を、思い出しながらやってたキャンプ飯だけが……味のある食べ物だった……」

ソロキャンでブッシュクラフトしたり、焚《た》き火《び》の音を聞きながらうつらうつらしてる時が、静かで心地好かった。

だから、

「あんまり栄えてなくて、美味《おい》しい動物がいるところがいい。そこで、職人とか……ものづくりを、したい」

都合の良すぎる望みだと思った。しかし、女神様は穏やかに微笑《ほほえ》んだ（ような気がする）。


「ものづくりなら、わたしに出会えて大正解よ～。……やっぱり、運命だったのね」

ふっ、と、小ぶりのナイフを認識する。

「わたしのかわいい子から贈られた神器《じんぎ》があるの。〈クラフトギア《工房道具》〉よ。これを、あなたにあげるわ」

「工房……？」

「ええ、そうなの。二つの力があるのよ。一つは、工具。どんな工具も、思い描けばその形になってくれるわ。二つ目は、物を固定する力。たとえば～、板を切りたい時に、その場で固定しておけると、便利でしょう。だから、なんでも固定できるようにしたんですって」

「それは……普通に便利そうな」

神様の力として地味かもしれないけど、ゆっくりものづくりして暮らすならちょうど良さそうだ。

「ありがとうございます」

なくさないようにしないと。

そんなことを考えてる俺の意識の中に、とぷんとナイフが沈んでくるような感覚がある。痛くはない。ただ、なにか体の中に入ってきた温かいものと溶け合うような、そんな感覚だ。

「うふふ、大事に使ってね。あなたの肉体に仕舞っておくから、使いたいときに喚《よ》びだすといいわ。仕舞いたい時は、えいってやれば、手元に戻ってきますからね」

思ったよりセキュリティがすごい。

「それと～、固定する物は時空ごと固定してしまうから、切りたい場所を固定してしまうと、切れないらしいの。作った子がせっかちさんで、時空を固定すれば一瞬で固まるし剝がれないからって。ごめんなさいね、変な子で～」

「なんですって？」

接着剤扱いしていいのかなそれ。

「でもね、固定する力と工具があれば、一振りでも〝工房〟になるから、便利なのは本当よ。許してくれる？」

「いやその、うん、はい、大丈夫です。ありがとうございます」

なんだか焦ってるような雰囲気を女神から感じて、慌てて問題無しということにする。

「お礼が言えてえらいわ～」

撫《な》でられている。そんな感じがする。感じがするだけで、肉体を相変わらず認識できないんだが。

「それじゃあ、今からあなたを異世界へ送ってあげるわね。人の目が気にならない場所よね、ちゃあんと考えてあるから、安心して任せてね」

「あ、はい、お任せします……」

俺はもはや成り行き任せになっていた。もとより死んだ身で、今も自分の肉体という実体が曖昧だ。それがこの女神様の力によるものなら、もはや信頼して任せるしかない。

それに、なんだか優しさと柔らかくも強い意志を感じる存在に、自分の命を託して悪いことにはならないと理屈抜きで信じつつある。直感だけど。

「わたしは神祖《しんそ》の母なる女神・アナ。わたしがあなたを、異世界に産み落とします。その魂に、わたしから祝福を。肉体に、我が子の神器を授けてあげますね。両方とも、あなたの力と幸福を助けてくれるでしょう。……どうか、幸ある生を送ってね」

すうっと、意識の輪郭がぼやける。異世界に送り込まれつつあるのだろう。

「ありがとう……女神様」

「うふふ、良い子ね〜。……わたしに残された最後の力だったから、あなたに使ってあげられて、わたしも嬉《うれ》しかったわ」

え？

と、訝《いぶか》しむことが、できたかどうか。

俺の意識は、完全に溶けて散って、落ちた。――女神様の言葉を借りるなら、産まれ落ちた。

異世界へ。

第二話　ひとり工房

細かいところまではよく思い出せないけど、女神様の計らいで異世界の森にいる。

そのはずだ。

立って自分の体を見下ろしてみると、それは納得した。

「スーツじゃない……」

俺が着ていたのは、ヨレヨレになった吊《つる》しのスーツ。今は違う物になっていた。

見覚えの無い、分厚いだけで飾り気の無い麻布の服になっている。靴もビジネスシューズではなく、動物の革で作られたブーツのようなもの。

真新しいので綺麗に見えるが、汚れれば洋画のファンタジードラマの人みたいになるんじゃないだろうか。

そして、周囲に広がる手つかずの森。

「異世界に来た、よし。まあそこまではよし、として……体が軽いな」

年中ずっと付き合っていた体の不調が、綺麗さっぱり消えている。

肩こり、頭痛、寝不足や疲れなどの倦怠《けんたい》感。ストレスから来る胃の不快感。その他もろもろ。

全部が無くなってるうえ、軽くその場で屈伸なんかしてみると、するっすると全身が爽快なほど機敏に動く。

「幸ある生を、って言われたけど、わりとこれだけでも十分幸せ感じる……」

健康体にしてくれてありがとう、女神様。

それとも、肉体には神器を授けるって言ってたから、これはその効果なんだろうか。

そうだ、神器。

それを意識すると、その銘《な》は自然と思い浮かんだ。

「〈クラフトギア〉」

金色の光がどこからともなく収束し、まるで最初からその手に握られていたかのような自然さで、ナイフが右手の中に収まっていた。

思い描いたとおりの、サバイバルナイフだ。昔はよく爺《じい》さんに借りて使っていた。

ナイフが工具？　と思われるかもしれないが、工芸に手芸、ブッシュクラフトと、あらゆる場面でナイフは生活必需品だ。

工具と言われても俺は納得する。

適度に軽く、適度に重い。綺麗な刃は必要十分な鋭さと厚みを備えていて、柄《つか》は手に吸いついてくるようだ。百均《ひゃっきん》で売っているような安物とは、まったく違う。

念じると、ナイフは重みを失って光と散った。しかし、その存在は確かに俺の手の中——肉体の中に、感じられた。

体に宿す、と言われていたとおりだ。得物《えもの》がどこかに消えたり現れたりする、子どもの頃に見た仮面ライダーみたいで、ちょっと心が浮き立つ。

「ここまではいいとして……」

　問題は、場所だった。

　あんまり栄えてない場所というのは、言った。言ったけども、

「未開拓の森の真《ま》っ只中《ただなか》、っていうのは、ちょっとハードル高いなー」

　人の手が入っていない大自然。

　俺の趣味は、ソロキャンでゆるキャンである。ナイフ一本だけを頼りに森に突っ込まれるのは、サバキャン（サバイバルキャンプ）スタイルじゃあないかな。

　持ち物は今チェックしたとおりである。服とナイフ。以上。テントどころか、マッチの一本すら持っていない。

　もう少しキャンプギアをくれ。

「ま、言ってても始まらないな」

　あえて口に出した。大自然に放り込まれて、逆に冷静になるのは田舎育ちのクセみたいなものだ。たとえば山の中で、道を外れて迷っていることに気づいた時、動転して右往左往すると逆に危ない。慌てず騒がず、現状把握と自分のできることを考える。

　サバイバルの基本だった。

「できることか……いろいろ、ファンタジーなこと言われたんだよな。神器が変形するとか、遠く

に置いても戻ってくるとか」

試してみよう。

俺はナイフに念じてみる。

「〈クラフトギア〉」

すると、思い描いたとおり手の中に手斧《ておの》が出現した。

「おおっ」

すごい。感心してしまう。

ちょっとわくわくしてきた。

次は遠くにやってみよう。

「人気《ひとけ》の無い森の中。手には斧《おの》。とくれば、キャンプではできないやつ……」

斧を振りかぶって、手近なところにある木に狙いをつける。

「投げ斧！」

投げた。

——瞬間、木の根元は粉々になった。

「え？」

目を疑ったが、起きた事実は変わらない。

直径一メートルはある太い樹木が、たかが手斧を投げつけただけで一撃で粉砕されたのだ。

「嘘《うそ》だろ——!?」

叫ぶ俺の頭上に、巨大な樹木が落ちてきた。根元を砕かれた巨木が、因果応報とばかりに頭の上に落ちてくる。

……初日で死か!?

「ま、待て――!!」

思わず叫んで手を突き出す俺に、無慈悲に巨木の超重量が叩《たた》きつけられた。

目の前いっぱいを硬く重い樹《き》の幹が占領する。俺はそれを見上げたまま、歯を食いしばった。

まるでスローモーションのように、落ちてくる巨木の動きが止まって見える。

……これが走馬灯……!

「………………………あれ？」

走馬灯っぽくなかった。

止まって見えるほど遅い、というより、

「止まってるなこれ」

俺は歩いて倒れる木の横に回れた。

横から見ると、倒れる途中の木が空中でぴたりと落下運動を止めている。

ニュートン力学への裏切りである。

そこはちょうど、俺の手が触れた高さだ。

心当たりは、一つある。

「〈クラフトギア〉……接着剤のかわりに時空を止める、って言われたけれども」

つい口に出しつつ落ちてた枝を拾って、宙に浮く木にくっつけてみる。枝木は一瞬でくっついた。

たしかに、接着にも使えるらしい。

「……解除しろ〈クラフトギア〉」

念じて手をかざせば、浮いていた樹木は地面に落ちた。

「……物と物の接着面でも、物体と空間でも『固定』できるのか」

俺は投げた手斧の方に振り返る。

木の根っこ近くを狙って投げられた手斧は、樹木を貫いてそのまま地面に着弾し、小さなクレーターを作っていた。

俺は自分にできることを確認して、うなずいた。

「よし、よく分かった。取り扱い注意だなこれ」


気を取り直して、作業にかかろう。

その辺に落ちていた太めの枝を拾って、軽く叩く。叩いた音で枝の中が腐ってたり食われてたりしないか確認した。いい感じだった。

まずは杖《つえ》を作る。

杖は不整地を歩くのにいろいろと便利だ。

転ばぬ先の杖、というのは言わずもがな。センサーとしての役目もある。たとえば、大きめの倒木を跨《また》いで行くとき、その下に蛇がいないかつついてチェックもできる。

「さて」

落ちていた枝は、一握りくらいの太さがあって、俺の身長より長い。まずは半分くらいのところでへし折るため、〈クラフトギア〉のナイフを手にした枝に振り下ろす。

キン、と硬質な音を立てて、枝は真っ二つになった。

「……取り扱い注意」

ありえない切れ味だった。

豆腐を切ったようにスパッと、抵抗も無く、サバイバルナイフの一振りで枝が縦ではなく横に切れた。

切られた断面は毛羽立つことすらなく、鏡のように綺麗な切断面を見せている。

もう今からは驚かない。落ち着いて注意深くナイフを握り直して、枝を杖に加工する。

いちおう、ブッシュクラフトの経験はある。あるが、俺の手はその経験でも記憶に無いほど素早く正確に、手にした枝を杖に変えた。

「これは俺由来の技術じゃないな……」

五分とかからずできあがった杖を見つめて、俺はもう笑うしかない。

異次元の切れ味と、熟練職人よりも的確で素早い匠《たくみ》の技。

どちらもおそらく〈クラフトギア〉の力だ。

杖の長さは一メートルちょっと。歩くのに使う杖の長さは、これくらいがちょうど良い。

ふと、思いついて別の枝で持ち手《ハンドル》を作った。ここでもやっぱり、握りやすい持ち手の部品が一発でできあがる。神様の力まじですごい。

「あとは〈クラフトギア〉で『固定』すれば、と」

杖と持ち手をくっつけて、念じてみる。

まるで最初から一体化してたように、持ち手はぴったりと杖にくっついたまま離れなかった。

できあがったのは、I字型のトレッキングポールだ。

軽く振り回しても、木や岩に叩きつけても離れない。

それどころか、岩に叩きつけたのに持ち手は傷一つついていない。〈クラフトギア〉で固定すると、時空を固定される。それはつまり、どんなものも物理的に干渉できなくなるということだ。

……接着剤がわりにやることじゃないな。

接着面だけ『固定』するように努めないと。

板とか切るときは、全体を『固定』しては切れなくなるだろう。切らない部分を固定して作業をしないといけないな。

「で、解除もできる、と」

固定した時と同じく、解除しろと念じるだけで、あれほど強固にくっついていた持ち手はぽろりと落ちた。

接合面を見ても、何も破損は無い。もう一度『固定』する。またも、簡単にくっついた。

すさまじい切れ味のナイフに、あらゆる工具。釘《くぎ》を打つことも紐《ひも》で縛る必要も無い、絶対に剥がれない接着剤。着けるも外すも自由で、壊さなくても解体できる。

たしかに、これならなんでも作れそうだ。一振りで工房を名乗るに相応《ふさわ》しい力がある。

「これが〈クラフトギア〉か……。サバイバルも、なんとかなりそうだ」

作った杖を手にして、俺は歩き出した。


探索開始だ。

つい〈クラフトギア〉の便利さに感動してたけど、忘れてはいけない。いまは森に一人で放り出されて、サバキャン（強制）中だ。

探すものは、決まっている。

「まずは、水が無いと死んじゃうからなー」

人間は水が無いと三日で死ぬ。死なないだけであって、一日だけでも水が飲めないと、脱水症状を起こして不調になって、頭が働かなくなる。

水はさっさと確保するに限る。

遭難してたら歩き回るのは危険だが、ここは異世界。救助隊なんて来る予定は無い。だったら、探索するしかあるまい。

まあ、超ド田舎の山の中で一夜を明かしたことはある。なんとかなるだろう。

「女神様が送ってくれた世界と人生だ。きっと、前向きに動けばどうにかなるだろ」

森の中に放り込まれたというのに、俺の足取りはここ数年で覚えが無いほど軽やかで、気持ちも穏やかなものだった。

〈クラフトギア〉でこれだけファンタジーな力を体験して、異世界に来たのを実感できたからだ。

文明の利器はもうなに一つ無い。

蛇口をひねるだけで安全な水が出てくることはなくなった。

しかし――泥のように崩れ落ちそうな体を引きずって会社に向かうことも、もう無くなったのだ。

俺は自由だ。そして、

「腹が減った……。この健康的な感覚、ほんと久しぶりだな……」

食料を探す必要がある。がんばろう。

第三話　川での出会い

水場はあっさり見つかった。水音を聞きつけてそちらに足を向けると、本当にあっさりと。

川だ。

それなりに大きな川だった。幅は十メートルほど。流れはそんなに速くない。しかし、川の真ん中あたりの深さは腰まではありそうだ。

「気を付けないとな」

水が見つかったのは良いことだ。しかも、水たまりではなく流れる清流。透き通っていて、そのままでも飲めそうなほどだ。

でも飲まない。生水は危険。喉が渇きを覚えるより先に見つかったので、飲むのは後回しだ。

「よし、川の場所は分かった」

川が見つかったので、一番の懸念は解決した。次に取りかかる。

シェルターだ。

厚手の服を着ていて、歩くとちょっと暑い。ということは、まだ春先くらいの気温。森の夜はけっこう冷えるので、体温を守るために寝床を作った方が良い。

森に戻る。川辺は寒いからちょっと離れておく。

平らでシェルターを置きやすそうな場所を見つけたら、そこに材料を集める。枝を拾い集めて草や蔦《つた》、樹皮などで縛り、三角形の骨組みにするのが定番だ。A字型の、いわゆるトラス構造に。

　この時に最も大変な工程が、縛って固定するというところだが、

「〈クラフトギア〉」

　〈クラフトギア〉の力でそこをスルーできる。

　骨組みを作ったあと、拾ってきた枝をどんどん立てかけて壁にする。これも『固定』してしまえば、がっちりと自立した。

　あとは枯れ草とか葉っぱを立てかけた枝の上に積んで、雨風をしのげるようにする。

　地面に直接寝ると無限に体温を吸い取られるので、床を作る。自分が寝そべられるように太い枝を敷いて、その上に葉や草を敷き詰める。柔らかい苔《こけ》があると、もっと良い。あった。

　それで、シェルターが完成。

　なのだが、

「〈クラフトギア〉が偉大すぎるな……」

　森の中は本当に手つかずで、落ちている枝は無数にある。ただ、その太さや長さはとても不揃《ふぞろ》いで、折ったり切ったりしないとシェルターの材料としても不向きだ。

　それらを加工して作るのが、ブッシュクラフトのシェルターというやつである。小さなナイフ一本だと、けっこう手間のかかる作業だ。

　しかし、数時間くらい覚悟してた作業が、一時間ほどで終わった。なんだこれ。

　おまけに、歩き続けてから休み無しで素材を集めて作業をしたのに、自分の体はまだまだ息切れ

一つ起こさない。

「うーん、本当に元気な体だ」

もしかして、シェルターとか無しでも体力だけで夜の寒さに対抗できるのでは？　そう思えるほどである。

まあでも、快適にすることは損しない。元気な時はいいけど、弱った時にあると無いとではだいぶ違うし。


さて、次をやろう。

「む？」

じゃっ、と葉を蹴る音がほんの微《かす》かに聞こえた気がして、俺は杖を持って振り返った。野生動物の気配である。

振り返った先にいたのは——非常識にも、角《つの》の生えたウサギだった。

「……うわあ、異世界」

どんな動物園でも絶対に見かけない生き物がそこに現れて、一気に認めざるを得なくなった。異世界だわ、ここ。

ウサギはかなりデカい。もちろん、ウサギにしては、という意味で。中型犬より大きいウサギは、相当大きいだろう。

……危ないやつじゃないだろうな？

赤く大きな瞳が、俺と視線を合わせて見開かれた。

次の瞬間、ウサギの姿が急激に大きくなる。――突撃してきたのだ。

「ッ！」

ドガァッ！　と、音を立てて、ウサギの角が凄《すさ》まじい威力で突き刺さった。

「〈クラフトギア〉――角を『固定』してしまえば、それ以上は刺さらないし、抜くこともできない」

手にした杖の中ほどに角を刺したまま、ジタバタと暴れるウサギがいる。

突っ込んできたウサギの角を手にした杖で防ぎ、角が杖に刺さった瞬間に杖と角を『固定』したのだ。

こうなってしまえば、ただ宙吊《ちゅうづ》りのウサギである。俺に襲いかかってくるとは、ウサギの外ヅラをしてるくせに肉食だったらしい。

しかし、

「田舎育ちを舐《な》めるなよ。山で遭う動物は大小関係無く、ほぼ全部が人間と敵対するからな」

初めて見る野生動物は、まず警戒して対峙《たいじ》するのが田舎の人間だ。

シカ・カラス・キツネ・アナグマ・タヌキ・ハクビシン・サル――超ド田舎の暮らしを経験した者にとって、それは危険生物の名前である。

人間より動物の方が数が多い場所では、それが小動物でも、手にした食べ物を奪うために飛びかかってくることはよくある。

ここまでアグレッシブに人間へ突進してくるのは、滅多にいないが。

落ち着いて杖を構えられたのは、その動きが見えてたし、思考に対応する体が素早かったおかげだ。

昔、イノシシに突進された時は、後ろに下がるのが精いっぱいだった。

「女神様のおかげかな……」

加護がなんとか言ってたので、そのおかげかと感謝する。そして、俺はもう一つ、感謝を付け足すのだった。

「今日のご飯もありがとう、女神様」

ウサギ肉《にく》が悲痛な声で鳴いた。はっはっは、人を襲うほどの害獣がどんな声で鳴いても、俺は全然平気で捌《さば》くぞ。


サバキャンで最もシンプルな問題は、空腹である。

なにをどうすれば食べ物にありつけるのか？　これがなかなか難しい。

動物を一匹狩れれば、その問題はかなり大きく改善できる。ウサギの一匹でも、人間の腹を満たすには十分な量があるからだ。

ただ、

「ウサギって脂肪が無さすぎるから、ウサギだけ食べてても、飢えて死ぬんだよな」

ウサギ飢餓、という症状だ。食べてるのに栄養失調で死ぬ。怖い怖い。

でも開いてみると、異世界のウサギには脂肪がついていた。ありがたい。まあ俺を襲ってきたあたり肉食か雑食だから、普通のウサギとは違うか。角もあるし。

……ウサギじゃないのでは？

思い浮かんだ疑問は、ひとまず置いておくことにした。

四本足の動物の捌き方は、だいたい一緒だ。血を抜いて、内臓を取って、肉を冷まして、皮を剝いで、部位ごとに分割する。

運良く生け捕りができたので、血抜きは充分にできる。

「〈クラフトギア〉なら、宙吊りも余裕だな」

川まで持ってきたウサギを、空中に『固定』した枝に後ろ脚をくっつけて逆《さか》さ吊《づ》りにする。なにもない中空に、ゲームのバグみたいに浮いていた。

かなりシュールな光景だ。

「いただきます」

手を合わせて血抜きし、内臓を抜いて、ウサギを川に沈めておく。仕留めたばかりの動物の肉は、生温かくて傷みやすい。すぐに冷ますことで、傷むのを防ぐ。

ちなみに緊急時でないなら、野生動物を素手で触るのはやめた方がいい。マダニがついていて嚙《か》まれたら、最悪だと伝染病で死ぬ。川に浸《つ》けておくのは、汚れやダニの洗浄もかねている。

さて、川に沈めたら、内臓を観察してみる。

生木の樹皮に切れ目を入れて剝ぎ取り、粗皮を削り落として薄くしたら、水で柔らかくしつつ折り畳み、両端を固定する。それだけで、樹皮は四角いタッパー容器みたいな形にできる。樹皮の鍋だ。

〈クラフトギア〉のナイフと技と接着固定があれば、大きな樹皮容器もすぐに作れた。

樹皮の容器に内臓を落とし入れて、とりあえず胃から下を切り取って別の容器に移す。残ったのは肝臓・腎臓・心臓・肺、と。だいたい見たことあるウサギの中身と変わらない。

「毒袋とか、無いよな？　心臓がちょっと変な形してるくらいか」

内臓を食べたいわけじゃない。角が生えてるし、いちおう用心のために内臓を観察してただけだ。

と、その時。

「む」

またも動物の気配がした。

内臓を見ていたせいで、血の臭《にお》いに惹《ひ》きつけられてしまったのかもしれない。

ちょっと穴が開いた杖を構えつつ、振り向く。

そこにいたのは、

「……子犬？」

つぶらな瞳を持った灰色の子犬だった。

殺気立った様子も無く、じっとこちらを見つめている。

「犬かー」

犬はわりと好きだ。

野犬はもちろん怖い動物だが、犬は見慣れているぶん、襲ってくるかどうかは顔で分かりやすい。もちろん、でかい犬は用心してないと、いきなりスイッチが入って〝遊ぶ〟つもりでヤバいことにもなるけど。

昔、猟師のおじさんが飼っていた猟犬を思い出す。人なつっこくて、パワフルな日本犬だった。人を噛んだりしないように、あえて人好きなように躾《しつ》けていたらしい。親犬も人が好きで、会うと歓迎してくれた。

上京後、犬を飼う余裕なんて無かったが、ネットで見かける犬のバズネタには、つい指を伸ばしてしまったものだ。

俺は構えていた杖を下ろして、子犬を眺める。

「親が襲ってこないといいけど」

子犬はどうにでもなるけど、子犬の親が怒って襲ってきたら困る。

困るだけで、怖くはない。〈クラフトギア〉で固定して逃げればいい。

野犬に襲われるくらいなら平気なあたり、神器のありがたみがすごい。

子犬は俺をじっと見てくる。可愛《かわい》い奴だ。

「腹が、減ってるのか？」

自分より大きい相手に見つかったのに、逃げも隠れもしない子犬。声を出しても、逃げたり警戒したりしてくれない。

　これはこれで困る。どうしたもんか。

　ウサギ肉の臭いに釣られて来たなら、空腹なんだろうか。

「これなら食っていいぞ」

　樹皮の容器ごと、内臓を子犬に向けて投げた。

　子犬は近くに落ちた容器にビクッと後ずさったが、興味を引かれたようで内臓に寄っていく。

　そして、前脚を容器に踏み入れて、鼻先を突っ込んでいった。チャッチャッチャ、となにかを食べる音を立てている。正解だったらしい。

　ここからだと食べてるところは見えないが、可愛いもんだ。

　などと思っていたら。

　ゴリリッ！　ボリィッ！　と、なにか骨を噛《か》み砕《くだ》くような音がした。

「骨は入れてないはずだけど……」

　首を傾《かし》げていると、子犬がむくりと顔を上げた。ちょっと血の付いた口元にぺろりと舌を垂らしてこちらを見て、一声鳴いた。

　そして、森の中に走り去っていく。

「もう来るなよー」

　とか言いつつも、また来た時に同じ事をしない自信が無い。

いや、分かってる。野生動物への餌付けは良くない。これがシカなら、俺は一も二もなく仕留めて肉にしてる。

けど、どうせ周辺に人がいる気配も無いし、ここには俺しかいない。

女神様は『人の目を気にしなくていい場所』として、異世界のここに送ってくれたんだ。だったら、ちょっと地球の常識を外しても——つまり、羽目を外してもいいはずだ。

そんな小市民的なことを考えつつ、容器を回収した。

「……あいつ、心臓だけ食ってる」

いちばん美味《うま》いとこだけ食べて帰ったのか？　なかなか小生意気な子犬である。でも許そう。

そんな、ほっこりとした心持ちでいた直後のことだった。

唐突に、自分以外の人の声が轟《とどろ》いた。

「ぁあああああ——————!?」

完全に予想外だった。

なぜならここは手つかずの森で、人目は気にしなくていい場所のはずで、そんなところで若い女性の叫び声が耳に叩きつけられるとは、夢にも思っていなかった。

しかも、その声は樹上から降ってきていた。

驚きながらも上を振り仰ぐと、そこには、

「た、食べちゃった、の……？」

凄まじく綺麗な女性が、目を潤ませながら俺を見下ろしていた。

「な、ん………？」

想像したこともない不可思議な光景に、少し思考停止してしまった。

人形のように整った顔立ちをした、人の域から片足くらいは外れてそうな美女だった。色素の薄い髪を後ろで結い上げていて、その毛先が森の陽射《ひざ》しを孕《はら》んで揺れるだけで王冠のように眩《まぶ》しく輝く。

珠《たま》のような白い肌と長い手足は、枝の上で危なげもなく振る舞うバイタリティに満ちていて、素晴らしいプロポーションに力強ささえ感じてしまう。

生命を与えられた宝石のように煌《きら》めくその瞳が、俺を見ながら少し揺れていた。

そんな美女が、普通よりも——というか、普通ではちょっと無理な長さの、耳を持っていた。

昔、映画で見た。

「エルフ」

思わず、口の中で見たままの感想が口から出ていた。

「ねえ、貴方《あなた》！」

「……俺？」

反応が遅れた俺に、またも声が投げられた。己の顎を指差しつつ応えると、美女が力いっぱいうなずいて、声を張り上げた。

「唐突だけど、ごめんなさい！　このあたりで小さいわんちゃん見なかった？　……食べちゃった？」

「食べ……？　ああ、違うよこれは」

俺のそばにある容器には、動物の内臓。

エルフを見上げつつ、俺は答えた。

「食べてない。その犬なら、さっき向こうに行ったよ」

「そうなんだ、良かったぁー！　完全に疑ってました、ごめんなさい！　それじゃ、私あの子を追いかけないとだから！」

「ああ、頑張って」

「ありがとう！」

答えるなり、エルフは空を飛ぶように素早く、木々の枝上を駆けていった。

その姿を呆然《ぼうぜん》と見送ってから、俺は独《ひと》り言《ご》ちる。

「異世界、だからなあ……」

これ言うの何回目だろうか。

第四話　夜も暖かい

サバイバルに必須のもの。

服、ある。水、ある。寝床、ある。食料、ある。

最後の一つは、火だ。

弓切り式の火起こし機を作った。

しならせた枝の両端に、樹皮を細く裂いてよじって作った紐をつけて、弓のような形にする。

燃えやすそうな乾いた板に、これまた乾燥した枝木の棒を立てて上から石を置いて押さえ、棒に弓の糸を巻き付けて、左右に振る。

ドリルのように回転する棒が板と摩擦を起こし、木材同士が擦れて生まれる木屑《きくず》と摩擦熱によって火を点《つ》ける道具だ。

手で挟んだ棒を回転させて擦る着火方法は、誰でも知ってると思う。それを道具でやりやすくしてるだけである。

……そういえば『キャスト・アウェイ』で、トム・ハンクスが血まみれになりながら火起こししてたなー。

素人が木を擦り合わせて火を点けるのは、難しい。時間をかけて頑張ればできる、とも限らない。

頑張るところが違うからだ。

擦るのを頑張るのではなく、素材の見極めを頑張らないといけない。燃えそうな枝と薪《たきぎ》を拾って、燃えそうな火口《ほくち》を集めておく。そうすれば、あとはちょっと形を整えるだけで、数分擦るだけで火は点く。

乾燥した素材の見極めと、加工。それがまず大事。

簡単なポイントとしては、だいたい針葉樹の方が燃えやすいので、葉っぱの細い木の周りで薪を拾うと着火しやすい。

〈クラフトギア〉があれば加工は簡単かつ最上級品。初めての摩擦式火起こしだったが、大して手間取ることもなかった。

火口を探すのが面倒だったから、運良く見つけた樹脂の詰まってそうな枝を切り取って、〈クラフトギア〉の刃で木屑と超極細のフェザースティックを作った。

樹脂、というものは名前に〝脂〟がついているとおり、とても燃えやすい。一発で燃えた。

ちなみに落ちてる薪をナイフの背で叩いてみて、甲高い音がする部分が樹脂材だ。これを探すのも、宝探しみたいでちょっと楽しい。

「よし、全部揃《そろ》ったな」

水、食料、そして焚き火。

俺の拠点には、サバイバルに必須なものが全部揃っていた。

ここからは、使ったエネルギーを補充するターンに入ろう。

まずは水の煮沸。

樹皮で作った鍋に水を入れて、火にかける。

水を入れた容器は、薄くて摂氏一〇〇度で溶けない素材なら、なんでも鍋にできる。なんなら紙や葉っぱでもいい。

樹皮は天然のセルロース《C》ファイバー《F》素材だ。そのへんの木から剝げば簡単に手に入るＣＦシートは、サバキャンの強い味方だ。

煮沸した川の水を飲む。安全なのかは、まあたぶん大丈夫としか言えない。

しかし、

「変な味とかはしない、と。……俺が味を分かってるか、それが分からないけど」

昨日――体感的には、昨日だ。

異世界に来る一日前に、自分がなにを食べたのかも覚えていない。

なぜなら、味がしないなにかを、生きるために喉に押し込んでいたから。

まれにもらえる休みの日なんかにキャンプへ行って、何時間か頭を空っぽにしてから食べる飯だけは、味がした。

だから、今から焼こうとしてるウサギには、期待してる。

燠火《おきび》にした炭を集めた肉焼きスペースを作って、石のフライパンの上で焼く。

石のフライパン。

平らな石を鉄板代わりにするだけでいい――んだが、ふと思い立って〈クラフトギア〉の形状変化を試してみた。

電動のディスクグラインダーにダイヤモンドカッターを付ければ、コンクリートブロックだって真っ二つに切れる。

だったら樹木を豆腐みたいに切れる〈クラフトギア〉なら、ノコギリ形態で石を切れちゃうのでは？　と思い立った。

結果――自然石をノコギリで切り取って、石板焼きでウサギ肉ステーキを焼いている。

そのウサギ肉もまた、サバイバルナイフ形態の〈クラフトギア〉で枝肉にした。今焼いてるのは、ウサギ肉の中でも一番美味《うま》い、背中の肉だ。

枝で作った菜箸でひっくり返して両面をきちんと焼いて、これまたノコギリで切り出した木の板を皿代わりに使う。

「いただきます」

〈クラフトギア〉のナイフで肉を切り、簡単に作った二叉《ふたまた》フォークでぶっ刺してヒレステーキを口に運んだ。

「っ……！　あ、味が、する……!!」

弾力のある肉を嚙みしめると、肉汁がしゅっと溢《あふ》れてきて――そこに感じる、確かな旨味《うまみ》。

ヒレ肉の控えめな脂が引き立てる、肉そのものの味わいが口いっぱいに広がった。

「美味い……」

噛んで、飲み込んで、

「美味い……！」

感動した。

塩胡椒《しおこしょう》すらしてないので、素材だけの味しかしない。なのに、わりといける。これはすごい。

「ウサギ肉は鶏ささみみたいに淡泊だけど、異世界のウサギはちょっとだけ脂肪入ってて甘みがある……」

ぎゅっと筋肉の詰まった高タンパクな肉質に、まろやかな脂が添えられていて、噛《か》み締《し》めると食感のコントラストが味わいではグラデーションに変化して舌を楽しませてくれる。

どことなく鴨《かも》に似てる、かな？

それにしても、本当に美味い。

あり合わせの材料。

焚き火・石板・新鮮なウサギ肉。

それは手抜きという意味ではなく、肉どころか火の準備から手を尽くして用意したものだ。

ソロキャンでの料理は、かなり適当なこともある。なのに、焚き火マジックがかかって、なぜか美味しく感じてしまうのだ。

今回の俺は、自分が狩猟して解体したお肉、という効果まで盛ってある。美味しくないわけがない。

　これぞまさにソトレシピ。

「……モモ肉も、焼いておくしかない」

石板にさらに肉を追加。後ろ脚のモモ肉は、四足獣で一番食べごたえがある部位だ。

じゅうじゅうと音を立てて焼けていく肉。

暖かな焚き火の熱。燃える薪の音。

誰にも憚《はばか》らず、ただ焼き上がるのを待つ時間。肉は焼きたてがいちばん美味い。その時を待ちわびながら、揺れる火を見つめる。

……豊かだ。時間が。

「食べるのがこんなに楽しいなんて……いつ以来だろう……」

昔、田舎にいた頃を思い出す。

俺は、なんだか久しぶりに、生きているという気持ちで胸がいっぱいだった。

我ながら驚くほどの肉を食べて、ようやく人心地ついた。

「明日は、野草も採っておくか」

見た目もそっくりだったし、ツワブキっぽい草が生えていたのは食べてもよさそう。前世でも食べてたし。

なにより、自分はそれが食べられることを『知っている』気がするのだ。

これは女神様のおかげなのか、単なる思いこみなのか。たぶん神様パワーの方だって信じておこう。ダメだったら思いこみだ。

「今日のところはひとまず、三週間は余裕ができたということで、ヨシ！」

サバイバルの3の法則、というものがある。

体温が保てなければ3時間。

水が無ければ3日間。

食料が無ければ3週間で死ぬ。

今日用意できたものは、それぞれきっちり対応してある。

服、シェルター、焚き火。寒さ対策。

煮沸した川の水。飲料水確保。

ウサギ肉。食料確保。

初日で全部をきっちり揃えられたのは、ひとえに〈クラフトギア〉の恩恵が大きい。

サバキャンだというのに、疲労困憊《ひろうこんぱい》どころか皿とか箸とかフォークとか、食器を作ってる自分に余裕が見える。

ついでに寝床も樹皮のシートを敷いて寝心地良くしたり、でっかい樹木から樹皮を大きく剝いできてシェルターの外壁に固定したり、工夫を凝らしてるほどだった。

「もっとちゃんとした壁と、食器も作りたいな」

四角い樹皮鍋から水を飲みつつ、そんなことすら思い浮かべていた時だ。

かさりと葉を踏む音がしたので、俺は食事を中断して杖を手にした。また角付きウサギか、他の獣が襲ってきたのかと警戒して。

シェルターの外壁は全体を『固定』したCFシートだ。なにがあっても防ぎきってくれるだろう。いざとなったらそこに飛び込んで寝床のシートを正面に『固定』すれば、全周防御完了だ。当方に備えあり。

が、

「……お前、もう来るなって言っただろう」

そこにいたのは、昼にも顔を見せた子犬だった。ひと鳴きしてから、俺の近くまで走り寄ってくる。

だいぶ近い。少し身を乗り出して手を伸ばせば、触れられる距離だ。懐かれてしまっている。

子犬がその場にぺたんと座る。

どうしたものか。

「まだ、さまよってるってことは……あのエルフさんは、お前と会えなかったのか」

犬は犬それぞれ性格があるので、たまに遊び感覚で群れからはぐれたり、飼い主からはぐれたりしてしまう個体がいる。

どうやらコイツは、そういう困った性格の奴らしい。

「お前を探して走ってたぞ、あのエルフさん」

そう言ってみても、気楽な顔をしているだけの子犬に手を差し伸ばす。

「ほら、こっち来い」

子犬は言われたとおり寄ってきた。拳を差し出すと、匂いを嗅ぎながらぺろりと舐めてくる。

フンフン熱心に手の匂いを嗅ぐ子犬には、よく見れば首にリボンが巻かれていた。あのエルフが巻いたに違いない。

「……エルフか、どうするかな」

俺の他にも、この森には人間がいた。

いや人間じゃないか。エルフなんだから。

まあしかし、

「肉、食うか？」

餌をやっても野生への餌付けにはならないから、オッケーだろう。

差し出したウサギ肉を、嬉しげに食べる子犬。

空がもう暗くなっているから、今日はもうあのエルフも会いに来られないだろう。

「お前の飼い主を、探してやるよ。明日、明るくなったらな」

そう語りかけるが、子犬は一心不乱にモモ肉を食べていた。聞いちゃいない。

だが、手の届く距離で無防備な食事姿を晒《さら》すということは、かなり信頼している証拠でもある。

一夜を一緒に越す友くらいには、なってくれるだろう。

明るくなってから、探そう。——暗い間、冷たい外気を一人で耐え忍ばなくても良さそうし。

肉を食べ終えた子犬が、顔を上げてこちらを見つめてくる。そのふかふかの顔に手を伸ばし、顎を撫でてやると、嬉しそうに吠《ほ》えてくれた。

愛《う》い奴め。

その日の夜は、温かい毛玉を胸に置いて寝ることになった。

一戸建てじゃないと無理だと思ってた犬との暮らしが、サバキャンでまさかの実現となった夜だった。

女神様、ありがとう。

俺は今日一日の成果に満足しながら、温かいものを胸に抱いて眠りについた。

第五話　森の人と魔獣

朝は自分より先に起き出した子犬に、鼻を舐められて起きた。

防寒用に草を束ねて樹皮に貼り付けた掛け布団は思ったより温かかったが、シートが硬いのが難点だった。寝心地が悪い。

いずれは寝床も快適なのを作りたい。これは目標リストに追加だ。

灰の中に埋めておいた炭で焚き火を起こしてから、昨日作っておいたウサギの燻製《くんせい》を煮て食べた。

もちろん、子犬にも分けてやる。

川に行って顔を洗い、歯を磨く。

サバイバル環境で虫歯になったら、死活問題になる。歯医者はいないし、自然には治らないし、硬い食べ物は全て食べられなくなる。

炭を奥歯で細かく噛み砕いて粉末にして、歯磨き粉の代用にする。先っぽを解《ほぐ》した草の茎で葉を磨き、歯の間も薄く糸状に削《そ》いだ樹皮の内皮で擦った。

風呂とかも、できるように考えないといけないな。

またもリストに追加。やることが多い。

そして、直近でいちばん大きい目標を叶《かな》えるために、子犬に目を落とす。

「さて、お前の飼い主は、どこにいるかな？」

樹皮を曲げて作ったバックパックに、子犬を入れて歩き出す。

まだ小さい犬の足に合わせて歩くより、背負っていった方が早い。それに肉食ウサギという危険な生き物がいる。ちょっと目を離した隙に食べられてた、なんてことが無いようにしたい。

最初に出会った川辺から始めて、一日で歩いて回れる範囲を捜索していこう。


とりあえず川沿いに上流へと歩いて行く。人がいるなら、俺と同じで川を資源の宝庫として活用してるはず。

川の近くにいるなら、川沿いには魚を捕らえる罠《わな》を仕掛けたり、足跡を残したり、まあそれなりに痕跡を残すはずだ。

注意して、周辺を観察しながら進もう。

時速六キロペースでずんずん歩いていく。息は弾むくらいで、キツさは感じない。これでも慎重に足を進めている、と思えるほど余裕があるくらいだ。

体力向上したこの体は、本当に素晴らしい。

たまのキャンプに行くたびに、体力の衰えを感じていた以前とは、大違いだった。

「迷わないように印はつけておいて、と」

出発地点には〈クラフトギア〉で木片に家の形を刻んで、木に貼り付けてある。そこからは、五分おきくらいでそばの木に分かりやすい傷をつけて、印にしてある。

足を進めていくと、川辺にいくらか山菜に似た野草も見つかる。

回収こそしないが、頭に留《とど》めておく。食に彩りをつけたい。

綺麗な水が流れる川の水面には、魚の気配も少なからずある。耳をくすぐるような川のせせらぎに、ぱしゃんと魚が跳ねる音が混じった。

「良いところだな……。人を襲うモンスターさえいなければ」

ウサギの襲撃のせいで、川の中にもなにか潜んでないかと見てしまうのが難点だ。

ところで、子犬の大きさは五～六kgくらいのもの。つまり、移動範囲はそこまで広くない。

人間が一日目でさっそく野生動物に襲われる森なら、こんな子犬は格好の餌食《えじき》だろう。なので、無事でいられる程度の時間しか離れていないはずだ。

俺が進んでる方向が合っていれば、飼い主さんはすぐ見つかるだろう。

問題は、

「あのエルフは、一人だったけど……他にもいるのかな？」

この森はどういう扱いの場所なのか、異世界人に聞いてみないとならない。もしやエルフの村があって人間は出て行けとか言われるかも……とは、実は思っていない。

俺は女神様を全面的に信頼している。

そんなふうに揉《も》め事《ごと》が起きる場所に、送り出されたりしないだろう。

「塩とか持ってたら、分けてもらえるといいんだが……」

塩。

塩分が無いと人は死ぬ。

もしも近くに塩場が無いなら、動物の内臓や血液は積極的に食べる必要がある。

とはいえ肉をメインに食べていれば存外足りるんだが、やっぱり味わい的に塩があると無いでは段違いだ。

背中のバックパックから、子犬が身を乗り出してこちらの肩に前脚を置いてくる。その頭を撫でると、頭を押しつけてきて、楽しそうにしていた。


小一時間ほども歩き続けた時だった。

「おや、どうした？」

バックパックの中で、子犬が唐突に暴れ出した。かと思ったら、俺の肩からぴょんと前に飛んで、見事な着地を決めている。子犬がこの高さをジャンプして着地するとは、大したものだ。

とか感心している場合ではなく。

子犬が俺に向かって、短い鳴き声を断続的に浴びせてくる。

「なにかあるのか？」

杖を握り直して、改めて周辺に気を配ってみる。俺の目の前で、子犬がある方向に走り出し、かと思えばすぐに立ち止まって姿勢を低くした。

見覚えがある仕草だ。獲物の気配を見つけた時の狩猟犬と、似たような仕草だ。

その小さな尻尾へと静かに近づいて、姿勢を低くしながら同じ方向の気配を探る。

その場に足跡や、人の痕跡は無い。

だが、息を潜めて神経を尖《とが》らせていると——森の奥から、異音が聞こえた。ほんのわずかだが、

「獣の鳴き声がするな。……争ってる、のか？」

野太い獣の鳴き声は、威圧する意思を込めた戦いの咆哮《ほうこう》。だが、聞こえてくるのは一種類で一頭のものだけ。だったら、戦ってる理由は縄張り争いでも、肉食同士の争いでもない。

ということは、その相手は、

「お前の飼い主かな」


音のする方へ走って行くと、そこにはバカみたいにでかいモンスターがいた。

いや、完全にモンスターなのでそう言わざるをえない。

鷲《わし》の上半身に、ライオンの下半身を持つ姿。ソシャゲで見たことある。グリフォンだ。馬よりでかい体をしていて、翼を打って高く跳躍し、ネコ科のしなやかさで駆け回っている。

けたたましい猛禽類《もうきんるい》の甲高い鳴き声が轟く中で、それと戦っている人影があった。両手に握った二振りの短剣で怪鳥に切りつけ、襲い来る爪を素早い動きで避けている。時々、火球が出現してモンスターに着弾し、その体毛を焦がしている。

ファンタジーなバトルだ。

あれに飛び込みたくはないので、俺は足下にいる子犬を促して吠えさせた。

子犬は小さいながらも、威嚇の鳴き方を心得ていた。何度も何度も威嚇の声を張り上げる子犬に反応して、戦っていた両者ともこちらを見た。

人影はビクッとした。グリフォンは獰猛《どうもう》に吠えた。俺はどっちにも向けて手を振る。

リアクションは想定内。

モンスターが、こっちに向かって襲いかかってきた——のも、想定済みで、俺はすでにカウンターでハンマーを投げつけている。

金属製のハンマーは、工具の範疇《はんちゅう》。ヒーロー映画のやつみたいな、頭は両手持ち用なのに持ち手は片手用という、アンバランスな工具だが。

今度の投擲《とうてき》は、全力だ。

でかい鳥は、人間が片手で持てる程度の投擲物を意に介さず、真正面から突っ込んできた。まあそうだろうなと思っていたので、当たった瞬間に『固定』してやる。そのつもりだった。

「〈クラフトギア〉。『固定』して——」

想定外だったのは、〈クラフトギア〉が尋常じゃない速さで飛んだこと。念じるよりも早く、怪鳥はいきなり体を二つ折りにしながらぶっ飛んで遠くの木に激突し、動かなくなった。

どさりと地面に落ちたグリフォン。遅れて『固定』された〈クラフトギア〉が、ぽつりと宙に浮かんでいた。

「あー……」

俺はハンマーに手をかざして呼び戻す。手の中に瞬間移動してきた〈クラフトギア〉を見下ろし、思わずつぶやいた。

「やっぱり危険物だな、これ……」

思いきり投げるのは、けっこう気をつけないといけない。

見た目重々しいハンマーのくせに、プロ野球選手の球より速く飛ぶとは思わなかった。


「あはっ、嘘みたい！　ストームグリフィンを、一撃で仕留めちゃう？」

そんな声を投げかけられて、振り向く。先ほど襲われていた人物が、俺に手を振っていた。

金髪で碧眼《へきがん》。見るも麗《うるわ》しい背の高い美少女が、輝くような明るい笑顔でこちらへと駆け寄って来ていた。

「昨日ぶりね。おはようございます！」

元気良く屈託の無い挨拶を投げてくる。

「おはよう」

「それで、貴方は本当に見た目どおり人間？　それとも、戦神様が降臨されたのかしら。どっちでも、こんな格好なのは、失礼してるわね、私。でも緊急事態だったの。許してね！」

そんなことを言うエルフは、近くで改めて見ても、やはり美しい女性だった。

歳《とし》は二十前後くらいで、透き通るような白い肌を惜しげも無く晒している。というのも、彼女が着ているのはなんというか、とても頼りない面積しか隠さない白い布だけだったからだ。

しかも全身が満遍なく濡《ぬ》れていて、張りついた薄布は肌を透かしてしまっている。

だというのに、彼女が隠すのは、自分の体より二振りの短剣の方だった。片手にまとめて持って、後ろ手にしている。武器を向けるつもりはない、という意思表示だろう。

「お取り込み中に、悪かった。俺はただの人間だよ」

努めて顔以外を見ないようにすると、その宝石のような瞳がきょとんと瞬《まばた》いて、愉快げに微笑を描いた。

「ただの人間には、アレはできないけどね」

吹っ飛ばされた巨鳥の方を指差して、そんなことを言われる。困った。

「まあ、いろいろあって。……良かったら、これを使ってくれ」

「あら、ありがとう！　実はどうしようか迷ってました。えへへ」

上着を脱いで差し出すと、ぱあっと、照れくさそうな笑みを浮かべて受け取ってくれた。ぱたりと胸元に当てて、桜色の透けた、大きな隆起を隠すのに使ってくれる。

「こんな風体《ふうてい》でごめんなさい。沐浴中《もくよくちゅう》に急に襲われちゃって。武器も短剣しか手に取れなかったから、正直助かりました。この御恩は倍にして返しますとも」

「どういたしまして。まあ、気にしないでくれ。実は昨晩、こいつのおかげで温かく寝られたんだ。飼い主を探して、お礼をしないといけないと思ってた」

足下にいる子犬を抱き上げて言うと、彼女はくすりと笑った。

「この子は親に捨てられたのを私が拾ったの。けど、私が救われちゃうなんてね。この子と私の間

には、これで貸し借り無しかな。運の良い子みたいだから、大切に育てないといけないな～」

子犬の頭を撫でつつ言ってから、また俺に目を戻してくる。

「改めて、初めまして。私はここ神樹の森に住むハイエルフ、ミスティアです。貴方は？」

「……日本人の桧室総次郎だ。えーっと、実は昨日からこの森にいる、人間です」

ちょっと迷ったけど、他に言いようが無かったので正直にそう言った。なんか酷《ひど》い自己紹介だなこれ。

まあ、それにしても、

「ハイエルフ……さん？」

森の奥深くに住む神秘の種族、じゃないのかそれは。

「あはは、ミスティアって呼んでよ。貴方を『人間』って呼ばないといけないじゃない。人間はいっぱいいるのに！」

おかしげに笑うミスティア。かなり気さくなタイプらしい。

「さて、私は荷物を回収して、着替えないと。きちんとした格好になってから、少しお話をしたいなって思ってるけど、どうかしら？」

「それはもちろん、こっちからお願いしたいくらいだ」

ミスティアのそんな提案に、俺は渡りに船とうなずくのだった。

第六話　文化の違い

着替えを済ませたミスティアは、長い髪を後ろ頭に結い上げた、闊達《かったつ》な美少女という趣のあるエルフだった。革細工の鞘《さや》を腰の後ろに吊るしたその姿は、華やかな女戦士のよう。

「どうでしょう。失礼じゃなくなったかしら？」

「とても綺麗だ」

「やだもー！　口がうまいんだから。ソウジロウは女たらしさんなの？」

「いや、正直者で通ってるよ」

「そう。なら、ありがとう」

にっこりと笑顔を浮かべてから、しかしすぐに眉根を寄せる。

「でも困ったなー。ストームグリフィンの相手をしてるうちに、荷物が荒らされたみたい。他の魔獣が掠《かす》め取《と》ったのね。拾い集めたけど、この服と手荷物くらいしか残ってなくて。弓が持っていかれたのはつらいわね」

やっぱりエルフ。弓を使ってたらしい。

昨日は持ってたのに今日は持ってないのは、そういう事情か。

「森に住んでるなら、どこかにエルフの集落があるんだろう？　良ければ、送っていくよ」

「え？　違う違う。ハイエルフの集落は、ずっと遠くよ。私は一人暮らし。ここ十年くらいは、ずっと森の中をうろうろしてるかな」

「……なにか、事情がある話だったか？」

「んーん。大した話でもないわ。集落を出たのも、ずっと前の話だし。森で暮らしてるのは……私の意地かな」

　ミスティアは恥ずかしそうに笑った。

「意地？」

「ここはエルフの始祖が祝福したのに、子孫の私たちが住めなくなった〝神樹の森〟ですもの。ここにしかいない生き物も、ここにしかない樹木も、たくさんあるから。千年手つかずの森……ここの利用方法を探すのが、私の挑戦なの」

「難しいことだからこそ挑戦したい、みたいな？」

「そういうこと。分かってるわね！」

　うんうん、とうなずいているミスティアに、さらに聞いてみる。

「でも、千年も手つかずなのは、なんでなんだ？」

「あらら。それ、本気で言ってる？」

　眉を上げて、きょとんとするミスティア。すらりと短剣を抜く。

　そのまま、手にした大ぶりの短剣で鋭く生木に突き込んだ。甲高い金属音。しかし短剣は木に食い込むこともなく、樹皮が少し剥がれ落ちる程度。

　深く突き立てるには充分な勢いだったにもかかわらず、である。

「ほら、石みたいに硬いもの。こんな感じで、魔獣も植物も、強すぎるのよね。神代《かみよ》の始祖が霊脈の源泉として作った木々の息づく神樹の森は、それを扱う至宝を争いに用いて逸失し続けたことで――」

「なるほど？」

指を立てて解説してくれるミスティアには悪いが、試しに〈クラフトギア〉で同じ木を刺してみる。刃渡り三〇〇ミリ、大ぶりの剣鉈《けんなた》だ。

すこんと根元まで埋まった。うん。

「…………」「…………」

無言で顔を見合わせる。

「えへへー」

笑うミスティア。

「ははは？」

愛想笑いする俺。

「ふゥウッ――!!」

ミスティアは唐突に短剣を逆手に構えると、鋭い踏み込みで体ごと剣を打ち込んだ。先ほどの怪鳥が相手なら、当たればトドメを刺せそうな勢いで。

鉄を引き裂いたような音がして、〈クラフトギア〉の横にミスティアの短剣が突き立つ。が、その刃は半ばで止まり、神器のようには刺さらなかった。

「負けた～!!」

がっくりと地面に両手を突いて叫ぶミスティアだった。いや、道具頼りだからこれ。

落ち込むミスティアを、子犬は顔を舐めて慰めていた。


「神器を宿す神璽《レガリア》の御方だったとは露知らず。たいっへん失礼してました！」

神器って思ったより貴重なのかもしれない。俺の事情を説明すると、ミスティアが力いっぱいそんなことを言ってきた。

「いや、こちらこそ物知らずですみません。あと普通に話してくれると嬉しい」

「あはっ、だと思ってた。そうします！　まあ、負けたのはちょっと悔しいけど、相手が神璽《レガリア》じゃ仕方ない！」

調子を取り戻して、そう言ってくれるミスティアだった。

「それで、塩が欲しいんだっけ？　良かった。それなら、隠し倉庫にまだあったと思うから、分けてあげられるわ。日頃の用心の賜物《たまもの》ね」

いぇい、と笑ったミスティアがピースした。

この世界にもピースサイン共通なんだろうか……いや、それはいい。

俺は慌てて引き止めた。

「こんな災難に遭ってるんだ。俺のことはいいよ」

「そうはいきません！　こう見えても、ミスティアさんたら義理堅いんですから。子犬のお届けに命の恩人まで重なってて、私の義理はもうかっちかちです！　取ってくるから、少しだけ待っててね」

言うが早いか、ミスティアは一メートルほどを軽い動作で跳躍。その頂点近くで足下に不可思議な魔法陣が宙に浮いたと思ったら、それを蹴ってさらに高く跳んだ。

樹上に舞い上がった森の精は、そのまま枝を伝ってどこかへ走り出していった。

その場に取り残された俺は、子犬と共に魔獣に粉砕されたミスティアのキャンプ地を眺めるしかない。

「……ふむ」

テントは引き裂かれた切れ端くらいしか残ってないし、なにかを入れてたらしい陶器の壺《つぼ》も割られて粉々。中身は荒らされて、もう半分土と混ざって見分けがつかない。たぶん一番の大荷物だったと覚しき、布の袋っぽいものを引きずった跡もある。

この森に住んでいる、と言っていた。なら、少なくとも一ヶ月以上は滞在していたはず。

そこで住居《テント》もキャンプ道具《ギア》も全ロスト。痛手どころか、致命的ですらありそうだ。少なくとも、前世の俺なら余裕が無くなる。

そこまでの不運の渦中にあっても普段どおりに振る舞えるのは、まったく大した人物だと感心するしかない。

「お礼が言えてえらい、か。ほんとだな」

女神様は正しいことしか言わないな。

感心していると、俺はふと動物の気配を感じた。そこにいたのは、またしてもあの凶暴ウサギである。

「……少し早いけど、メシでも作るか。塩ももらえるし」

わざわざ塩を取ってきてくれる彼女には、お礼をしたいところだった。

第七話　恵みの食卓

川辺に生える、食べられそうな野草を集めた。

野草を集めるのは子どもの時以来だが、探そうと思えばすぐに見つかった。

もちろん人の手が入っていないということもあるのだろうけど、頭の中で引っ張り出す知識がずいぶん鮮明だ。女神様の作為——ではなく、力を感じる。

もちろん、見た目がそっくりとはいえ、異世界なのに俺の野草知識が通じるんだろうか？　という疑問はあった。

あったので、昨日から川辺に生えている野草については、少しだけテストをしている。

食べられそうな野草を食べたい時、まず状態の悪いものを避ける。虫食いで欠けてるとか、腐ってるとかだ。

そして、部位別に判断する。花は食べられるけど根はダメ、みたいなものはしょっちゅうある。一部を食べられたからといって、全体を食べられると判断してはいけない。

次に、体で試す。手首または肘に一五分ほど置いて、接触中毒テストをする。火傷《やけど》やかゆみなど、異常が無ければ次だ。今度は唇で三分。舌に乗せて一五分。噛んでみて一五分。少量飲み込んで、八時間。

で、全部やって異常が無ければセーフだ。

まあ正直めんどいので、臭いを嗅いで指でこすってちょっとかじって、味が悪くなければ一口食べてしまう。田舎育ちの悪いところだ。味が良い毒もあるのに。

それで一晩明けても平気だったので、大丈夫だ。

ちなみにキノコだけは試さない。劇物の可能性がかなり高いうえに、カロリーは無きに等しい。

サバイバルで手を出してはいけないもの

風味が良いので、余裕があって食べられる種類だと判明してたら食べたい。

石で軽く囲ったかまどを作り、枝木で三脚を作って、樹皮の鍋を吊《つ》る。

集めた野草にさっと熱湯を通してから、用意しておいた水にさらしておく。

違う鍋には、背骨とあばら肉を入れて煮込んでる。骨髄から出るアクを取りつつ、茹《ゆ》でこぼししてぐっつぐつに煮る。薪拾いが十分にできてないけど、焚き火の火勢は衰えない。

なんとなくだが、この森の薪は一本一本がかなり長く燃えてる気がする。

「おっ待たせー！　あら、ごはん作ってる？」

ナイフで木の皿を作りながらのんびり鍋を見ていると、ミスティアが帰ってきた。

「お帰り。さっきちょうどウサギが獲《と》れたんだよ。塩ももらえるし、と思ってね」

「なるほどなるほど。ではどうぞ、これをお収めくださいまし」

背負った大袋から、ミスティアは白い塊《かたまり》を取り出して、恭しく差し出してきた。

「岩塩か。ありがたく頂戴いたします」

手を立てて拝むと、ミスティアがにっこりと笑った。

「まだまだこんなのじゃ足りないから、これからもっと恩返しさせてね。ご近所さんなんだし」

そんなことを言ってから、ちょっと気まずげに眉根を寄せる。

「あーでも、しばらくは短剣と魔法だけだから、ちょっと頼りないかも。ごめんね」

俺は〈クラフトギア〉を金ヤスリにして岩塩を肉に振りつつ、ミスティアの言葉に首を傾げる。

「テントとか、あれはどこかで買ったものだろ？　人里で補給しに行かないのか？」

てっきりそうするものと思っていたのだが。

ミスティアは笑ってぱたぱた手を振った。

「手持ちが無いから無理よ。物々交換する物も、全部無くしちゃったからねー」

そう言って、ウサギのモモの骨をかじって遊んでいる子犬をわしゃわしゃと撫でた。

「この子の面倒を見ながら、交易品と拠点を両方とも揃えていくのはちょっと難しいかなって。のんびりやるつもり」

「そうか……」

「あ、ていうかまた預かってもらっちゃったわ。ごめんね」

「いいよ、俺も犬は好きなんだ」

「ふふん、ソウジロウはいい人なのね」

「君ほどじゃない」

俺がそう言い返すと、ミスティアは嬉しそうに笑った。

「えっへっへっへー。ありがと」

と言ってから、ミスティアがぐりりと鍋の方を見る。

「でもソウジロウ、ずっと気になってたんだけど……これは煮てるの？　ウサギを？」

「いや、骨から出汁《だし》取ってる」

骨っていうかガラだけども。

「ダシ……？　ダー、シー……？　…………うーん？　なにそれ？」

この不可解そうな反応……もしかして、出汁の概念が無い？

「あー……良かったら一緒に食べないか？　って言おうと思ったんだけど――」

「ほんとに!?　食べる食べる！　ありがとう、とっても助かります！」

「わけのわからない料理だと嫌かな、とか言う暇も無かった」

「なーに言ってるのよ！　こんなに大きいウサギが獲れてるんだから、貴族でも大喜びするんじゃない？」

「……む？」

「うん？」

お互いに、首を傾げる。

なにかこう……致命的に、すれ違いがあるような。

「……ちなみに、ミスティアならウサギが獲れたらどうする？」

「内臓はこの子にあげる。あとは皮剝いて丸焼きかしら」

「へえ……」

「塩の他にスパイスとハーブもあったら、ご馳走《ちそう》ができるわね！」

それはたぶんアレだな。伝統的《暗黒歴史》イギリススタイルだな。

ぐったぐたに煮たごった煮か、ただ素で焼いただけの食材をどんと出して、調味料を卓上にずらっと並べれば完成。あとはお好みで調味料を振りまくれというやつ。

ソトレシピ《キャンプ飯》とかそういう次元ではない。

「わかった。ごはんはこれからすぐ俺が作る。だから、ミスティアは犬と遊んでてくれ」

「あ、そうよね。ここだとお肉横取りしようとしちゃうもんね。ほーらおいで、あっちで私と遊ぶわよー」

俺の頼みに、ミスティアは子犬を連れて少し離れていってくれた。

……すまない。俺は、世界的に有名な偏執的美食家国民の世界から来たんだ。

ようやく美味しいものを美味しいと思える場所に来て、それを諦めることはできない。

そう心の中で謝りつつ、俺は料理を仕上げることにした。

メニューは二つだ。ウサギの骨から取ったダシにセリ（っぽい野草）を入れたスープ。十分に旨味を引き出したら骨を取り出し、アクをていねいに取って、上澄みだけを使う。ほんとは漉《こ》したい。

石板でヒレ肉を焼き上げ、すり潰したカラシナと脂を少量の出汁で混ぜてソースに。つけ合わせには軽く熱を通したノビルとクレソンのサラダ。

味と見た目が同じ野草は、同じ名前でいいだろ的な扱いしてる。昔採ってたのより、かなり大ぶりだが。

そしてできあがったものを木で作った食器に盛り付けてミスティアに差し出したところ、

「すっごーい!?　ええっ、なにこれ!?　こんなに綺麗なスープ初めて見たわ！　それにお肉も！　なんだか綺麗！」

素材を丸ごとごった煮してアク取りしないスープだと、すごい白濁した汚いのになるからな……。

見て驚いたミスティア。そして、食べた時には、もっと大きな喜びで感動してくれた。

「美味っしい……!!　百年以上は食べたことないくらい美味しい……！」

ちょっとリアクション大げさだけど、嬉しい反応だ。

ちなみに俺は、塩が体に沁《し》みて美味しかった。というか、肉がやっぱりめちゃくちゃ美味い。上質な赤身肉であるヒレは、肉の旨味が強くて柔らかい。ウサギのようにクセが少ないのに、筋繊維に入り込んだ脂がジューシーな肉汁を保っていた。

骨の旨味を味わうスープは、ノビルとクレソンの香りをお供にお腹《なか》を温めてくれている。

これは日本に生息していたら、乱獲されて絶滅してそうだこのウサギ。

しかし、昨日も食べたヒレステーキだが、

「……昨日より、美味いな」

嬉しそうに料理を堪能《たんのう》するミスティアを見ながら、思わずそんな感想が出てくる。

「そうなんだ？　幸運な日みたいね」

弾んだ声でそんなことを言うエルフ。

ミスティアが美味しそうに食べてるおかげだよ。――なんて言えるほど、心まで若返れていない。

しかし、口には出せずともそんなことを思うくらいには、自分は胸襟《きょうきん》を広くしているようだ。

……精神は体に引っ張られる。っていうことかな。

健康で若い体のおかげだろうか。手を尽くした料理を喜んで食べてくれるミスティアの姿を見ていると、自分まで心が浮き立つようだった。

悪い気分ではない。本当に。

「ああ、幸運な日だ」

ただまあ、口に出すのはそれだけに留めておいた。

やっぱり美味いものは、美味く食べてやると気分が良い。

そんなことを感じながら、俺は箸を進めるのだった。

第八話　心強いエルフ

俺とミスティアは、ストームグリフィンとかいうあの怪鳥の死骸を前にしていた。

魔獣はある程度強くなると、魔石という石を体内に持つようになる。心臓の横にくっついた肉袋にその石は収まっていて、急所でもある。とのこと。

あの巨体を、ただ捨て置くのはもったいない。解体して有効活用できないか、と聞いた俺に、ミスティアはそう説明してくれた。

魔石は小さく軽いのに価値が高い部位だから採取しておくべき、らしい。

そして、ミスティアが心臓の横の袋を検《あらた》めてくれたのだが、

「見事にバラバラでした」

「今度からは、頭を狙うよ」

「気を付けてね。頭だと、すぐ死なない相手もいるから」

怪鳥の魔石は、〈クラフトギア〉の一撃で粉砕されていた。

ぱっと見だと、青っぽい水晶か石英《せきえい》という感じの石だ。

「これはこの子にあげちゃおうかな。いい？」

「いいけど」

食べられそうにないし。

砕けた魔石の小さい欠片《かけら》を、子犬に差し出すミスティア。子犬は尻尾を振りつつエルフの手から石を食べて、ゴリゴリ噛み砕いてる。

「そんなの食べるんだな……」

ウサギの内臓をあげた時に食べてたのは、それか。

「小さくても、この子は魔獣だからね。この子はまだお腹にいる時に親が襲われて、早産だったみたいだし。魔力を多めに取り入れないとね」

栄養価の高い犬のおやつ、みたいなものかな？

「そうだソウジロウ。この子の名前を決めてあげてよ」

「俺が？　ミスティアが拾った子なのに」

「神璽《レガリア》に名前をもらう方が、なんだか御利益《ごりやく》がありそうだもの」

そういうものなんだろうか。

子犬と目が合う。そのつぶらな瞳は、なんだか俺を待っているような目をしている。

「お前の名前は――マツカゼだ」

そう告げると、子犬改めマツカゼはキャンと高い声で鳴いた。

「どんな由来があるの？」

「俺の世界で、すごい名馬として知られた名前だよ」

松風《まつかぜ》は、傾奇者《かぶきもの》として知られた前田利益《まえだとします》の愛馬だ。とても見事な名馬だったという。

「そうなんだ。良かったわねー、マツカゼ」

前田利益が叔父の利家《としいえ》を騙《だま》して水風呂に入れて、その隙に盗んだという逸話がある。まあそれは、後年の創作話らしいけど。

……沐浴中に襲われたミスティアから連想した、とは言えない。


そして、ミスティアはナイフみたいな黒い塊をずらりと並べる。

「あと使えそうなのは、鉤爪《かぎづめ》ね。グリフィンの鉤爪には浄化の力があるの。お水を汲《く》んで爪を入れておくとお腹を壊さないし、傷を洗うと治りが早くなる。お肉に刺しておくと傷まなくなって、何週間も生肉のまま保存できるの。便利よねー」

「それはいいな。……髪とか手とかも洗える？」

「もちろん」

万能な石けんみたいな鉤爪だ、グリフィン。もう一頭くらい来てくれてもいいぞ。

「肉は？」

「毒は無いから食べてもいいわよ。すごく臭いけど」

遠慮しておく。

「鉤爪だけ、半分もらっていいかな」

「えっ、全部ソウジロウのでいいけど？」

それは気が引ける。

「日頃の用心だよ。半分ずつなら、無くした時に助けてもらえるからさ」

「……えへへ、じゃあそうしよっか」

ミスティアは笑って、手早く爪をまとめてくれた。お互いに四本ずつ、紐でまとめた爪を戦利品にした。

ふと気付くと、マツカゼがでかい風切り羽を咥《くわ》えて拾い、ぶんぶん首振りして千切《ちぎ》っていた。

この羽根なんかも、いずれは有効利用できるようになりたいものだ。

「マツカゼ、ほどほどにな」

そう呼びかけると、子犬はヒャンと鳴いてこちらへ駆け寄ってきた。

もう名前を覚えたらしい。賢い。

「あのね、ソウジロウ。私もここを移動して、新しい拠点を作らないとなんだけど……良かったら、ソウジロウのいる場所の、近くに作らせてくれないかな？」

ミスティアが、マツカゼを撫でる俺にそんなことを言ってくる。

「マツカゼがとっても懐いてるから、会いたがると思うのよね。だから、ね？」

「ふむ……」

せっかく懐いてくれたマツカゼと別れるのは寂しい。それに、ミスティアには塩ももらってるし、森のことや怪鳥の鉤爪を教えてくれて、とても助けられている。

現状、断る理由はどこにも無い。

強いて言うなら、俺がゆるキャンしていたいかも、という気持ちでいることくらいだ。

それは、前世で疲れた精神の癖みたいなもの。

誰かと関わると、面倒事ばかりが増えて、利用されて疲れて自分の時間を削られていく。あのつらい記憶が、まだまだ俺の心の奥底にこびりついて、離れていない。

「それに、私が近くにいると、ソウジロウも心強いんだから」

視線をさまよわせた俺に、ミスティアがそうつけ加える。

「？　っていうと？」

「別の世界で人間やってたなら、この世界では驚くこともあるでしょ？　私がいれば、そういう時に頼れるじゃない」

「解説してくれる、とか？」

訊《たず》ねた俺に、ミスティアは堂々と胸を張って、こう言った。

「一緒に、驚いてあげます」

「なんだそれ！」

思わず笑ってしまった。

「神樹の森で、神璽《レガリア》に会うの私も驚いたし。〈クラフトギア〉なんて神器は、私も知らないのでした！　わあびっくり！　貴方も、私を見た時はびっくりしてたでしょ？」

そんなふうに言われて、俺はまだ収まらない笑いを顔に乗せたまま、うなずいた。

「そうだな。エルフに会ったのは、初めてだった。びっくりしてたよ」

「やっぱり！　でも御安心！　実はあの時、私もびっくりしてました！　わあ人間だー！　って!!

一緒です！　あはははっ！」

「あっはっは！」

俺はミスティアの笑いに釣られて、ひとしきり口を開けて笑った。

そして、内心で自分にビックリしていた。

……こんなふうに、声を上げて笑うのはいつ以来だろう。

やがて笑いを収めて目が合うと、

「ね？　そのほうがいいでしょ」

と、気持ちの良い笑顔で言ったミスティアに、俺は迷っていた心の内が晴れていることを自覚した。


……俺は、生まれ変わったんだよな。

劇的に変わりすぎて、心がついてきていない。

女神様は言っていた。『あなたの力と幸福を助けてくれる』と。

若返り、神器を手にして、快い人にまで出会えた。今の俺は、そんな幸運を前にして、ふと足を止めたくなるのだ。

将来の、まだ予兆すら無い揺り戻し《不運》を杞憂《きゆう》して、尻込みしてしまっている。

もっと楽に受《う》け容《い》れよう。これはその第一歩だ。

「ミスティア」

「ん？」

「むしろ俺の方から頼むよ。俺も、マツカゼと綺麗なエルフに、毎日会いたい気持ちはある」

マツカゼを育てながら、サバイバルをするのは大変だろう。

それを助けてあげたい。俺は自分の中にあるそんな人情へ、素直に従うことにした。

ひねた歳の取り方をすると、真っ正直な善行をするのが難しくなる。しかし、今こそそれをやり直すチャンスなのだ。

「えっへへー、き、綺麗かぁ。照れますねー」

頬を赤らめたミスティアが、マツカゼを抱き上げて隣に寄ってきた。

「じゃあ、これからよろしくね。ソウジロウ」

ぽんと肩を叩いて言ってきたエルフに、俺はうなずいて答えた。

「よろしく頼む」

ということで、俺とミスティアはご近所さんになることになった。

第九話　エルフと共同生活

川辺のシェルターに帰還するのはやめた。

別にあの場所にことさら思い入れがあるわけでもない。

ミスティアにもっと手ごろな場所はないかと聞いたところ、あるという答えが返ってきたのでそちらに向かった。

少し木々の間が広く、石ころの少ない平らな地面がある場所。テントサイトにできそうなロケーションだ。

「いいね」

場所の選定で、ミスティアがフィールドにとても慣れていることがわかる。

「そうでしょ。じゃあ私は魔物避《よ》けをこのあたりに仕掛けてくるわ。変わった紋章がある木は、伐《き》らないでね」

「分かった」

ミスティアはテントとターフ、それにハンモックなどで暮らしていたそうだ。魔獣から隠れるための魔法の仕掛けがあったが、あの怪鳥はそれを偶然壊して、ミスティアの拠点を荒らし、そのまま沐浴中のエルフに狙いを定めた、らしい。

『それでもソウジロウに助けてもらえたんだから、私の幸運は健在ですとも』

とは、ミスティアらしい感想だった。

さて、俺達はここから新しい拠点を作るつもりだ。

ミスティアもさすがサバイバルには手慣れているようで、意見は一致している。

「じゃあ私向こうにするね」

彼女が指差したのは一〇メートルほど離れた場所だった。

「ああ、ちょっと待った。ミスティアの隠し倉庫は、毛布くらいしか予備の布は入れてなかったんだろう？　魔物避けのお礼に、俺が壁と天井くらい用意するよ」

「いいの？　いちばん大変なところ……っていうか、それがあったらほぼ完成してるけど」

「いいさ。まだ昼にもなってない時間だ。〈クラフトギア〉なら二人分くらい余裕だし、もっと神器に慣れておきたいんだ」

落ちている枝木《えだぎ》は、まだ立っている生木《なまき》より硬さが落ちる。ミスティアは、それを拾い集めて魔法で加工するつもりだったらしい。

それに比べて〈クラフトギア〉なら、拾い集めるまでもなく立ち木を伐って板を作ることすらできる。適材適所だ。

「私にできることがあったら、なんでも言ってね」

「そうするよ」

新しいシェルターは、もっと〈クラフトギア〉の力を活《い》かして作ることにした。

昨日作ったものは、サバイバルには最適だった。ナイフ一本あれば作れるものの範疇を超えていない。できるだけ小さくして、省力化していた。

しかし神器の力を考えれば、ナイフ一本どころか、ホームセンターが近くにあると思っても問題無さそうだ。工房道具が作れる規模に、制作物を大きくしよう。

というか、そのくらいやらないともったいない。道具と技術の能力をもっと引き出して、立派なものを作りたいというのが本音だ。

「さーて、大昔にヤギ小屋くらいなら作ったことあるけどな……」

おぼろげな記憶を掘り返しながら、作業に取りかかった。

まずは地面を均《なら》す。シャベルは工具扱いでセーフ。クワは無理だった。ちなみにシャベルとスコップは呼び方に地域性があって、地域によって完全に逆転してる。地域性の他に、ＪＩＳ規格、それに語源でも呼び方が変わってくる。

めんどいので、慣れた呼び名を使うのが楽だ。俺は足をかける方をシャベルと呼んでる。

木の根も石もプリンみたいにサクサクと貫通するので、地均《じなら》しはすぐ終わった。均した地面をタンパーで叩いて固めたら準備完了。

二リットルのペットボトルくらいの、手頃な太さの木をどんどん切り倒して建材を集める。最初はいくらか失敗したが、だんだんとどのくらい刃を入れると倒れるか見極めができてきた。

まず倒したい側の幹をくさび形に抉《えぐ》る。次は抉ったとこの少し上を逆側から指一つ分残して切れ目を入れる。後は軽く押してやれば、自重でその方向に倒れてくれる。

手つきや道具が最初から神業《かみわざ》でも、俺の決断と手順しだいで作業の速度は上がっていく。数をこなせば、自然と仕事は熟れていく。

道具が万能すぎて、ミスティアの分までやってちょうどいい。習熟度を積んでいきたい。

倒した木の枝払いをしている時に、魔法を仕掛け終わったらしいミスティアが戻ってきた。

「はっやーい！　えっ、魔法でも使ったの？」

「魔法使いはそっちだ」

「私の魔法じゃこうはいかないかな。……あの、私って、手伝えること、ある？」

「じゃあ、丸太をキャンプ地に運んでくれ」

「よかったぁ。まっかせて！」

ミスティアにも手伝ってもらって、丸太集めはさくさく終わった。

均した地面の四隅に、太めの丸太で柱を立てる。さらにその間にもいくつか立てて、最後に横向きの丸太を接続。直方体のフレームめいた骨組みを作った。

入り口を決めて、入り口側を高くした直角三角形の骨組みを追加して天井の形を作る。

これで家の骨組みは完成だ。

「……やることが決まってると、早いなやっぱり」

次にやるのは、壁や床を作るために、伐った丸太を整えて積んでいく作業である。

伐り倒して集めた丸太に楔《くさび》を打って、縦に半分に割る。丸太は縦に割るなら、木で作った楔で充分だ。〈クラフトギア〉のハンマーで楔を打つと、一打でぱかんと割れた。

そうして半分に割った丸太をフレームに『固定』して、壁にしていく。釘もネジも必要無く一瞬で『固定』できるので、電動工具より楽だった。

これもまたミスティアに手伝ってもらって、手早く壁を作り上げた。

壁として積み上げた丸太の、余分に突き出た部分をまとめて切る。そして次の面にまた積んでいく。それを四回くり返せば壁が完成だ。

壁ができたら、最後に天井を作る。

まあ、ごくシンプルな片流れの天井だ。作り方は壁とあまり変わらない。骨の間を素材で埋めていくだけ。

気をつけないといけないことは、壁と違って丸太で作ると隙間から盛大に雨漏りする未来が決定すること。それと、天井を重くすると柱への荷重が大きくなり、ついでに崩れた時に中の人が潰されることだ。

それを解決するために、あらかじめ樹皮をたくさん剝いである。

粗皮を削いだ樹皮シートは、水を通さない優れもの。まずはこれを天井の垂木《たるき》に張る。

強度が足りないので、〈クラフトギア〉で『固定』して、象が乗っても破れないようにしておく。

そして屋根材を作る。

長方形のフレームを作って、そこに樹皮をぴんと張って『固定』する。

すると、まるで絵画のキャンバスのような構造をした四角い屋根材ができあがるというわけだ。

あとは屋根材を張っていくだけ。

「浮いてるし乗ってる！　非常識！　あはは！」

高い所に登るために、丸太を空中に『固定』して階段に使っていたら、ミスティアがウケてた。

これやっぱりゲームのバグ映像みたいだよな。見た目かなりおかしい。


ところで問題が一つある。壁も天井も作った小屋の中は当然暗くなることだ。

しかし、それを相談するとミスティアは事もなげに言った。

「灯《あか》り？　点けられるけど」

ミスティアは小屋の中に、魔法で光を置いてくれた。火よりも明るいＬＥＤみたいな白い光が、天井付近に設置された。本当にありがたい。

……俺も使いたい。

「ソウジロウから魔力はほとんど感じない。典型的な、魔法を使えない人間ね」

魔法を教えて、とそれとなく訴えた俺に、エルフは無慈悲にもそんな現実を告げてきた。

……使いたかった。いや、本当に。

肩を落としていると、ミスティアは呆《あき》れたように言うのだった。

「神器だけで充分便利でしょ」

それは確かに。

ともあれ、天井までできたら、小屋の周りをもう一度綺麗にしてから、溝を掘る。ぐるりと小屋を囲むように掘って、雨が降っても溝を流れて他の所へいくように排水する形で。

入り口側だけ、溝の上を歩けるように蓋を作っておく。

そんな土木作業をしていたら、そのへんでコロコロ走り回っていたマツカゼが寄ってきて、俺を見つめながらぺたんと座りこんだ。

「どうした？」

キャフッ、と気の抜けた鳴き声で答えてくるマツカゼ。

掘ってある排水溝に飛び込んで、地面を脚で掘り始めた。最初は『ほりほり……』くらいだったが、やってる間にテンション上がって『ババババ』と一心不乱に。

そんなマツカゼをたまに撫でつつ、排水溝の設置を済ませた。

「休憩するか」

土まみれのマツカゼを回収する。抱き上げた子犬は穴掘りの興奮を引きずったまま、腕の中でじたばた身を捩《よじ》ったり足下をグルグル走り回ったりした。

一緒に川へ向かって、土汚れを落とす。マツカゼは水を怖がりもせず、足をざぶざぶ洗われても楽しそうにしていた。

川縁《かわべり》で足を浸けつつ手頃な岩に腰かけてのんびりしていると、ぱしゃん、と水音を立ててミスティアが現れた。

「ソージロー！　良い土あったわよー！」

「あれ、ミスティア、もう終わったのか？　これからそっちを手伝おうと思ったのに」

「二つも作るなら、ちゃきちゃきやっちゃわないとね」

小屋を建ててる間に、ミスティアは俺が作った原始的な荷車で、粘土を掘り出してきてくれていた。

木で最低限の骨組みを作り、中央に樹皮の容器を置いて、輪切りにした丸太を少し切削して車輪として取り付けただけの、簡易な荷車だ。

シャベルも木製。木が硬いおかげで、刃だけ『固定』すれば粘土くらいなら掘っても壊れなさそうだった。

ぱしゃぱしゃと手足の汚れを洗い落としたミスティアが、俺の横に腰かけてくる。

足と言わず肩と言わず触れ合うくらいの距離に、服を捲《まく》り上《あ》げて生足を曝《さら》す美女がいるのは、行儀の悪い気分がちょっと湧いてくる。

「っていうか、言われたとおりに素材集めるくらいしかできないしね、私。できることは、張り切らないと」

「俺は魔法の灯りだけで、かなり助かるけど」

「あんなのじゃつり合ってないでしょー」

ミスティアはそんなことを言うが、魔法の灯りは焚き火と違って煙臭くならないし、換気しなくても窒息の心配が無い。しかも光量はＬＥＤ並み。

科学文明で天才が開発したＬＥＤランタン並みの恩恵をもらってしまっているのだから、相当ありがたいのだが。

超ド田舎の山道を歩いたことがあれば、松明《たいまつ》の頼りなさや扱いづらさ、それでも無いと困る野山での闇の深さは身に沁みるものだ。

暗い中を歩くだけで、死ねる世界。それが大自然というものである。

というか、やりすぎて負い目に思われただろうか——そんなことを考える俺に、ミスティアは首を傾げて振り向いた。

「それに魔法だけだと、ちょっと物足りないと思わない？　だって、工夫して作るのって、楽しいじゃない」

屈託のない笑顔でそう言われてしまい、俺はごちゃごちゃ考えてたことを放り捨てた。

「……そうだな。楽しいよな」

テント一つ、ペグ一つまで道具を吟味してキャンプに行くのがキャンパーである。

サバキャンとはいえ、自分の知恵と技を試している中に、楽しみがまったく無いわけでもなかった。

「だよねー！　今回はソウジロウと一緒だから、いつもよりずっと楽しいわ。木のスコップなんて初めて！」

「いやあれはシャベル」

「スコップだってばー」

どん、と隣に座るミスティアが肩をぶつけて言い返してきた。その顔は笑っている。

俺の顔も、同じく笑ってしまっていた。


さて、ミスティアが掘ってきてくれた粘土の出番だ。

こいつで、小屋の壁から隙間を無くす。

地面に穴を掘って、その中で粘土と枯れ草と砂を水で混ぜて、ちょうど良い硬さで整える。

複合素材の劣化モルタルだ。

それを小屋の外壁に塗っていく。丸太を積んだだけの小屋の壁も、こうすれば隙間風が無くなる。

左官仕事はさすがにやったこと無かったけど、これも〈クラフトギア〉のおかげなのか、粘土の硬さも壁塗りも、失敗せずに一発でいけた。

俺の感覚では絵の具を画用紙に塗りつけるくらいお手軽に施工しているのに、仕上がりは滑らかで、素材の悪さ以上の不必要なでこぼこが無い。

これで室内の防寒対策が、半分は終わった。

もう半分に取りかかる。

小屋の外壁に穴を開けて、後ろ側に石と土で炉と煙突を組み上げる。石の上下左右を〈クラフトギア〉でストンと落として平らにして、『固定』しつつ組み上げれば、石積みもかなり手早く終わる。最後に外壁の穴と劣化モルタルで接続しておく。

これで、小屋の中で焚き火をしても煙は外に逃がせる。つまり――ミニ暖炉付きということだ。炭や焚き火で暖まり、軽い調理やお湯くらいなら外に出なくても作れるのである。

最後に扉代わりの樹皮シートを出入り口に垂らして、

「よし、今日の分は完成！」

木と土でできた小屋が、できあがった。

「やったー！」

俺が宣言すると、ミスティアが拍手してくれた。

「すごいすごいっ。一日で作れるものじゃないわよこれ。おっきいし！　本当に私も住んでいいんだよね？」

「ミスティアもあんなに手伝ってくれたんだから、堂々と住んでくれ。二つも建てた意味が無くなる」

土小屋は俺のとミスティアの分の、二つ建ててある。

同時進行でやったところ、夕方までかかってしまった。森の中は暗くなるのが早いので、すでにミスティアの灯りが、テントサイトを照らす位置にあちこち浮かんでいる。

本当にありがたい。

「ミスティアも、ベッドを作ってくれてありがとう」

「ぜーんぜん。これくらい余裕ですとも」

　柔らかい草を大量に集めてきて、束にする。焚き火に当てて乾かしたそれを大量に並べれば、藁《わら》束《たば》のベッドみたいなものができる。布のシーツさえかぶせれば、野性味はあるが完全にベッドである。

　小屋の中には人が寝そべられるサイズの額縁シートを作って、膝くらいの高さで『固定』してある。その上に草束は設置されていた。

　座るも寝るも可能なので、ソファベッドと主張すればそう言えなくもない。

　しかし、樹皮シートを『固定』しただけなのは、手抜き感があるな。

「明日はもうちょっと、きちんとしたベッドを作るよ」

　そう言うと、ミスティアが横目で俺を見て笑った。

「やーらしー」

「なんでだ」

「人里の人間が『ベッドにこだわる男は娼館《しょうかん》通いが長い』って言ってたもの」

「いやらしいのはそいつだ」

「あはっ、あの子に会ったら言っておくわね」

「待ってくれ。それもしかして女の子か？」

「あっ、すごいこの小屋。地面がちゃんと整地してあるー！　神様ソウジロウ様神璽《レガリア》様に大感謝です！　炉がついてるのすごく良い！　雨でも濡れずにお湯が作れる！　わぁ～～!!」

プレハブ小屋に足を踏み入れて、歓喜の声を上げるミスティアだった。

もう聞いてない。

……まあ、喜んでくれて何よりか。

奔放なエルフの嬉しげな声を耳にしながら、俺は大仕事の成果としてそれを満喫するのだった。

第十話　感謝の向かう相手は

「ソウジロウ、まだ起きてる？」

「ああ。入っていい」

　ミスティアの声に答えると、いの一番にマツカゼが入り込んできた。

　甘えてくるマツカゼを撫でて宥《なだ》める。

「ごめんね。私が灯り点けたのすっかり忘れちゃってたから。もう寝るなら消さないとって思ったの」

　そう言いながら、ミスティアが俺の小屋に入ってきた。

　時刻は体感だが二一時くらいだろうか。確かに、日の出と一緒に起きるなら、そろそろ寝ても良い頃合いだ。

「あと少しだけ起きてる。もうすぐできるから……あと一時間くらいで消えてもいい。タイマーとかできたらやっていいけど」

「まだなにか作ってたんだ？　なになに？」

　俺の答えに、ミスティアが目を輝かせて寄ってきた。

「別に良いものじゃない。ただ、これだけはやっておくべきだなって思って」

　横に置いていたものを差し出す。

木彫りの神像だ。

「あ、これって、ソウジロウが会ったっていう女神様？　へえ〜、きれーい」

言いながらていねいに受け取ったミスティアが、横に腰かけてくる。

「いや、顔も姿も見えなかったから、声を思い出しながら、手が動くのに任せたんだ。だからほぼ捏造《ねつぞう》だよ」

「創作ってことね、了解しました。でも、素敵よ。きっと女神様も喜んでくれるわ」

どこまでズームアップしても綺麗なミスティアの顔が、仄明《ほのあか》るい小屋の中でぱあっと明るい笑顔を作る。

他意の無さそうな反応に、俺は胸を撫《な》で下《お》ろした。

「だといいな。もともと、神像で繋《つな》がった縁だから」


小屋の高い位置に板を一枚固定しておいた。とりあえず神像はそこに飾るつもりである。神棚っぽいものを異世界に作って良いものなのかと思ったが、ミスティアの反応は悪くはない。セーフのようである。

「見せてくれて、ありがと。そんなに良い出来栄えなのに、まだ完成じゃないのがびっくりね」

「まあ、少し磨いて微調整してるだけだよ」

すでにだいたいできあがっていて、ヤスリや彫刻刀で微調整している段階だ。造形仕事には縁が無かったんだが、意外と出来は悪くない。〈クラフトギア〉か女神様の祝福、どちらかの恩寵《おんちょう》だろう。

「そういえば、もう聞いてたら悪いけど、女神様の御名前って分かるかしら？」

言ったかどうか、俺も定かではない。なので改めて言う。

「えっと……確か、アナって言ってたはずだ。神祖の母なる女神・アナ」

女神様自身も、自分の名前をことさらに告げてはくれなかった。だから、こっちが勝手に察した名前だ。

「アナ……神祖の母神……うーん、聞いたことないなぁ」

ミスティアが虚空《こくう》を見上げて首を傾げる。

「私より長生きしてるエルフなら、知ってるかも。もしくは、人間でも長く続いてる国の古文書《こもんじょ》とかなら、分かるのかも。神々の知識って、散逸したり消えたりするのよね」

「俺のいた世界と同じだ」

「神様からすれば、寂しい話よね。世界から消えてしまうみたいだもの」

「そうだよな」

神像を見て、俺はうなずく。

「この女神様――アナ様は、俺が最後だって言ってた。もっと野望のある奴を送り出せば、また色んな人に知ってもらえたかもしれない」

俺の望みなんて、ささやかなものだ。そんな人物で良かったんだろうか。

「そうなんだ。それならきっと――」

ミスティアが神像を見つめながら言った。

「――強い神様だったのね」


「なんで？」

「だって、野望や名声より、貴方の優しさを選んだから」

ミスティアは、微笑んでいた。

「きっとずっと、そうしてきたのよ。最後の最後で、やばーいってなってても、その矜持《きょうじ》を捨てなかった」

俺の脳裏に、女神様が最後に浮かべた顔がよぎる。それは、最期とは思えないほど、優しい微笑みだった。

「それって、強いじゃない。強くて、優しい女神様なのね」

そんな女神のことを振り返って想《おも》うのは、

「私は、そういうの好きなの」

「……俺も、そう思うよ」

女神様は「幸ある生を」と言っていた。それが、あの女神様の在り方であり、誇りであるなら。

俺が余計なことを考えるのは、それこそ余計なことだろう。

「女神様はきっと、ソウジロウみたいな人が好みだったのよ。趣味が良いわ」

「そうかな」

「うん」

その後は言葉を交わすことも無く、俺はただ像をきっちり彫ることに専念した。


「これで完成、と」

「おつかれさま。ほんと上手よねー」

ベッドに腰かけたミスティアに褒められるのは、少し照れくさい。

〈クラフトギア〉の力でクオリティは大したものだが、これは目で見たわけではなく想像で生んだものだからだ。

神棚（仮）に飾って、軽く拝む。この世界の作法としてこれで良いのか分からないが。まあ、細かいことは良いだろう。

「付き合ってくれてありがとう。もう寝るよ」

「じゃあ灯りを弱くするね。ちょっとしたら消えるから」

ミスティアは立ち上がって神棚に向けて一礼し、小屋の出入り口で俺を見た。

「おやすみソウジロウ。お家《うち》建ててくれてありがとね。ほんとに」

「おやすみ。お互いさまだよ。俺も、助かってる」

エルフは手を振ってマツカゼと一緒に立ち去った。

薄暗い小屋の中で、俺は神棚を見上げる。
美味しいものを、美味しいと思える環境で食べたい。
俺の願いを、しっかり叶えてくれた女神様のおかげだ。
「ありがとう、女神様」
そろそろ寝よう。
今日は濃い一日だった。
明日からは、のんびりとテントサイトを充実させていこう。

第十一話　エルフの水浴び

朝の気配がする。

「おはよー」

ミスティアの声がした。

とても柔らかくて温かいものが俺の体にのしかかってきた感触がする。と同時に、口のあたりに湿った感触がする。舐められているようだ。

「分かったよ、起きるよ。……おはよう」

俺の体に飛び乗ってきたマツカゼが、わふっと鳴いて答えてきた。

犬に起こされる時は、微睡《まどろ》みから起き上がるまでのわずかな時間を許してくれない。

あくびまじりながらもさっさと体を起こして、外に出る。

「あ、ソウジロウおはよーっ」

すぐ外にいたミスティアが、朝から元気に手を振ってくる。なにやら体の筋を伸ばしていた。ストレッチしてたらしい。

さっきの声は、マツカゼに絡まれてたんだろう。今の俺みたいに。

「マツカゼが突撃していったわねー」

「おかげで一瞬で起きたよ」

俺の足下でうろうろする毛玉を見たミスティアが、あははと笑った。

汲み置きしていた水を樹皮の容器で飲み下すと、体に染み渡る冷たさだった。外に置いておいたからだ。ようやく頭がちゃんと動いてきた。

ミスティアの言葉に従ってグリフィンの爪を入れておいたのだが、確かに綺麗な水だ。

「この水で体洗いたいな……」

「あ、私も私も」

ふとつぶやいた言葉に、近くで聞いていたミスティアがそんなことを言う。

「ね、それなら一緒に水浴びする？」

「……冗談？」

耳を疑った。

のだが、朝でも美しいエルフは不思議そうな顔で見返してくる。

「え、なんで？　あ、もしかして週に一回お湯沸かして浴びるタイプの文化の人？　私は毎日派なのよねー」

「いや、風呂は俺も毎日入るけど」

ついそう言い返してしまった。すると、ミスティアは微笑んでうなずいた。

「ならちょうどいいわね。一緒に行きましょ。マツカゼ、川に行くわよー」

……えええ？

「あれ？　ソウジロウ、行かない？　入りたくない？」

そんなことを聞かれれば、まあ俺だって昨日は力いっぱい働いたし。土まみれになって壁を塗ったし。

「いや、うん、まあ……入るけど」

と答えるのは、自然な流れだった。


野で水浴びをするなら、男女問わず一緒に行って、一人は見張りに立つ。冒険者に限らず、この世界でそれを採用してる地域は多いらしい。

「モンスター対策か……」

目の前で服を脱ぎながら、ミスティアは俺に言うのだった。

「大丈夫。ソウジロウのこと、信用してるから」

むう。

透けるほど薄い浴着《よくぎ》で水浴びをするミスティア。それを少し離れたところで見守っている。

……そういえば、フィンランドでは風呂の代わりにサウナを使うし、サウナは男女混浴だったか。

そういうのと似た感覚なのかもしれない。確か友達や恋人と一緒はＯＫだけど、見知らぬ異性はダメとかそういうのもあったはずだし。

気にする方がおかしい奴に思われるんだろう。

「あんな薄い浴着でも、遠目だと水着くらいに見える……。ありがたい」

思わずそんなことをつぶやく。

グリフィンと戦った時は、濡れて体に張りついて透ける浴着はあんまり意味無いように思えたものの、少し遠巻きになれば、それくらいのものでもずいぶんやましさが鎮まるものだった。

ただ、まあ、転生して健康になったり力持ちになったりしてるが——視力が上がって困ることがあるとは思わなかった。

モンスターなどへの警戒役でもあるので、目を離すわけにもいかない。

やがて、体を清め終わって着替えたミスティアが、まだしっとりしている髪をまとめるより先にこちらに来た。

「んー、ありがと。さっぱりしたー。昨日わりと張り切っちゃったからね、あはは」

「そうだな」

そして、ミスティアが自分の浴着を差し出しながら言う。

「はい、じゃあ交代ね」

「え、ああ」

思わず受け取ってから、なぜ俺はミスティアの使用済み浴着を手にしているんだろうと首を傾げる。

「え、これはなんで？」

「貸してあげる。体拭くのに使って。今それしか布がないし」

そんなことを言う。

浴着には先ほどなにか魔法をかけていたと思ったが、さっぱり乾いていて肌触りも良いけど。

しかし、俺がこれを使うのか？

「……だ、大丈夫なのか？　ってうわ便利そう！」

考え込んだ俺をよそに、座って自分に向けて魔法陣を広げるミスティア。髪がふわふわとなびいている。どうやら、魔法陣から吹き付ける風で乾かしているようだ。

「あはは、ソウジロウは魔法見ると絶対びっくりするわね」

ミスティアは笑っていた。

「服はすぐ乾かせるからねー。あ、ここで脱いで洗ってく？」

「いや、向こうで洗ってから持ってくるよ……」

その場で脱ぐのはためらわれる。

俺は足早にミスティアから離れて川へ向かった。

葛藤の末、俺は浴着を使わせてもらうことにする。

腰に巻いて股間だけ隠し、自分のシャツで体を拭いてから服を乾かしてもらう。

この手順だ。

この借りはいずれ返そう……。

川の冷たさが、今回はとてもありがたかった。

第十二話　家具を作りたい

朝ごはんは川で調達することにした。

「〈クラフトギア〉」

川の中にある岩をハンマーで叩くと、衝撃で気絶した魚が浮いてくる。それを拾えばいい。

石打漁《いしうちりょう》というやり方だが、日本では違法だ。いずれ罠とか釣り具を作ろう。

運の良いことに、コイ科のやつではなくイワナっぽいのが浮いてきた。それも大きい。

尺イワナがほいほい獲れていいんだろうか。さすが千年手つかずの森。

炭火でじっくり、やると1～2時間かかるので、今日は時短してしまう。

三枚下ろしにして石板で焼いてしまえば、切り身の塩焼きだ。そんなものでも木皿に盛って野草を添えると、なんとなくキャンプグルメっぽく映える。

丸太を椅子にもテーブルにも使って、ミスティアと並んで朝食にする。

「ソウジロウは今日はどうするの？」

「ひとまず、ここをもっと暮らしやすくするつもりだよ。とりあえず小屋の周りを伐採したり窓作ったり、あと家具も作りたい。……狩りとかをミスティアに任せていいなら」

「ふふ、もっちろん。お任せあれ。マツカゼに狩りの訓練させないといけないしね」

フンスフンスと鼻息を荒くして、食べてる人の顔を見てくるマツカゼ。

ダメだ。やらないぞ。

「なに作るの？」

「そうだな。いろいろあるけど、最初は決まってる」

ローテーブルくらいの高さしかない丸太の上に置いた焼き魚を狙って、じりじりとマツカゼが忍び寄っている。

「テーブルと椅子だよ。……マツカゼが、いたずらできない高さのやつを」

「あはは」

俺の答えに、ミスティアはおかしげに笑っていた。


まずは大きめの木を切り倒す。

自分一人で運べない大きな木を伐採しても、普通ならどうしようもない。

が、〈クラフトギア〉があれば別だ。

伐り倒すのも木から枝を払うのも、せいぜい粘土をナイフで成形するくらいの手間だ。ギコギコしなくてもすっと切れる。

丸太になったら鳶口《とびぐち》という工具を使う。トビの嘴《くちばし》のような穂先がついた、長い棒だ。〝口〟を木に引っかけて転がしたり引っ張ったりできる。

これで丸太を引っ張ると、〈クラフトギア〉の力で重さを感じない。

次に丸太から板を切り出す。

手で切ったとは思えない綺麗な板ができた。

俺が欲しいのはコンパネみたいなでかい板だが、丸太からそのサイズはちょっと大変な作業になる。

なので、板の側面を合わせて『固定』する。

切るときはノコギリを通す一部分だけを解除すればいいのだ。

できなかったらこの方法は諦めるつもりだったが、やってみたらできた。これで、どんなサイズの板も作れることが分かった。

ということで、テーブル制作に取りかかることにした。

まずはテーブルを作るためのテーブルを作ろう。

「やっぱり最初はこれだよな」

クロス台。

工作作業をするテーブルの、脚の部分だ。

作り方は簡単で、薄い板の中央に細い切り込みを入れたものを、二つ作る。

立てた板に、もう一枚の板を切り込み同士を噛《か》み合《あ》わせてクロス——上から見てXの字になるように組み合わせれば、自立する。

で、そこに天板を置くともうテーブルができあがるという寸法だ。

クロス台は天板も脚も分解すればただの板なので、置き場所に困らない。

脚の部分は立ちやすいように接地面を少し形を整えたり、分解や持ち運びがしやすいように肉抜きをして軽くしたりする。

「よしよし、良い感じだ」

出来栄えと作業ペースに満足して、俺は食卓の作業に取りかかる。

「テーブルのあとは、椅子か。それから窓とベッドと扉。余裕があったら調理場と、食器類。仕舞っておくのに棚か箱か欲しいな……」

いや正直、そういうのを書いておく紙とペンがいちばん欲しいかもしれない。

そんなことを思いながら、俺は作業に取りかかるのだった。


食卓用のテーブルと椅子を作り終えた時には、昼も近づく頃合いになっていた。

「これでよし、と。文明人的に食事できるな」

「ソウジロウ！　見て見て！」

そんな声に振り返ると、ミスティアが喜色満面で巨大な蛾《が》を抱きかかえていた。

「シルキーモスが来てくれたわ！　ここに住みたいって！」

「なんだその巨大蛾!?」

びっくりするほど大きな蛾だった。

白くてふわふわした体毛に覆われていて、羽まで真っ白だった。櫛《くし》のような触角と大きな複眼だけが真っ黒で、ツートンカラーをしている。

全体的には蛾の形をしたふわふわのぬいぐるみみたいな、白く煌めく生き物だった。

ただし、大きさは子犬のマツカゼより大きい。

「せっかくの精霊獣に失礼よ、ソウジロウ」

「せ、精霊獣？」

「精霊獣っていうのはね、妖精界の生き物と言われてるわ。普通の生き物から、ちょっとだけ外れているの。普段はどこにもいないんだけど、忽然《こつぜん》と顕界《けんかい》するらしいわ」

それ珍獣というか幻獣の類いでは。

「なるほど……？　住みたいっていうのは？」

「ふわふわ飛んできて、ソウジロウの小屋に乗ってたの。ご挨拶したら、住みたいって」

「会話、できるのか？」

「エルフですから。――いわゆる〝会話〟はできないけど、なんとなく意思は伝わるの」

「へえ……そういえば、生き物が好きって言ってたのも、そういう？」

「そうね。こういうエルフの特技も、関係無いとは言わないかな」

シルキーモスがふわりと飛んで、テーブルの上に着地した。

俺を見上げて、なにやら腕を持ち上げる。

すると、魔法陣が触角のあたりに出現した。

「魔法……使えるんだな。うらやましい」

「使う生き物けっこうたくさんいるけど」

「そうなんだ」

俺も使ってみたい。

そんなことを言い合っているうちに、シルキーモスは魔法陣から白い糸を大量に射出《しゃしゅつ》して手に摑《つか》んだ。

白い塊のように見えたその大量の糸は、ふっと前肢《まえあし》を振るうと一瞬で、ある形にまとまった。

一枚の布である。

「おおっ、すごい」

素直に感心してしまう。

すると、蛾はこちらにそれを差し出してきた。

「……布を作るから、ここに住んでいいかってこと？」

「そうね！　どうかな、ソウジロウ。シルキーモスも一緒にいていい？」

ミスティアにそんなことを言われる。

「願ってもない。布はすごく大変だから、当分諦めてたんだ。歓迎するよ」

モスが前肢を振る。

「む、俺にも分かるぞ。よろしく、って言ってる気がする」

俺が言うと、ミスティアが顔を覗《のぞ》きこんでくる。

「えっとね、精霊獣と意思が伝わるっていうのは、エルフ的にはジェスチャーじゃなくて、なんか頭にぴってくるやつなんだけど……」

「……じゃあこれは、俺に合わせてくれてるのか。賢いな」

ミスティアがモスを撫でる。

「よろしくねー。ひゃー、ふかふか～」

マツカゼが吠えている。顔を見ると、不機嫌そうだ。

「仲良くしてくれ、マツカゼ」

シルキーモスが手を挙げた。

「……ソージロー、モスも名前つけてほしいみたいだけど？」

「え。えっと……」

俺は白いモフモフのその姿を見て、ふと思い出すものがあった。

「じゃあ、ムスビとか」

「それはやっぱり由来があるの？」

「俺の世界で養蚕の神様の名前。……まあ、見た目が蚕に似てるし」

蚕の成虫は、白い蛾なのである。

糸も出すし、モスラっぽいなーと考えたらふと小さい頃に怪獣映画を見てから調べて知ったカイコガのことを思い出した。

「じゃあ、これからよろしくな。ムスビ」

俺が言うと、ムスビは触角をふりふりと上下に振った。

第十三話　重要な一室

俺としたことが、とんだミスを犯していたことに気付いた。

今はそれを挽回《ばんかい》するために、O形に切り出した木材の表面を可能な限り滑らかに仕上げてる。

〈クラフトギア〉のヤスリによって、大理石のようにツルツルにしていく。

その部品ができあがれば、あとは体力仕事だ。

「やり直しはしたくない。一発勝負だ……！」

俺は〈クラフトギア〉をシャベルにして、立ち上がった。

トイレをアップグレードするために。


今までどうしてたのかは聞かないでほしい。

デリケートな問題だが避けては通れないので、俺とミスティアは気まずい思いを隠して話し合い、不都合が無いようにしていた。とだけ。

しかし、椅子を作って座った時に、ふと思ってしまった。

普通のトイレ欲しい、と。

というか、トイレ事情の解決は早ければ早いほど良いと思う。

優先順位を間違えていた。それが俺のミスだ。

そんなわけで、俺はO形の便座と蓋付きの便器を取り急ぎ原木から掘り出した。

水洗にはできないので、便器の穴は真っ直ぐ下に通る形だ。

あとは、これを設置する場所があればトイレは完成する。

「〈クラフトギア〉、本領発揮だ」

まずは穴を掘る。

テントサイトから五〇メートルほど離れた場所だ。

かなり深く掘る。最終的におがくずなどを投入し、溜《た》まったものを生分解してから埋める必要があるかもしれない。

まあ、後のことは置いておく。

とりあえずけっこう深く広く掘った。

穴の周囲に石で基礎を置いて、その上に小屋を作っていく。

壁は薄くて枚数の多い板材を簡単に立てていき、床は厚めの板を渡しておく。天井はお馴染《なじ》み樹皮シートをロールで作っておいたので、それを使う。

二メートル四方の小屋がすぐにそこに建てられた。

壁・床・天井の全て、耐久や構造を度外視して『固定』して突貫で建てた。

見た目は床以外薄くて頼りなく思えるのに、〈クラフトギア〉の力でどんな建材より頑丈だ。

そして、床の板材に唯一ぽっかりと開いた穴に、便器を置いて『固定』する。

壁には手を洗うための水のタンクと容器を設置。

グリフィンの爪を水の容器に入れておいて、衛生もよし。

手を拭くタオルも吊るしておこう。

「壁を〈クラフトギア〉で『固定』しておけば、モンスターの襲撃も平気……まあ、扉だけは動かないと困るから、分厚くて硬い木で作るか。また後日に」

今日は突貫工事すると決めてる。

扉にいちおう、簡単な鍵だけはつけておいた。

「これでよし、完成」

俺は腕組みしてうなずいた。

そして、

「早くテストしよう。早く」

作業の途中からずっと我慢していた。


使った感想。

やっぱり、野外じゃないのは良い。たとえ拭くのが葉っぱでも、個室で安心感が味わえるのは良い。

ミスティアにはちょっと引かれた。

「い、一日でこんな立派なはばかりを作ったの？　ソウジロウ、ちょっと頑張りすぎじゃない？」

「いや、Ｔ○ＴＯのこだわりに比べれば全然だと思う」

とは言いつつ、ミスティアも入って出てきたあとの感想だったんだが。

さて、残るはマツカゼのことだと思う。

「お前用のも、作らないとな……砂桶《すなおけ》とか？　それは猫か」

「マツカゼなら、教えれば決まったところでしてくれるわよ。ソウジロウがこだわりたいなら、それこそ掘った穴に」

「まじか。すごいなマツカゼ」

トイレの躾《しつけ》ができる犬。それだけでかなり褒めてやりたいポイントだ。

マツカゼを撫でてやると、嬉しげに鳴いた。可愛いやつだ。

「魔獣ってすごいんだなー。よしよし、お前のトイレする穴も掘ってやろう」

俺が言うと、くるくる回りながら少し吠えた。なんだ？

ミスティアが言った。

「……自分も壁つけてほしい、だって」

「本当にすごいな!?」

まあ、トイレの時って無防備だからな。

しかしこのぶんだと、板材は本当にどれだけあっても良さそうだ。
たくさん作っておこう。

第十四話　犬じゃなかった日

朝、マツカゼの声と体重で起こされる。

「おはよう……おはよう！　おはよう！」

声が小さいと起きてないと判断されるのか舐め続けるので、慌てて腹から声を出した。

寝起きなのでもうちょっと容赦してほしい。

昨日、トイレを張り切りすぎて俺の小屋に扉はまだついてない。

でも窓は作った。それと、天井付近に採光用の小窓の穴を開けて、ムスビからもらった光が透けて通るくらい極薄の布を張っておいた。

だから、小屋の中でも明るさで分かる。めっちゃ早朝だ。

「お前は早起きだね……」

わふっと鳴いて答えるマツカゼと共に外に出ると、やっぱりストレッチしてるミスティアの姿がある。

「ソウジロウ。おはようっ！」

「こっちも早起きだわ」

「ん？」

エルフも朝から元気はつらつだった。

俺も深呼吸して頭をしゃっきりさせる。

「おはよう、ミスティア……と、ムスビ」

もふん、とどこからか飛んできたムスビが頭に乗って主張してきた。


俺も軽く体を伸ばしてほぐしてから、少し周辺をミスティアとマツカゼと一緒に歩いて回った。

今日はどこ伐採しようかとか当たりをつけたり、見かけた野草を採ったりもする。

一回りして散歩を終えたら、川で沐浴タイムだ。

昨日と違うのは、ムスビが体を拭く布を作ってくれていたのでミスティアの浴着を共有しなくて良くなったこと。

ちょっとほっとする。

拠点に戻ったら、作りたてのテーブルと椅子で朝食にする。

「……ウッドデッキ作ろうかな」

地面の上に食卓を置いて食べてると、なんとなく違和感がある。

「ソウジロウって、意外なところをこだわるわね」

「変かな？」

「ううん、いいと思う。私には考えつかないことばっかりで、とっても楽しいもの」

くすくすと笑うミスティアだった。

俺としては、食べる環境は重要な話だ。だって前世でそれで食べる楽しみ忘れたし。

「まあ、取り急ぎ必要な物があったら教えてくれ。俺も、森の中で長く生活したことないから」

〈クラフトギア〉の力があるとはいえ、俺の手は二本しかない。

狩猟採集という、サバイバルでいちばん時間がかかる部分はミスティア任せだ。

狩りをして肉や野草を採ってきてくれるのは、正直とてもありがたい。

「ぜーんぜん満足してまーす」

笑顔でそう答えてくれるミスティアだった。

「あ、でも大物がいたら、お願いね」

「その時はもちろん呼んでもらうなり、ここに誘導してくるなり。頼ってくれ」

この森には四〇〇キロくらいありそうな魔猪《まちょ》とかが普通にいるらしい。

ちなみに、魔猪よりミスティアの方が強いという。

でも現在のミスティアの狩りはマツカゼの保護をしながらなので、少し手《て》強《ごわ》くて大きいのが出たら、この拠点に誘導してもらって俺が仕留める手はずになっていた。

「そういえば、毛皮はムスビが鞣《なめ》してくれるって」

「ほんとに？　ありがとう、ムスビ」

塩水を入れた容器でぱしゃぱしゃと水をかぶっているシルキーモスは、俺の投げかけた言葉に触角をふりふりして応えた。

ちなみに、塩水と葉っぱがムスビの食べ物である。

それだけで布と皮鞣しまで頼んでしまうとは、こちらが申し訳なくなる。

なにしろ、ムスビは俺の小屋の屋根上で寝てるだけで、家すら作ってやってないし。


朝食を終えて、ミスティアは狩りの支度をする。

その足下ではマツカゼが散歩に行く前のような顔で、機嫌良くうろついていた。

「そういえば、マツカゼの犬小屋を作ってやらないといけないよな。マツカゼって、どのくらいの大きさになるんだ？」

「ん？　すごく大きくなるわよ」

「見た目からして、レトリバーくらいにはなりそうだけど……」

足がすごく太いのだ。こういう犬は大きくなる。

「最終的には、ソウジロウを乗せて走れるくらいかな」

あっけらかんと、ミスティアはそんなことを言った。

「……犬なのに？」

それはジブリの世界では？

「犬じゃないもの。魔獣にして魔狼《まろう》、ブラックウルフの幼体よ、マツカゼ」

「じゃあ馬くらい大きくなるってことか？」

「うん。そう」

「え～!?」

驚きのあまりマツカゼを凝視すると、魔狼の仔《こ》はわーいと駆け寄ってきた。

「ウルフ……狼だったのか、お前……」

「なんでそんなにびっくりしてるの？」

「てっきり、犬だと思ってた……」

「そんなに落ち込むこと？」

寄ってきたマツカゼを撫でつつ、答える。

「ずっと、犬を飼うのが夢だったんだけど、これは果たして叶った扱いしていいのかなっていま混乱してるんだ……」

「そうなんだ」

衝撃の事実が発覚した。

でも、マツカゼは気にしてなさそうだ。注目されて嬉しそうに俺にじゃれついてくる。

「ま、いいか」

「あ、立ち直った」

気を取り直して、俺は想定していた犬小屋から大幅に予定変更を余儀なくされた。

「それなら、馬が入れるサイズにしないとダメだなー。猟犬サイズで考えてたから、場所から考え直さないと」

「そうやって受け容れてくれるところ、ソウジロウの良いところよね」

「拾った生き物を、途中で投げ出したりしないさ」

「んっふっふー」

ミスティアは嬉しそうに笑う。

「どうかした？」

「神璽《レガリア》に選ばれたのがソウジロウで、良かったなーって。ちょっと思っただけ」

そんなアクシデントがありつつも、マツカゼの犬小屋――狼小屋？

まあともあれ、でかいのを作ることになった。

ちょっと伐採と板材加工を頑張らないといけないようだ。

頑張ろう。

第十五話　土のプロ現る

ムスビがどこからともなく飛んできたと思ったら、その脚にアルマジロを抱えていた。

「……え？」

首を傾げる俺に、ギュッ、って感じの鳴き声で、アルマジロが応えた。

二本脚で立ち上がって、俺に向かって両手をふりふりと振っている。なんらかのジェスチャー。

なにも分からん。

……もしや、精霊獣の仲間だろうか？

不思議な生き物を見かけた時のお約束。ミスティアに聞いてみることにした。

「わあ〜！　ソウジロウといると、伝承の存在がぽろぽろぽろ出てくる〜!!」

「やっぱり精霊獣とかそういうのか？」

「そういうのです！」

まあアルマジロっぽいけど、どう見てもサイズ感が違う。ひと抱えある。

「『リドルズ』っていう精霊獣です。良い土を作ってくれます」

「土を？」

アルマジロは土に手をついてジッと見つめるポーズをする。ええ土ですか？

「うん。畑とか、穴掘りとか得意なのよ」

アルマジロが三本の爪を地面に突き立てて引っかいた。すると、地面が柔らかくされている。爪、以上の何かの力が働いているっぽい。さてはまた魔法だな。

「……昨日、俺が菜園作りたいとか言ったから？」

ムスビに振り向いてそう訊ねると、白いもふ毛の前肢を振っていた。

どうやらそうらしい。

「じゃあ……きみの名前は、ウカタマで。豊穣《ほうじょう》の神様だけど、いいかな？」

もはやいつもの流れを省略して、名前をつけてみる。球になれそうな体だからウカタマ、とかは伏せる。

アルマジロの精霊獣は、首を縦に振った。分かりやすいなジェスチャー。

うーん、芸が細かい。

ウカタマは、ミスティアを見て土を叩いている。それから、どこか遠くを振り返る。

なんだろう？

ミスティアを見ると、ウカタマの見ている方と同じ方向を指差して教えてくれた。

「種とか挿し木とか、面倒見るものが欲しいんですって。それに使うから、神樹の一部と、おトイレを土に還《かえ》すのに使いたいって」

そこで気付いた。指を差してるのは、遠くにあるトイレの小屋だ。なるほど。

「つまり、堆肥化するってことか」

「そうみたい」

「……くみ出したりするのか？」

「穴掘り得意だから、地下道を掘って自分でなんとかすると思うわよ？」

「そうなのか？」

ウカタマを見ると、コクコクとうなずいてその場で地面の下に潜って消えた。めちゃめちゃ速い。モグラみたいだ。

「願ってもない申し出だな。助かるよ。……ウカタマの食べ物とかは、なにあげればいいんだ？」

「木と水と、あとは果物……だったはず」

「木はいくらでもある。果物……野苺《のいちご》なら、森の中にありそうだけど」

相談してたら、ウカタマがもこりと地面から顔だけ出して見上げてきた。

「それも栽培させて、って言ってるみたい」

自給自足ですか。

手間いらず。ということは、必要なのは手間じゃない。

「つまり、土地が必要だな。ちょっと向こうの方を開拓するけど、一緒にやるか？」

もともと、菜園というか畑くらいは作るつもりだった。手を貸してくれるなら、願ってもないことだ。

ウカタマはうなずいた。

この拠点に、菜園担当が増えた。

自家栽培の菜園から採れたて野菜で作るソトレシピ……なんてものも、いずれ作れるかもしれない。

いいな。めっちゃ美味そうだ。

ウカタマのために、俺は後回しにしていた抜根作業をした。

木を伐採した後に残る切り株を、文字どおり根こそぎ抜き取る作業である。畑を作るならこれをしなければ、森の中に広い土地など作れない。

やったことがある人なら分かると思うが、抜根は重労働でおまけにかなり面倒くさい。

切り株の周りの土を掘り返すのがまず一苦労。

木の根が土を掘り起こすことを邪魔するので、力ずくでシャベルを突き刺していかねばならない。太い根が邪魔なら、根切りという道具やツルハシなんかで、力ずくでぶち折る。

掘り進めて根を露出させては鋸《のこぎり》で切断して、さらに掘り進めてはまた邪魔されて切断するの繰り返し。

そうしてぐるっと切り株周りを掘り起こして、最後は力ずくで切り株を引っこ抜く必要がある。

足の太さほどの木ですら、きちんと掘り返してやらないと抜けない。単純に引っ張っただけでは、車で引いても抜けないのはしょっちゅうだ。

もう本当に面倒くさい。特に人力だと。

小さな切り株一つに大わらわになる。

楽にやりたいなら、重機を使うしかない。

そんな苦手意識から、後回しにしてしまっていたわけだが。

「〈クラフトギア〉なら……楽にいけるか？」

いけた。

チェンソーや鋸を使わなくても、地面を根っこごと簡単に掘り返すシャベル。

三脚を立てずとも空中に『固定』して浮かべたチェーンブロックで引っ張れば、いともあっさり切り株は地面から引っこ抜けた。

ユンボ以上のパワーというか、物理現象にインチキをしている気分。というかしている。確実に。

切り株を抜いてできた穴に土を埋め戻し、切り株はそのままウカタマが引き取ってくれた。土塊《つちくれ》がついたままの切り株を、ウカタマは喜んで転がしていった。いや大きさのわりにパワフル。

ともあれ、楽なのは助かる。

俺は抜根作業を進めて、森の中にある程度の広さを持つ土地を拓《ひら》いた。

「このへんを菜園にしてもらうとして、まあ初めは……なんだろう。美味しい野草とか育ててもらおうかな」

ウカタマはこっくりとうなずいて、さっそく土を掘り返し始める。

しばらくしてからもう一度様子を見に行くと、ただの森の地面だった場所は、畝《うね》の連なる畑に変貌していた。

仕事が早い。

ひと仕事を終えたウカタマは、その辺に積んでおいた根っこ付きの切り株の一つを、カリカリと齧っていた。

木を食べるんだな。ビーバーみたいだ。

その日もミスティアは、しっかりと獲物を携えて帰ってきた。

弓も無いのによくやる。

「毛皮はムスビに、内臓と骨はウカタマに……捨てるところが無くなったなー」

解体した魔物の部位を、それぞれの容器に入れておくと引き取り先が持っていってくれる。

手元に残るのは肉くらいだ。

これも枝肉にしつつ、期待の眼差《まなざ》しを向けるマツカゼに小さく切った肝臓や端切れを投げてやったりする。

「甘やかしてるわねー」

「いっぱいあるしつい……」

一緒に解体してるミスティアが、おかしそうに笑っている。

「いいわよ。魔石いっぱい食べさせてるから、成長が速いのよね。たくさん食べても、成長しちゃうもの」

毎日たくさん肉食べてるけど、そういう理由だったのか。

言われてみると、なんだか走り方もしっかりしてる気がする。まだ数日しか見てないけど。

骨をウカタマに投げると、マツカゼが走ってきて二匹は見つめ合った。

ウカタマが骨を咥えて走る。マツカゼが追う。

本気じゃなくて遊びっぽいからほうっておこう。

「みんな珍しい生き物なんだよな？　なんでこんなにほいほい集まるんだ？」

「ソウジロウの神気を浴びに来てるんだと思う」

「神気？」

「神璽《レガリア》が祈りを捧《ささ》げる神殿に、神気が宿るのは当たり前ですから」

「……よく分からないけど、悪いことじゃないよな？」

「もちろんよ。むしろ、良いことね」

そのあたりは、深く考えないことにした。

ふと女神様を思い出す。アナは「現代日本では干渉できなかった」と言っていた。

この世界は、神様が干渉する割合を増やした世界なのかもしれない。

「ソウジロウにはそういう運命がついてるのよ、きっと。なにしろ、最初に会ったのも珍しい生き物《エルフ》だったんですもの」

「そういう運命なら、大歓迎だな」

田舎育ちなので、作る量が目分量だと多めになってしまう。

それに、ソトレシピに限らず、たくさん作る方が美味しいものというのは多い。

「ミスティアが一緒にいてくれるのは、嬉しいからな」

「え？　えへへー、そうなんだ？　私も、わりと今楽しい……かな。ずっと一人だったし」

そんなことを話したその日、ミスティアは大きな猪を仕留めてきてくれた。

張り切らないと狩れない獲物、と言っていたのに。

良いことが立て続けに起きるもんだな、異世界は。

第十六話　遠出

朝。

小さな岩塩の欠片を見て、思わず眉をひそめてしまった。

「む。……やばいかな。このペースだと塩が無くなりそうだ」

「あら、もう？」

ミスティアが横から覗きこんでくる。

そんな話をしていたら、塩水浴をしていたムスビが、ぴたりと動きを止めた。桶から飛び出て、すっとこちらへ差し出してくる。

「いやいや、大丈夫だよ」

ムスビはベッドシーツを作ってくれたり、動物の毛皮を鞣して服をくれたり、草を編んで麻布っぽいものも作ったりと、布から皮革まで織物《おりもの》を一手に担ってくれている。

とても塩水を取り上げていいような働き手ではない。

それはそれとして、やっぱり塩が無くなると困る。

「ミスティア、塩ってどこで手に入れてるんだ？」

「下流の方で採集してるわ。でも、お塩以外も揃えちゃうのが良いと思う。っていうか、お塩を採りに行く時には、いつもそうしてるのよね」

「塩以外も？」

「うん。岩塩のあるところからもうちょっとだけ行ったところにね、人の町があるのよ。だから、ついでにね」

ミスティアとしては今回もそうしたい、ということだろう。

「人の町か……ってことは、つまり交易とか、物々交換とか？」

「そうなの。森で採れた物を売ってたわ。いろいろだけど、魔石はもちろん、魔獣とか薬草とかもねー」

「買ってたのは？」

「そうね、染料とかインクとか――」

インク。

なるほど、それは俺も欲しい。

「――胡椒とか」

「行こう！！！」

「わっ、反応良すぎ。顔やば」

ミスティアが俺の反応に笑っている。

調味料があるなら先に言ってくれ。レシピの幅がどんと広がる。

「そうね。ソウジロウが拠点を作ってくれたから、マツカゼも魔石をたっぷり食べてしっかり走るようになってきたし。遠出するタイミングとしては、ちょうどいいかも」

「あ、でも売る物が無いとダメか……。困ったな」

「んー、それは大丈夫だと思う。ソウジロウならね」

「そうなのか？」

「うん、案内は私に任せてください。そうしたら、欲しいもののところに連れて行ってあげちゃいます」

「お任せするよ」

　というわけで、町へ向かうことになった。


　ムスビが作ってくれた革のリュックに荷物をまとめて、出発準備をすぐに終えた。

　しかし、渡されたリュックが大きい。〈クラフトギア〉とミスティアの魔法で荷物は最小限にできるので、リュックはかなりすかすかだ。

　まあ、これから買ってきたものを入れるには必要なのかもしれない。

　それと、小さくても魔獣なので人里に気軽に連れて行くのはダメ、ということで、マツカゼはお留守番。ウカタマに子守り役を任せた。

「よろしく頼む。畑のために、野菜の種とか持って帰るからな」

　そう約束すると、ウカタマは腕を振って見送ってくれた。

俺とミスティア、それにムスビのメンバーで町へ向かう。

「ソウジロウも足は丈夫だし、町までは三日くらいかな。四日の朝くらいに到着でいい？」

「けっこうかかるな……」

荷物も少なく軽装で、それでも三日も歩き通しは、なかなかの距離だ。

「これでもエルフ基準なんだから、普通の人間よりずっと早いのよ？　私たちがいるのは、神樹の森の奥ですから」

自分からそんなとこに居を構えた俺が、文句は言えない。


先導してくれるミスティアのすぐ後ろについて、進んでいく。

鬱蒼とした森の中を、まったく迷う様子も無く歩いていくミスティア。その姿を見るに、確かに森を歩き慣れているようだ。

俺はと言えば、右も左も同じような光景で、今から自分一人で拠点に戻れと言われたらちょっと無理かもしれない。いやきっぱり無理だな。

それに、ただ歩いていればいいわけでもない。

「思ったより大変だよな、これ」

モンスターの襲撃があるからだ。

森を歩いていると、角付きウサギが急に現れて、俺に突撃してきたりする。

そんな時は事前にミスティアが教えてくれる。

それにウサギくらいなら、突撃してきた瞬間に、ムスビが糸弾で撃ち落としてくれた。糸の弾は空中でウサギを絡め取りながら吹っ飛ばして、そのまま岩に貼り付けてしまった。

「霊獣って強いのね……」

「モフモフなのにな」

「ねー」

俺とミスティアは、びっくりしてついそんなことを囁《ささや》き合ってしまう。

先導者のミスティアが運ぶ荷物や鞄《かばん》は、俺よりずっと少ない。

それは敵の気配や森の状態を察知するセンサー役であり、突然の遭遇にも対応することになる先頭だからである。

毎回ミスティアが警告してくれるし、不意打ちで襲われることは無いにせよ。たびたび足取りを慎重なものに変えたり、迎え撃たなくてはならないので大変だ。

「あ、ソウジロウ。いよいよ大物がいるかも」

「了解」

ミスティアについていった先に、頭が二つあって牛でも丸《まる》呑《の》みできそうな大蛇《だいじゃ》がいた。

ミスティアが頭を一つ切り落として魔法で焼いた。俺も〈クラフトギア〉でもう一つを粉々にする。

頭が無いのに近づいたら尻尾が襲ってきたので、拾っておいたその辺の枝を盾にして当たると同時に『固定』してやる。

うねる胴体に鳶口を引っかけて押さえつけ、地面と『固定』して動けなくする。ミスティアが「頭を無くしても動く」と事前に忠告してくれてて良かった。

びっくりしたのは、いつの間にかミスティアが切り落とした方の首が再生していたこと。

その時にはすでに動きを封じてあったので、びっくりするだけで済んだ。

毒を吐くタイプの蛇もいるので、新しい首も〈クラフトギア〉で砕いた。しばらく胴体がビクビクしてたが、幸いにして二度目の再生は無しでそのまま死んだ。

「やったわね、ソウジロウ！　頭以外無傷で奇毒双蛇《ストレイバイパー》が倒せるなんて、信じられないわ！」

興奮して飛び上がるミスティアだった。すごいのかこれ。

たしかに首無しでも動くし再生するなら、『固定』して身動きを封じられないなら、端からずたずたにしていくしか殺す方法が無いかもしれない。

「無傷の魔石と胆《きも》が、高く売れるの！」

「あ、これってそういう目的のやつだったのか」

「それもある、ってところかな。避けると大回りになるけど、こっちが近道だから」

そういえばミスティアは〝俺なら大丈夫〟って言ってたな。

途中で交易物資を集めればいいって意味だったか……。

ともあれ、大蛇の魔石と胆を取り出して、ついでに、肉も必要な分だけ切り取っておいた。

「あともう何回か、同じくらい手強いのがいるからね」

「分かった」

まあ、俺は〈クラフトギア〉でやってるので、実のところ手強いのかどうか分からないんだが。


道が少し険しさを増して、四度目の魔獣の襲撃を撃退して進み、野営地を決めた。

軽く穴を掘って焚き火をしつつ、〈クラフトギア〉で支柱を立てて、ハンモックを設置する。

森の中で簡易な寝床を作るのに、ハンモックはとても便利だ。持ち歩く時は、小さく丸められて荷物にならない。寝るときには冷たい地面から離れられ、木に結んだ張り綱に虫除《むしよ》けを塗れば、地を這《は》うタイプの虫全般から、寝ている自分を守れる。

そしてついでに、ムスビの織ってくれる布で作れば、肌触りも折り紙付きだ。

「ソウジロウは、凄腕《すごうで》の冒険者にもなれそうねー。この森を、お散歩みたいに歩けるんだから」

「神様の加護があるおかげだ。……それに、冒険は性に合わないな」

焼いたヘビの肉と拠点から持ってきた香草のスープで簡素な食事をしながら、俺とミスティアはそんなことを言い合った。

ちなみにヘビは、ちょっと匂いにクセがあるけどすごく美味かった。歯を押し返すような弾力で、滋養はありそうだが。

これもいずれ、ちゃんと調理してやりたいところ。

ちなみに寝てる間の見張り役は、ムスビがやってくれた。

霊獣が夜寝るのかは知らないが、日中はほぼ俺のリュックのてっぺんに止まってるので、実は寝てたのかもしれない。

夜でも見えるのか、と聞いてみた。

周辺に細い糸を張っていた。なるほど賢い。


「もうそろそろ道があるから、そこに出たら人間の町まで一時間かからないわよ」

と言われたのは、三日目の朝だった。

「出発前に言ってたのより、早く着いたな」

「まあ、普通はこんなに早くは無理だもの」

そういうものらしい。

「森もだいぶ違う気がするし」

進み続けているうちに、だんだんと森の木々が細く低くなっていることに気づいていた。

なんとなくだが、植生が変わっている気がする。

「あ、気づいた？　さすがねー。このあたりだと、だいぶ普通の森に近いのよね」

ミスティアの反応からして、当たっていたらしい。

「それでも魔力は濃い方なのです。他の地域と比べたらね。だから、この辺にも魔物はたくさん住み着いてるし、人間たちも苦労してるわ」

「たとえば？」

「森を切り拓くたびに、兵士を募って魔物と激闘。毎年やってるらしいわ」

「それはファンタジーだな……」

「あと森から出てくる小物に畑と家畜が狙われるって」

「それは農村だな……」

どうやら自然の方が強い地域では、悩みはわりと共通らしい。

「でも、小物とはいえ魔物だからね。けっこう大変らしいわよ」

「戦ったら魔石が手に入るから、稼ぎにはなるんじゃ？」

俺もそういう感じで、森の危険なところを突っ切るコースを歩いてきたのだが。

「よく分かんないけど、ならないって言ってたわ。ま、ある程度は大きい魔物じゃないと魔石も手に入らないし、兵士を百人単位で雇わないといけないし、そのお給料で消えちゃうんじゃないかな」

「うーむ、どこも大変だな……」


そんな話をしているうちに、街道に出た。

獣道ではなく、人が均して踏み固められた地面だ。

「あっちの方が町よ」

と、ミスティアが指差した道の先。
『ブラウンウォルス』という人間の町が、そこにあった。

第十七話　売り物は計画的に

そびえ立つ石の外壁に、思わず感心してしまった。

「ソージロー？」

「あー、すまん。石垣とか見ちゃうタイプで」

壁の方を見ていたら、ミスティアに不思議そうな顔をされてしまった。

大きな壁のあるブラウンウォルスは、神樹の森からの木材と魔獣由来の素材や魔石を産物にしている人間の町らしい。

三方向を森に囲まれ、残りの一面は海へと繋がる港がある。

そして俺たちが来たのは、最も人気《ひとけ》が無い――つまり最も魔獣その他の危険が多い方の道、らしい。誰も見かけないわけだ。

そんな誰も見かけないあたりで、ムスビがどこかへ飛んでいってしまった。森で待ちたい、らしい。

「精霊獣って、人里には現れないから」

「俺の家には来たのに」

ともあれ、道の先にある門まで来れば、門衛らしい鎧姿《よろいすがた》の男がちゃんといた。

「こんにちはー！」

「珍しい。誰か美女が来ると思ったら、エルフ殿じゃあないか」

ミスティアが元気良く挨拶した。反応を見るに、どうやら顔見知りのようだ。俺も挨拶しておく。

「こんにちは」

「そっちの男は、連れか？　おいおい、人を連れてくるなんて、初めて見た」

「そうよー。一緒にいることになったの。いろいろあってね」

「そいつは……なんだ、大したもんだ。見たことが無い顔だな、色男？　どこの生まれだ？」

そういえばこういうの聞かれるのも当然だが、ミスティアには大して忠告とか打ち合わせとかされなかったな……。

「日本の田舎ですよ」

「ニホンノイナカ？　聞いたことないな。どこだそりゃ」

「……ミスティア、なんて説明すれば？」

イチから説明するべきか、誤魔化《ごまか》すべきか。

困り果ててミスティアを振り向くと、美女が微笑んで答えた。

「エルフくらい博識なら知ってるところ、かしら」

「エルフ様ほど賢いなら、こんなとこで兵士やってねえよなあ」

男は苦笑い。ついでに、エルフに助けを求めた俺に同情するような目をしてくる。

なんでそんな目を？

「悪かったよ。まあなんだ。領主様の覚えもめでたいエルフ殿だから、俺だって素通りさせてえところだ。でも一応、仕事しねえとな。名前と通行料を」

「はい、通行料。お釣りはいらないけど、名前は覚えてね。彼はソウジロウよ」

「たしかに」

ミスティアが差し出した親指くらいの魔石を受け取って、彼は身振りでもう行っていいと促す。


門をくぐって町に入りつつ、俺はちょっと気になったことを聞いてみる。

「……ミスティアって、もしかして有名人？」

領主様の覚えめでたいとか、ほぼ顔パス扱いとか、優遇されてるような。

「人の世に顔を出してるエルフって、六人くらいしかいないから。二〇年くらいこの町でたまに顔見せてるから、私も地元民みたいなものよ。ソウジロウの通行証代わりくらいはできるってわけ」

「へえ。領主様との関係は？」

「領主様の昔の不祥事とか、息子の家庭教師をしてあげたりとか、ちょっと貸しも作ってあるってだけ。さっきの子も、ヤンチャな子どもしてたから知ってるわ。ヨソ者！って指差されたの」

「そりゃ顔パスしたいわ」

「えー、どうしてー？　人間はだいたいそういうこと言うのよねー」

不満げに唇を尖らせるミスティアだった。

大人になったら自分より若く見える美女に、子どもの頃の醜態をはっきり覚えてると言われるのである。

五年前にやった馬鹿を忘れたがる人間としては、ちょっと手強い相手だ。

門衛の目つきの意味が分かった。

賢くて物覚えが良いエルフに甘えすぎると後々で掘り返される。被害者仲間が増えたな、という意味だ。

……気をつけよう。

「あっ、そうそう。これから紹介する人間の商人は、ソウジロウにもそういうこと言うと思うわ。けど、根は真面目だから、あんまり気にしないでいいからね」

「心強いよ」

交渉で揉《も》めたら、ミスティアに任せよう。


ブラウンウォルスの町並みは、意外にも質素なものだった。

市壁だけは立派な石壁だったものの、中は二階建て程度の家が多い。活気があるかと言われればそれほどでもないが、澱《よど》んだ不景気さがあるわけではない。道行く人々の間には、だいたい顔見知り同士らしい気安さが垣間見《かいまみ》える。

簡単に言えば、のどかなところだ。

ミスティアに連れられて行ったのは、町の中心らしきところに近い大通りで、それも他のところより立派な扉のある三階建ての建物だった。

見たところ、一階部分の大半は倉庫のようで、大きな開放口のある広い土間で大きな荷物を整理する従業員が汗を流している。

ミスティアはそちらではなく、どう見ても客を迎えるための扉の方に手をかけた。

「どうもー！」

「おお……躊躇《ちゅうちょ》無く行く」

店の紹介どころかもったいぶることもせずに、ミスティアは大きな扉を開けて中に入った。俺も続く。

すると、いきなり怒声が響いた。

「よくできてるだろーが！　見ろ、この力作を！」

「やめてやらんか！　せっかくの画布に魔獣を描《か》いて貶《おとし》めるでないわ！　このヘボ絵《え》描《か》き!!」

「なんだとごうつく商人が!!」

喧々囂々《けんけんごうごう》。

服装だけは品の良い老爺《ろうや》と、やぎひげの大男が唾を飛ばす勢いで言い争いしていた。

四〇後半くらいの大男が手にした額縁入りの絵を見せながら、老人に向かってなにやら喚《わめ》き立《た》て、それに負けない勢いで闊達とした老爺の罵声が轟いている。

「あちゃー、喧嘩中《けんかちゅう》かー」

ミスティアが呆れたような口ぶりで言う。なんだこのカオス。

「はいはいはいちょっとー、二人ともー。お客様がいらしてるんですけどー？」

ぱしぱし手を叩いて存在を主張するミスティアに、男たちが振り向く。

「……エルフが、オトコを連れて来ておる。この二〇年ついぞなかったことが起きておるぞ」

「おいおいおい、ジジイに構ってる場合じゃねえや」

目を丸くする老爺。と、慌てた様子で紙を取る大男。

四〇後半くらいの大男の方が、見た目よりずっと機敏な動きで俺の横に来た。

「どういうご関係だ？　こっそり教えてくれ。正直にグワァ——！」

飛んできた額縁が大男の頭にぶち当たった。

「ウチの客だ！　失礼なマネは絵筆にだけにせんか！」

宙を舞って落ちてきた絵を、思わずキャッチしてしまう。

「俺の絵をぶん投げるまでしなくてもいいだろお!?　アンタもそう思うだろ!?　見てくれよそいつを！」

「えっと、変わった魔獣ですね……？」

手の中にある絵を見て、素直な感想はそれくらいしかない。

「それは息子だよ！　見合い用に俺が描いた!!」

「……すみません」

「ちくしょー!!」

大男は絵を抱いて出て行った。

なんなんだろう、あの人。


「まったく、人の店で騒がしくしおってあのヘボが」

毒づいた老爺が、俺とミスティアに歩み寄ってきた。

「今回はずいぶん早かったな、エルフ殿」

「ちょっと事情があってね、物入りになったの」

「そのようだな」

ちらりとこちらを見てくる老爺。鋭い目つきだ。値踏みするような、人を見通すような。

「お初にお目にかかる。ここの商会長ドラロだ」

「どうも、桧室総次郎です」

「ふむ……？　変わったお名前だ。きちんと発音できていないかもしれないが、どうかお許しを。ソー……ソウジロウ殿、ですな」

「大丈夫です。お気遣いありがとうございます、ドラロさん」

「寛容は美徳だが、さて、エルフのミスティア殿の紹介であれば、初めての客とはいえ無碍《むげ》にできんのでね。もっと深い仲であれば、もっと無碍にせんし少し優遇しないでもないぞ？　ん？　老い先短いジジイ相手なら気軽だろう。正直に教える気は無いか？　んん？」

「あ、あはは……」

ニヤニヤしながら、老爺が顔を近づけてくる。

「ドラロ！」

ミスティアが目を吊《つ》り上《あ》げると、ドラロは不機嫌そうに舌打ちした。

「チッ、エルフを怒らせると儂《わし》が死んだ後も悪口を言いそうじゃな……。仕方ない。取引の話にするか」

口は少し悪いけど根は真面目。言われていたとおりの人柄だ。

「しかしまあ、あの絵を見て儂と同じ感想を持った男だ。少なくとも、審美眼は期待できる。どうぞ椅子にかけてくれ。商談をしよう。

親しくなるなら、それがいちばん早いだろう？」

とても商売人らしい言葉で促されて、俺とミスティアはドラロと取引を始めるのだった。

第十八話　商人の苦悩

ミスティアという常連がいたおかげで、取引はつつがなく終わった。

野菜の種と鉄製の調理器具、クラフトに使えそうな金属の地金。それにニス油などの木工に使えそうな塗料。ついでに小麦をいくらか。そして、大本命の調味料。

唐辛子にニンニク、砂糖やサフランやお酢など、目についたものを手当たり次第に。

帰りは、なかなかの大荷物になりそうだ。

「調味料が全部ほぼ『薬』っていう扱いだったのは面白いな……」

ミスティアはついでに商会の部屋を借りて、足や顔を洗っている。ひと息ついたら、このまま今日中に森へ帰る予定だ。ムスビも待ってるし。

俺もミスティアと一緒に体を休めても良かったが、商会の倉庫を見学させてもらっている。


「やあ兄ちゃん。買い物は終わったのか？」

「あ、さっきの絵描きさん。どうも、総次郎です」

「おう、セデクっていうんだ。どうだった、取引は」

「おかげさまでつつがなく」

「わはは、そりゃ良かった！」

倉庫でさっきの大男と出会う。

大きい声と体に圧倒されかけるが、少し話してみると意外にも物言いは鷹揚《おうよう》で人当たりが良い。

「兄ちゃんは、エルフ殿と一緒に森に住んでるってことかね？」

「ええまあ。問題とかありますか？　物知らずなもので、勝手をしていいものか分からないもので」

とはいえ、つい営業用の言葉で答えてしまうあたり、俺もまだまだ前世のクセが抜けてないなと思い知る。

「いや、まあ無いんじゃないか。あの森は、誰も手をつけられなかった。領主権も、実力が及ばない場所で主張はできるものじゃない」

「なるほど、勉強になります」

「っというか、どうやって住んでるんだ？　細っこい木を伐るにも、何時間も斧を振ってようやくだ。おまけに魔獣に襲われる」

「いや、俺は普通に伐れるので。それでやってます」

むしろ普通以上に伐れるわけだが。

「あっはっは！　普通にか！　そいつはいいな！　神樹の森の木々は、木材としては一級品以上だ。燃料にしてもいい。炭にして魔法の炉を使えば、熱く長く燃えるし鉄をも溶かす！」

「それはすごい」

燃やしてもなかなか燃え尽きないなとは思ってた。

「じゃあ、兄ちゃんは今日は炭でも売りに来たのかね？」

「いや、魔石と魔獣の素材です。材木はさすがに運べないので」

「おおっ、そうか！　戦士――いや、冒険者だな！　なら、気をつけろ。実は最近、この国でいちばんヤバい魔法使いの冒険者がここに来たんだ。ギルドでは大騒ぎだった。神樹の森を目当てで来る奴はたまにいるが、あんな大物は初めてだったからな！」

「それはすごい」

「もし揉め事がありそうだったら、ギルドに行くといい。ここの近くだ」

あれこれと気を回してくれる。

どうもこのセデクという人物、面倒見の良いタイプらしい。


「ソージロー、どこらへんにいるー？」

と、どこかからミスティアの声がした。

「おっと、連れが来たな。俺は退散しよう。あ、最後にひとつだけ教えてくれ。兄ちゃんは、森でなにをしたいんだ？」

「大したことじゃないです。美味いレシピを、作って食べるだけで」

「そうか」

言うが早いか、セデクは相変わらず巨体に見合わない機敏さで、ささっと去っていった。

挨拶をする暇も無かった。

「あ、いた。なにかあった？」

「いや、特には。ちょっと親切な人がいただけで」

ミスティアが合流し、俺たちは拠点への帰路につくのだった。

▼

商人であるドラロは、頭を抱えたかった。

しかし年季をかけて磨いた己の誇りで、腕組みする程度でどうにか耐えていた。

「あのエルフめ……浮世離れがますます加速しておるではないか。――あんな男を連れてくる、とは」

目の前に置かれているのは、ソウジロウが売りにきたものだ。

六つの魔石と、蛇の胆である。


「おうい、どうした？　急に相談があるなんて」

ノックも無しにずかずかと入ってきた大男に、ドラロはじろりと目を向けた。

「セデク、こちらから行くと言っておるだろ。下々《しもじも》に示しがつかんぞ」

ため息しながら、長年の付き合いの男に苦言を吐く。

「威厳をつけんか――領主としてのものを、な。セデク・ブラウンウォルス子爵」

「ははは！　貧乏子爵は、威厳より行動だ！」

どかどか歩きながら豪快に笑う男の目が、ドラロが広げた取引品に移る。

「だが、やっぱりすぐ来て良かっただろう！　相談というのは、それだな？」

「そのとおりだ。こんなもの、おいそれとは売れん」

「滅多に見られない巨大で上質な魔石、と、こっちは？」

「森の大蛇の胆で、エルフの見立てなら、あらゆる毒の治療薬になると」

エルフの言葉なら、それを疑う余地が無い。乾燥させてあるのにワイン樽《だる》の蓋並みに大きな胆は、いったいどんな大きさの毒蛇を狩ったものなのか、老練の商人ですら計り知れない。

だから恥を忍んで買う時に聞いた。そしてその魔獣は、おそらく兵隊を動員して罠にかけて戦うべき、大討伐作戦に値する魔獣だ。

となれば、それを行ったと仮定して、兵士数十人ぶんの大作戦で収穫するほどの値段をつけねば、割に合わないということ。

たとえ魔石と素材という、一部分だけであってもだ。


「どちらも、貴族でもなければ買い手にならないな！　それがこの数か！　ふはは、倉庫全部を売り払って足りるか、ドラロ？」

「笑い事ではないわ！　砂糖だのサフランだの、高級品をいくら出してもなお額が釣り合わないのに『では今後はこの町のお世話になるので、差額は預かってもらって』と言われたんだぞ、儂は！　この歳で、初の客に助け船を出されるとは！」

「ほほう、ソウジロウ殿は、商いの知見があるな……。では、現金は持たなかったのか？」

「荷物になるから、全て置いていくと言われた。……言われてしまったわ。証文で渡した」

説明を口にしながら、思わず目頭を押さえた。頭に上った血で、こめかみが熱い。

「つまり借金をさせられたか、ドラロ！」

膝を打って愉快げにするセデク。旧友の態度に腹を立てつつ、ドラロは言い返す。

「そのとおりだ！　よりによって、結んだ約定《やくじょう》は百年違《たが》えず忘れずの、エルフ族の連れ合いにな！　儂などどうせすぐ死ぬジジイだというに！　こんなものを売《う》り捌《さば》く大仕事も、大金の借用書も、死んだ後に息子へ送りつけるわけにいくか！」

「そこは、生きてるうちに頼るしかあるまい」

「ならん！　それでは息子に示しがつかん！」

「もっと頼ってやればいいだろう。俺を見習え俺を」

「おぬしは息子に仕事を押しつけて、ヘタクソな絵を描き散らしとるだけだろうが！」

「ヘタクソではない！　息子は『味がある』といつも言ってくれる！」

「どうしてその反応で胸を張れるんじゃこのバカ！　その後の『仕事もしてくれ』の小言の方に耳を傾けてやらんか！」

ひとしきり喚《わめ》き合《あ》ってから、お互いにはあはあと肩で息をしてにらみ合う。

「……だが、あのソウジロウ殿は、あのエルフと対等の関係を築ける。しかも、ドラロに初見で借金をさせることもできる。これから、少し変わりそうだな、あのエルフも」

「一年か二年に一度だけしか見れないエルフが、早々に姿を見せた。それに、売る物も買う物も増えた。……まさか、本当に森を拓いていけるというのか？」

「分からん。しかし、これほどの魔石を持ってこれるということは、俺より——いや、下手をすれば兵を従えるより、遥《はる》かに強いということだろう」

すとん、と椅子に腰を下ろして、共通見解を得る。

あれは見た目どおりの、人当たりの良い若造ではない。

「……神樹の森で木を伐れると言っていたぞ。毎日。普通に。聞き流してしまったが、これは冗談でもなさそうだ」

「それは本当に人間か……？」

ソウジロウという人物が現れた。

それは、この町の領主と、町の参事会会長として、問題を共有するべき一大事だ。

しばらく見合った後に、テーブルの上の売買品に目を落とす。

「ひとまず、セデクのツテで蛇の胆を欲しがる客を探してくれ」

魔石ほど買い手の多いものではない。しかし、価値の分かる者にはかなりの値で売れる。そういう類いの品である。

辺境の領主であるセデクには、そうした手合いから話が来るものだ。

「ははは、引き受けよう。しかし、魔石の方は、本当に息子へ手紙を出しておけよ」

「……分かっておるわ。これほどの魔石を、自分の知己《ちき》だけでやり取りすれば、妙な噂《うわさ》が立つわい」

辺鄙《へんぴ》な土地でこの商会だけの仕事を覚えるより、もっと手堅く景気の良い町でも探して商人になれ、と送り出した息子だ。

遠くにやったおかげで、逆に手伝わせてしまうことがあるとは。

やれやれ、とドラロはため息を吐《つ》いた。

「しかし、数は少ないもので、まだ助かった。例の魔法使いは、舟荷を超える量を飲み込む力があると噂だったが、この町ではなにもせずにさっさと森に行ったからの。この歳になって、この短い間に二度も肝を冷やすとは思わんかったわ」

「うむ……王都に突如現れた魔法使い。〈黒き海〉イオノ、か。領主としては、森深くで闇の魔法使いがいったいなにをするつもりなのか……。寡黙で語ってもらえずじまいだし、まだまだ喉に引っかかった小骨のようだがなぁ」

「しばらくは、おちおち死ねんわ」

「ではもし不死者《アンデッド》になっても討伐せずに、仕事をさせよう！　わははは！」

「年寄りを敬わんか、ヘボ絵描き！」

降って湧いた大商いに、領主と商会長はにらみ合って無理やりにでも意気を上げるのだった。

第十九話　ＪＫが隠れていた

帰り道で、ミスティアが胸を叩いて言った。

「じゃあ、私は予定どおりちょっと岩塩を採ってから帰るわ」

塩だけは別のところで調達する、と言われていたので、それは予定どおりだ。

「付き合えなくてごめん」

「ぜんぜん大丈夫！　こー見えて私って岩塩とか切り出すの得意だから！」

予定と違うのは、思ったより大荷物になったので、途中で別れて行くことにしたことだ。

俺の背中には、鞄だけでは収まりきらなかった荷物が、頭より高い位置まで積み上げられてロープで固定してある。

さながら山登りのシェルパだ。

幸い、そこまで積んでも、重さはそれほど苦にならない。これはおそらく、体が頑丈とかそういうレベルじゃない。女神様の力を感じる。

俺は荷物を背負って拠点へ。ミスティアは岩塩掘りに。

道については、ムスビが俺の面倒を見てくれることになった。

「気をつけてね」

「お互いにな」

ミスティアと別れて、俺はムスビにたまに方向を指示されながら森をかき分けて歩いた。

「……そういえば、ムスビ。ちょっと行きたいところがあるんだけど、お願いできるか？」

ふと、思い出したことがある。

ムスビにお願いしてみると、白い翅《はね》をぱたぱたと動かして、精霊獣は請け負ってくれた。

拠点に帰る前に、俺は寄り道をしていた。

「あったあった」

見つけたのは、川沿いに置いておいた、簡易シェルターに戻るためのマークだ。

俺が目指したのは、初日に作ったシェルターのある場所である。

というのも、あれの外壁は〈クラフトギア〉で固定してある。

放っておくと、あの壁だけ不自然に何万年でも残ることになるのでは、という危惧があった。

俺が死んでも力は生きてるんだろうかとか、いろいろ疑問はあるが。

しかし『来た時よりも美しく』という言葉もある。

永遠に残る（かもしれない）シェルターを放置しておくのは、なんとなく気がかりだった。

「後片付けは大事だよな」

ついてきたムスビは、俺の言葉に触角を振って同意してくれた。

しかし、川辺から少し歩いたところでちょっと意外なものを見つける。

焚き火の跡だ。

俺のものじゃない。地面の上でかまどを作ってもないし、見たところまだ数日しか経ってない。

「……誰かがここで、火を使った？」

ミスティアでもないだろう。煮炊きは全て拠点でやってるし、なんというか……雑だ。

「念のため、だな……」

俺は背中の荷物を近くの木に『固定』して、肩の荷紐から体を抜いた。

それから、とりあえずその場で声を張り上げる。

「だれかいますかー？」

森の中に大声で呼びかけるが、返事は無い。

「うーん……。とりあえずシェルターを見に行くか」


ムスビと一緒に、シェルターの方へと足を向けた。

やがて、もはや懐かしくすら感じるシェルターが見えてくる。

「だれかいますかー？」

もう一度声をかけてみても、やっぱり返事は無い。しかし、

「ん？　シェルターが……暗い？」

明らかに違和感があった。

簡易シェルターの中に、完全な闇が充満していたのだ。入り口から覗きこめる位置に立っても、まったく中が見えないほど、不自然に黒く塗り潰されたように暗い。

まるで黒い絵の具で塗り潰したみたいに。

「うーん？」

俺が首を傾げて中を覗きこもうとすると、ムスビが羽音を大きく立てて肩を摑んだ。ぐいぐい後ろへ引っ張ってくる。

テントに近づけたくない、という感じで。

……あの闇を、嫌がってる？


疑問に思った時だ。

不意に、森の奥からパキパキと音がした。

この気配には、今や慣れたものだ。臨戦態勢を取る。

「ムスビ、気をつけて」

音に振り返れば、驚くほど巨大な熊の魔物が、すでに近くまで猛突進してきている。

腕に剣のように鋭く尖った甲殻を生やした、巨大なヒグマの襲撃だ。

近い。

だが、手の中には〈クラフトギア〉が顕現してある。あとは腕を一振りすればいい。

「千種影操咒法《ちくさのえいそうじゅほう》――」

しかし、俺が得物を投げるより早く、声が響いた。

シェルターの闇の中から、

「〈蛸《たこ》〉！」

黒い蛸足《たこあし》がぞぶりと溢《あふ》れ出《で》て、突進してきた熊に殺到した。

虚を突かれたらしく、熊は為《な》す術《すべ》も無く謎の蛸足に四肢を絡みつかれ、太い胴を締め上げられる。

巨大なヒグマをなお圧倒するほど巨大な蛸足。それは、場所が海であったら伝説のクラーケンかと思うような光景だ。

黒い触腕はぬめぬめとしていて昼なのに夜の中にあるように暗く目に映り、かと思えば玉虫色の体液に濡れている。

そして、蛸足を生やしたシェルターの闇から、闇と同じ色の外套《がいとう》で身を包んだ人間が顔を出した。

それは、若い女の子だった。

「ククク、私は〈黒き海〉の――」

「〈クラフトギア〉」

蛸足で動きが止まった熊の頭を、下からハンマーが打ち砕く。

二階建てビルくらいの高さに吹っ飛ぶ熊。ついでに巻き込まれて爆発四散して飛び散る蛸足。

蛸足が唐突だったので、振りかぶったハンマーを止められなかった。

「アっ――――ダメだこれ」

ハンマーを呼び戻しつつ、簡易シェルターを向いて呼びかける。

「……おーい、いま誰かいたよな？　襲われてたとかか？」

なんか出てきたはずの女の子が、一瞬でまたシェルターの闇に戻っていった。

真っ黒なシェルターの中から、声がする。

「だ、誰もいませぇん……」

いるだろ。

心の中でツッコんだ時、俺の横に熊の頭が落ちてくる。

どうやらハンマーは喉に当たって首を吹っ飛ばしたらしい。

その熊の頭を見ると、なぜか、牙に白い布が引っかかっていた。薄くて頼りなく、破れ、ひらりと揺れている。

「……パンツ？」

言い換えると、女性用下着だった。

なぜ。いまどういう状況だこれ？

さすがに困惑していると、ムスビがずいっと前に出た。

魔法陣から糸を射出して、シェルターの中に撃ちこむ。

「うひゃあああっ!?　なにこれ!?　ベタベタのなんかが!?」

シェルターの中から悲鳴。

先ほどの女の子のものだろう。

ムスビが上に飛んでいく。

すると、闇の中から糸に引っ張られた女の子が姿を現した。

「ぎぇえええええっ!?!?!?」

女の子が、女の子らしからぬ悲鳴を上げて飛び出てきた。

ムスビの糸で足を捕らえられた女子高生が、逆さ吊りにされている。

そう、女子高生が、である。

俺も見慣れている、日本の高校生が着るセーラー服。そんなものを着た女子高生が、現れたのだ。

「落ちるー!?　いや引っ張られるー!?　どどどっちなんだー!?」

どうやら混乱している様子の女子高生。

俺だって混乱してる。なんでセーラー服着た女子高生が、異世界にいるんだ?

たくさんの謎が一気に生まれている。

……ただ、熊が誰の下着食べてたのかだけは、分かってしまったが。

第二十話　媚《こ》びるＪＫ

なんとか女子高生をなだめて話が聞けるようになった。

まだ警戒されてるらしく、シェルターの中でうずくまりながら、こっちを怯《おび》えた目で見てくる。

「あっ、わ、わたし……一百野千種《いおのちぐさ》……です」

「どうも、桧室総次郎です。この度は、うちのムスビが大変失礼なことを……。いや、俺も気の毒なことをしてしまって、すみません一百野さん……」

頭を下げると、千種は暗い顔で半笑いした。

「いえいえ、わたしこそ自分の分を弁《わきま》えずに無駄に抵抗したせいでお見苦しいものをお見せすることになってもう恥ずかしいやら死にたいやら首吊《くびつ》りたいやら腹切りたいやら電車に飛び込みたいやら」

「死因増やしていくのやめようか」

ちょっとネガティブな言葉を止めさせてもらう。怖い怖い。

それからふと気付く。

「一百野さん、いま〝電車に〟って言ったよね。もしかして……」

「そうです、わたし、日本人です。も、そんなていねいに扱われなくていいのでどうぞ呼び捨ててください怖い怖い怖い……」

「卑屈すぎて呼びにくい」

「おっ、およよお呼びあそばせ!!」

「ブフッ」

思わず吹き出すと、女子高生は無言で闇の中に消えた。

「……千種、なにもしないからもうちょっと落ち着いてくれると助かるんだ」

真面目な顔を取り戻して再び呼びかけた。

ともあれ、本当に女子高生だった。

こんな森の奥で、異世界人に会うとは驚きだ。

「なにもしない……？　ほんとうに……？」

「俺も日本人だよ。この世界的には、異世界人？」

見た目は本当に普通に女子高生だ。

黒髪黒目で、日本人。セーラー服と黒いマントで、なんだか文化祭でこういう子がいそう。

ただしちょっとビクついていて、くせのある黒髪でうつむいた顔を隠していて、ハロウィンにはいなさそうではある。

「ふ、ふへえ、異世界人……同じ……」

「同じだよー。意外と多いのかな、異世界人」

俺が何気なくそう言うと、女子高生は不敵な笑みを浮かべた。

「フッ、お、お兄さん異世界初心者ですね？」

「確かに、まだ一ヶ月も経ってないかな……」

「はー、そうなんですか……ここう見えてもわたしはもうね、四年もいるわけで？　お兄さんがまだ異世界初めてじゃ知らないかもですけど、異世界人なんて珍しいの極みなんですよ？」

「へえー」

もぞもぞと簡易シェルターから出てきた千種。

いきなり口数が多くなって語ってくれる。

……ん？　四年経ってる？

「じゃあそのＪＫの制服、ただのコスプレなんじゃ……」

「フッ……わたし、卒業したおぼえないですから」

それはそうだろうな。


「ついでに言うと、この世界じゃ魔力や聖気を取り込みまくった体が、老化が遅くなったり肉体が変質したりも、当たり前なんですよねー」

「たしかに初耳だ。もの知りだね」

ちょっと心配しかけたけど、わりとよく喋《しゃべ》るなこの子。良かった。

「つまりわたしは、身も心もまだＪＫっていうか？　あっ、それに一応だけど？　わたしもチート級魔法使いやってて？　冒険者としては名高いAランクで、みたいな？　ふへへ」

ばっさぁ！　とマントを翻して言う千種。

そうか、なんかすごい魔法使いなのか……。

「そんな子が、なんで俺の作ったシェルターに？」

「ぴあっ……これお兄さんのだったんだ……。この異様にクソ頑丈すぎる最強テント……」

いきなりうろたえて後ずさりする千種。

「だ、だって伝説の〝神樹の森〟だからって、あんなバケモノだらけだとか思わなかったし……なんかここのフィールドとわたしって相性悪いし……闇魔法って奇襲安定なのに予知とか探知系の魔獣多すぎっていうか……これセーブポイントかなって……」

「闇魔法……？　さっきは『千種のナントカ』って言ってたような……」

「あっ、ち、千種影操呪法《ちくさのえいそうじゅほう》です。そういう技です。この世界で流行《はや》ってるんです。略式召喚《にゃる・しゅたん》」

「流行ってる……？　そうなんだ」

蛸足をちょろっと生やしてみせる千種。

にゃる？

まあ、若い子の流行りって変わってるもんな。

「結局、千種はどうしてこんな森に来てシェルターに引きこもってたんだ？」

「あっ、それは……三年で、いろいろあって……」

「いろいろ」

おうむ返しに言うと、いきなり女子高生の目から涙が流れた。

滝のような汗と涙を流しながら、ガタガタ震えだす。

「……わたしみたいな陰キャでも異世界で魔法チートあればイケるじゃんとか思ってイキリ散らしてたら宮廷政治に巻き込まれてて知らない人に求婚とか夜這《よば》いとかこっちは陰キャだし襲われた自慢とか言われるし女怖いしそれ学校と同じだし冒険者もコミュ力無いしソロプレイしかできないし一発逆転で神樹の森に来たら敵強すぎレベチすぎだし」

「ごめん、よく分からないけどごめん」

なんか怖いので止まってくれ。


千種は頭を抱えてうずくまった。

「いきなり襲われてちょうど洗ってた下着を影分身に被せて臭いつけて囮《おとり》にしたせいであういう登場になっちゃったし……」

「あー……」

千種が顔を上げてこっちを見てくる。

「お兄さんの武器強すぎないですか？　あの蛸足も、めっちゃ頑丈なはずなのに一発アウトされたからもうわたし終わったと思いましたぁ……」

「武器じゃなくてこれは工具だけど。あのシェルターを作れる神器でして……」

「あああのテントのおかげで生き延びました、わたし。わたしのチート能力は『闇魔法極大適性』

だけど、テントは建てられないんですぅ……。もうわたしテントから離れない。第二の故郷にします。おそとこわい」

変なことを言い出した女子高生に、俺は言いづらいけど言わないといけないことがある。

「あの、実はシェルター解体しに来たところなんだ……」

「や、ヤダー！　わ、わたしがようやく見つけた屋根のあるモンスターに負けないお家なのに……！」

「テントとかは？」

「二日で魔獣に食べられました……」

「帰れば良かったのでは」

「迷いました……」

「……食べ物は？」

「食べてたら襲われるし、現地調達したらお腹壊して……もうそろそろ死にそう……」

よく見ると、女子高生はけっこうやつれていた。

……なんてこった。この子、サバイバル力がほぼ皆無だ。

腹を壊すところまで来てるなら、水だけあっても近いうちに脱水症状で普通に死ねる。

たとえシェルターを壊さなくても、このままここに置いていったら、見殺しにしたも同然だ。

同郷の女子高生を見殺しにするのは、さすがに良心が痛む。

「その……良かったらうちのキャンプ地に来るか？」

「ぷっ――――――――行きましゅ！！！！」

そういうことになった。

第二十一話　ＪＫが採まれたもの

簡易シェルターの解体を終えて、俺は拠点へと戻った。

女子高生を連れて。

衰弱してる千種はとても足が遅かったので、ムスビが糸で吊るして運んでくれた。

「ただいまー、マツカゼ。うおっ！　はいはい抱っこな抱っこしておいおいおいおいおいおいおいおい、元気すぎる」

久しぶりに会えたマツカゼの熱烈なタックルを抱っこして受け止めると、うなぎより激しく腕の中で暴れ回りながら顔を舐《な》め尽《つ》くされた。

「う、ウカタマも、留守番ありがとう」

暴れるマツカゼを抱きかかえつつウカタマに言うと、静かにこっくりうなずいて俺の足に抱き着いてきた。

お前もだったのか。

身動きが取れない。

「もっ、モフモフ！　モフモフだぁ……わあぁ……」

ふらふらと千種が近寄ってくる。と、

「グァウッ！」

「あふんっ」

マツカゼが激しく頭突きして、寄ってきた女子高生を迎撃した。

「こ、こらマツカゼ。ごめん興奮してるからだと思う」

「うぅぅ……しくしく……」

千種はさめざめと泣いた。

暴れ疲れたマツカゼがようやく興奮を収めたところで、改めて顔を合わせて挨拶させた。

今度は攻撃されなかったが、千種はしょっぱい顔で距離を保っていた。

ごめんな。

「た・て・も・のある！！！！　神樹の森に‼　死の未踏領域に⁉」

気を取り直して大荷物を置きに拠点の小屋へと行くと、千種は叫んだ。

「そこまで驚かなくても」

「この森の魔獣と樹木を押しのけて開拓するのは、神々以外には無理って言われてるのに？」

「そうなんだ。異世界通っぽいね」

「ふ、ふへへ、それほどでもぉ」

この子、思ったより賑《にぎ》やかな性格なのかもしれない。

まあ、それならミスティアと気が合うかも。ちょうどいいか。

「まあとりあえず座って」

「テーブルと椅子！　テーブルと椅子じゃないですか！　文明！　完璧に住んでる！　なんなら快適にしようとしてる!!」

「いまお茶淹《い》れるから」

「お茶が！！？」

「あるある。自家製というか、その辺で摘んだ草とか、木に生えてるキノコだけど」

ミスティアが作ってくれてるので、毒性は無い。ちょっと苦いけど。

「お茶ってそう作るんだー」

笹《ささ》の葉とかむしってお茶にしたことなさそう。都会育ちだな。

お腹を壊してるらしいので、温かいもので水分補給させた方がいいだろう。

手早く火を起こしてお湯を沸かす。

「あ、ちなみにトイレは向こうにある小屋がそうだから」

「トイレある!?　んですか！？！！」

「洋式だから」

「よ・う・し・き！　もしかして個室で便座が……!?」

「ついてる」

「大勝利だぁー！！！！」

いちいち驚いてくれるの、ちょっと面白いな……。

「文明的すぎるぅ……あ、でも紙！　紙ならわたし持ってますけど!?」

「え、ほんと？　でもどこに？」

手ぶらの千種は、荷物ゼロにしか見えない。

「……にゃる・ふたぐん」

なにかをつぶやいた。

と思ったら、千種が食卓の上にかざした手の影から、粗末な紙がにゅるっと出てきた。

「おおっ、魔法だ」

「わたし、物を影の中に仕舞っておけるので……」

「すごいじゃないか」

感心した。でも千種は暗い顔で笑う。

「なんの役にも立たんすよ……いくらでも影に仕舞えるけど、高価な宝石とか入れてたら、とある街でいきなり鑑定魔法で密輸容疑ふっかけられて、無一文になったうえにそこの領主と戦って……」

「あー」

「個人で半年分のパンとか買うには、冒険者ギルドに申請出してそれが妥当かチェックとかあって……」

「社会の荒波に揉まれちゃったか……」

社会人でも強敵になる社会制度のアレコレが、高校生に襲いかかったようだ。

学校で教えてくれないのにいきなり襲いかかってくるからな、社会制度。

「っていうか、逆に制度がしっかりしすぎててすごいな」

「そういう制度を作っておくと、それを避けるための納税とか賄賂が活躍するみたいで……あと、有名な冒険者に、こうやっていちゃもんつけるのに役に立つみたいで……」

「ああ、そういう……」

別に全体を見張る必要も無くて、行使するつもりすら無くて、普段の小銭稼ぎといざという時に大義名分を作るための立法。

権力者がやりそう。

「この世界って、民主主義じゃないわりに、ギルドとかにコネが無いとそういう悪いところだれにも教えてももらえなくてですね……」

「フリーランスのつらみ……」

すごい能力だけあっても、社会人経験無いからそういう制度でトラブルが……。

話題変えよう。

「えーっと、実はここにいるのは俺だけじゃなくて、エルフもいるんだよ。三日くらい待ってくれれば、戻って来る。同じ女性だから安心してくれ。彼女なら、千種を人里に案内してくれると思う」

ミスティアなら頼りになるはずだ。

と、思ったんだが、

「……ぅ」

千種は涙を浮かべた。

「ぅーっ、イヤだぁ。戻るのもヤダー！」

「ど、どうしたんだ？」

「手ぶらで戻ったら宮廷の奴らの追跡から逃げつつダンジョン行ってギルドの人にも冒険者にも厄介者扱いされながらお金稼がないといけないのヤダー！」

「あー……」

思ったより気の毒な境遇のようだった。

俺も似たようなものだし、気持ちは分かる。

先の見えない労働に嫌気が差していた前世の自分。

若い自分に「これくらいみんなやってる。みんな苦労してる」とか言いたい放題され、それを頭から信じて四苦八苦しながら働き続け、おかしいんじゃないかと考えて手探りで改善しようとしてはねのけられて。

一念発起して転職したのに、今度は違う形で八方塞がりになって、上司や同僚も信用していいのか分からなくなって。

そんな社会が嫌になるのは、なんだかよく分かる。

この子は、女子高生の時分で、そんな目に遭っているんだ。

……いや、女子高生じゃなかった。三年くらい経ってるらしいし。

「もう最近はご飯の味しなくなってきて……食べるのもつらいし……うぅ……」

それはもう、さすがに見過ごせない。

「……だったら、ここにいていい」

思わず、そう言っていた。


千種がきょとんとする。

「うぇ？」

「ここにいていいよ。君の小屋も、建ててあげよう」

前のめりになる千種。

「ほ、ほんとに？　いいの？」

「いやまあ……千種にできることをやってもらいつつ、っていう形になる。それでも良いなら」

女子高生の顔が、青ざめる。

「それはつまり……お兄さんの足置きとか、椅子とか……？」

「いやもっと別のことがやれるよ、きみには」

「わ、わたしの価値なんて骨と皮しかない……。チビだからハンガーラックも無理……」

「いったん家具になろうとするのから離れようか」

この子ちょっと怖い。江戸川乱歩《えどがわらんぽ》かな？

「きみの闇魔法はすごいよ。ヒグマを止めたのも、隠れるのもすごかった。物を影の中に仕舞っておけるなんて、信じられないよ。すごいよ」

「……そんなことありませんてぇ。ひ、ふひひ」

ニヤついてる。この子けっこうチョロいな……。

「俺は魔法が使えないんだ。いろいろ、頼みたいことはあると思う。やってくれるなら、ここで寝泊まりしていってくれ」

千種が、涙を流しながらうなずいた。

「ゔぅっ、や、やらせていただきましゅ……！」

この子は俺と同じ故郷から来て、なおつらい目に遭った子だ。

助けてあげたい。そう思った。


「あと、実はちょっと味見役が欲しかったんだよ。いろいろ試したいレシピあって」

「ご飯までくれるんですか!?　神……!?」

調味料が増えたので、アレとかアレとか、作りたいものが増えてる。

おじさんは、若者に食べさせるのが好きなものなのだ。

「ここれでわたし、陽キャに日照り殺されないで闇に籠もっていられるんですねっ……！」

「日照り……？　まあ、同性のエルフもいるから、安心してくれ。彼女にいろいろ教わると良い」

「し、下っ端に組み込まれた……！　だ、ダークエルフとかそういう種族ですか？」

「ハイエルフって言われたけど」

「光がッ……！！？」

千種が、申し訳なさそうに言う。

「ところで、あっ、あの……えっとぉ……こんなこと言うと怒られるかもですけどぉ……」

「言ってみてくれ」

「な、名前なんでしたっけ？　いえ違うんですちゃんと聞いたのは覚えてるんですけどなんか微妙に覚え間違えてたら失礼かもってなっててそれすみませんすみませんすみませ」

「ソウジロウでいいよ」

「あ、はひぃ！　ソウジロウ様、よろししくおねがっ、まっ！！！」

「呼び捨てでいいから……落ち着いて……」

「あっ、これは……あの、喋るの久しぶりでっ、――んぐっ、の、喉がもう逝っただけです……」

無言でお茶をすすめると、千種はぜーはー息を荒らげながら必死の顔で飲んだ。

……アクの強い子だなー。

第二十二話　チグサという少女

「さっき仕留めた熊、置いてきちゃったけど千種に持ってもらえばよかったか……」

「あっ、実はもったいないなって思って、こっそり入れておきました……」

影の中になんでも入れられる女子高生・闇魔法チート（？）の千種がさっそく役に立ってくれていた。

「えらい」

「ふ、ふへへ……」

褒め言葉を口にすると、千種は照れ臭そうにしていた。


千種にも食べられる料理のために、鉄の鍋でスープを作る。

鉄である。石や樹皮じゃない。

この森の中にも、ついに文明の利器が登場していた。買ってきたものをさっそく使えるのは、やっぱり嬉しい。

川魚・クレソンなどの野草・ハーブ類・塩を一緒に入れて、よく煮込む。

魚の出汁を味わうキャンプ料理だ。

ウカタマに連れて行かれた千種は、野草の採集をして戻ってきた。それを使っての食事である。

「まともな料理っぽいものっ……！　四年ぶりっ……!!　湯気がすでに美味しい……！！！！」

千種はスープを前に泣いていた。

「四年ぶり……？　ちょっと食べながらでいいから、話聞かせてくれるか？」

「あっ、はい。ぃいただきます……！」

食べながら話してくれた千種によると、どこもかしこも、それこそ宮廷でさえも、中世イギリス並みの料理だったらしい。

魚をくたくたになるまで煮込んで、煮汁を捨てて味が無くなった魚の姿煮とか。

黒くなるまで焼いた丸焼き鶏が皿の上にどーんとか。

果物がいちばん美味しいので、みんなわずかな果物に群がるものだとか。

女子高生は憤懣《ふんまん》やるかたないといった様子で、今まで誰にも話せなかったらしい食事への文句を、永遠に垂れ流していた。

「ひどいものでした……うぅ……美味しいよぅ……美味しいよぅ……。あっ、おおおかわりいいですか」

「若者はいっぱい食べてくれ」

千種はおかわりを二回した。よく煮ておいて良かった……。

これ以上無いほど幸せそうに料理を噛み締めてくれる千種の姿は、なんだか見てるだけでこちらの胸がいっぱいになりそうだった。

「たっ、大変ですお兄さん！」

「どうした？」

「こ、ここのトイレ臭くないです！　広いし！　綺麗で！　しかも便座がすごく滑らかで、見覚えがあるやつ!!」

「うん、俺が作ったんだ」

「貴族の家より快適ですが!?」

そう言われると照れるな。

ちなみに今は、樹皮のシートと枝で三角形を作っているところだ。

千種の仮住まいである。A形テントを設置している。

A形テントは両端にポールを立てて、布を張れば完成するお手軽構造だ。

ドームテントと違って布も骨も直線で構成されていて、作るのも設営も楽なのでこれにした。

ちゃんとした小屋は、新しく伐採と整地をしないといけない。

今日この時間からだと中途半端になりそうなので、小屋の方はまた明日に回す。

「とりあえずの応急的なもので悪いけど、今日はこのテントでいいかな？　ベッドは無理だけど、ムスビが下に敷く毛皮と毛布を作ってくれるから」

「ぜんぜんいいです。あのシェルターとかもすごかったし。なんか、寝ても寒くないというか」

「寒さは下から、暑さは上から来るんだ。だから、マットとか板とか、敷けるものを敷いて断熱材の上で寝ないと」

キャンプの基本だ。

「ほへー」

そして、基本も知らない千種が口を開けている。

「……今まで、どうしてたんだ？」

「あっ、闇魔法で黒い霧を喚んで、体操座りして毛布巻いて寝てました」

「若さで無茶を通したなぁ……」

俺も一〇代の頃は二徹とか平気だったけども。

「お兄さんは？」

「うん？」

「お兄さん、そんなに老けて見えないけど、もしかして転生の時になんかボーナスもらいました？実は三〇くらいとか？」

鋭いな。

「俺か……俺はおっさんだから、自分語りさせると長いぞ」

「あっ、ぜんぜん良いですよ。わたしばっかり喋るの、不公平だし……」

と言ってから、千種が目を逸《そ》らす。

「ていうか、久しぶりに喋りすぎたので、できれば相槌《あいづち》だけにしたいんです……」

声帯が虚弱すぎる。

「仕方ないな……」

その日は、千種の分の食器を作りながら、異世界に来る前のことや来てからのことを話して過ごした。

クロス台で木を削る様子を、千種は俺の話に耳を傾けながら、口を開けて手元をじっと見ていた。

第二十三話　ＪＫと水浴び

朝起きて、体を伸ばす。

すっかり日課になってるんだが、やっぱりミスティアがいないのは、ちょっと寂しいかもしれない。

ところで今日は久しぶりに、マツカゼに叩《たた》き起《お》こされた。

そのマツカゼは、千種のために作ったテントにも突撃していった。

「んにゃぁぁあああ――!?」

叫びが上がっている。

「……見に行った方がいいのかな、アレ」

しかし、女子高生（偽）の寝起きに行っていいのだろうか。

迷ったけど、千種は迷っているうちにテントから出てきてくれた。マツカゼに追い立てられている。

別に全員を叩き起こす必要は無いんだぞ、マツカゼ。

「あっ、起きます。起きますんでマジで……下っ端のくせに寝ててすみませぇん……」

「おはよう、千種」

「……あっ、えっ、あっ、わたしっ、ですよね。千種です！　あっ、おはようございます」

千種は愛想笑いしている。寝起きの渋い顔を隠して。できれば服ちゃんと着てほしい。

「すみません、挨拶されるの久しぶりすぎて。——げほッ！」

「寝起きだと喉乾燥するよな……そっちにあるのが飲み水だから飲んでくれ」

千種は、言われたとおり一杯の水を口にして復活した。

「ゲホッ——あー、生き返るぅ。安全なお水があるって、スバラし……」

なんて言ってから、千種が首を傾げる。

「お兄さんは、ラジオ体操？」

「お兄さんはラジオ体操じゃありません」

「フッ、なっつ《懐かし》」

小学校の教師みたいに言い返してみると、女子高生は吹き出した。

今の子も言われてるんだな、やっぱり。

「朝のストレッチってところだけど、一緒にやる？」

「あっ、やります。やらせていただきます」

「なんか自主を強制してる気持ちになるな……よし、分かった。ストレッチをしなさい」

「あっ、はい」

命令されたのに、逆にほっとした顔をする千種だった。

見よう見まねでやろうとしてるが、どう見てもできてないので、いっそラジオ体操をした。

やっぱり日本人だとついてくるなこれ。

寝起きの体をほぐし終えたら、いつもどおり散歩と水浴びだ。

「じゃあ、次は水浴び行こうか」

「あっ、はい。……えっ、はい？」

「千種は、着替え持ってるか？　四年間ずっと制服で通してたなら、こだわりだよな」

「あっ、さっきムスビさんが、えっと、制服仕立て直してくれました。えと、脱いで寝てたら。いつの間にか」

「すごいなムスビ」

ぱたぱたと飛んできたムスビが、触角をぴんと立てて得意げにしている。

「ぜぜ、ぜいたく言うようですけど、できればパンツももらえません……？」

そういえば、熊に食べられたままか。

「……ムスビ？」

もふもふした白い蚕は、ぴんと触角を立てていた。

うっかり。みたいな反応。

そうだな。ムスビは下着とか着ないからな。

「気が付かなくてすまない」

「あっ、だだ大丈夫ですぅ。あの、なんか解放感ありましたしぃ。うぇへへへ」

そういうのは言わなくていいんだ。

「気が付かなくてすまない。じゃあ、まあ水浴び行こうか」

聞かなかったことにしてリピート。からのスルーして先を促すことでまた同じ事を言われるのを阻止した。

「あっ、はい」

促された千種はこくんとうなずいて、そのまま二人で川に向かった。

「……はい？」

千種はたまに首を傾げていた。


服を脱いだまま、うつむいて動かない千種がいた。

「あっ、あれぇ……？」

「あ、鉤爪渡してなかったっけ。これを布で包んで軽く擦るとこう、石けんのかわりになるから」

俺は楕円《だえん》形のつるつるした石のようなものを渡す。

ストームグリフィンの鉤爪を加工したものだ。ある程度小さくしても殺菌効果はあるらしいので、危険な鉤爪のまま扱うこともないだろうと思って加工したのだ。

「あっ、ありがとうございますぅ……」

「見れば分かるけど、あのへんに石積みしてあるから、その中で体洗ってくれ」

水浴びのために川の中に堤を作って流れを遮り、水流を緩やかにしてある場所がある。

溺れないための安全対策だ。

「ぬ、脱いでる……？　わわたし、これでいいんだっけ……？」

千種はぶつぶつ言いながら、川へ向かった。

ずっと独り言が止まらない千種だった。

まあ、独り言って聞かれたくないだろうから、あえて俺は言ってる意味を理解しないように聞き流しておいた。

「いやでも、冒険者は確かによくやるけど……！」

君もやった方がいい。ミスティアが帰ってくる前に。印象良くしないと。

とは、さすがに口には出せない。

ずっと森の中をさまよってたので、だいぶ……。

いや、これ以上は考えるのも尊厳に関わってしまうかもしれない。

やめておこう。

「……あっ、解放感…………」

水浴びを終えてさっぱりさせ、土埃《つちぼこり》に汚れた服を着替えさせると、だいぶすっきりとした女子高生ができあがった。コスプレだとしても。

「水浴びも体力使うから、いきなり入れるわけにもいかないと思ってたんだ」

「お気づかいどーもです……消えたい……」

川に浸ってグリフィンの爪で身を清めた千種は、昨日一日自分を丸洗いしなかったことを後悔していた。

汗まみれの時は自分がぐっしょりしてるのに気づかないが、シャワーを浴びると自覚するようなものだろう。

今は千種を座らせて、その後ろから髪を櫛で梳《す》いてあげている。

自覚症状を得た千種は、櫛を通すのに抵抗しなかった。

「はわ～……」

とか、微妙に気持ち良さそうな声も出している。

気分は拾ってきた猫の二日目。水と食べ物を与えてから風呂で洗った、みたいな。

水浴びを待つ間に作った木櫛《きぐし》で洗い立ての黒髪を梳きながら、実はシラミがいないか見てるのはさすがに内緒にしつつ、慰めを口にする。

「まあほら、俺もわりと強引にエルフに誘われたから、千種と同じことが起きてたかもしれないし……しれないんだよなー……」

言ってから、本当にそうだったらどうしようかという不安が湧いた。

「お、お兄さん、ヤな臭いしないから、大丈夫っすよ」

んへへ、とか、まだ恥ずかしそうな口元のまま、笑ってくれる。

慰めるつもりが、逆転してしまっていた。

「それはどうもありがとう」

偽物でもＪＫにお墨付きをいただけるなら、少しは心強い。

「まあ、油断は禁物ということで。もっと文明的な生活空間を作ろう」

やる気が出てきた。

「……踏み入れたら死と隣り合わせの未踏領域で、人間には危険な〝神樹の森〟なんだけどなぁ」

一方、千種は微妙に納得がいかない顔をしていた。

第二十四話　お手伝い

さて、今日は伐採と整地だ。抜根もしないといけないので、ちょっと手間だけど。

これから目指すのは、ちょっとグレードアップして、板材で作る小屋だ。

いろいろ物を買い込んできたし、もう一人住人が増えたので、新しい小屋を作ってそちらに移り住む。

そして、今までの小屋は移設したりして、調味料や薪などの物置小屋として使いたい、というところだ。

「作業所を作りたいなー」

製材所とか工房とか、そういうものが欲しい。

今は適当にそのへんに積んだ丸太とクロス台だけで、全部こなしてる。

作業所を作ればもっといろいろ、効率良くできる気がする。

でもとりあえず倉庫優先。だってメシへの影響が大きいから。

「あっ、て、手伝わせてください」

沐浴をして、体も制服もマントもぴかぴかになった千種が、気持ちも新しくなったのか自分からそう言ってくれる。

「えーっと、力仕事だけど……」

「あっ、だ、大丈夫です。闇魔法あるので」

「……闇魔法って、実際どんなのなんだ？　あの蛸足のやつと、物を影に仕舞ってるんだっけ」

「い、いえ、闇魔法ってつまり『見えない力』がメインで、だから、こういうの得意で」

千種が大きな丸太に手をかざした。

「にゃる《略式詠唱》――〈袋〉」

ふわりと、かざした手の先で丸太が浮かび上がる。

「わあー」

「あっ、お手伝いにどっ、どうかなと」

「なるほど……。じゃあ、手伝ってもらおうかな」

「あっ、はい。ま任せてください！」

千種は、か細くも頼もしい返事をしてくれた。


「よーし、次を」

「あっ、もうですか。よ、よいしょー」

千種が丸太を浮かせてこっちへ寄越してくれる。

地面に杭《くい》を打って作った作業台の上で、俺はぐるりと樹皮を剝いで、薄くスライスし、板材へと加工していく。

切って横に落とした板材は、千種が影の中に収納してくれる。

これがとても楽だ。

加工は〈クラフトギア〉で簡単だったが、それを仕舞ったりどけたりするのには時間がかかっていた。

千種の闇魔法で、手間が一気に少なくなってくれたわけである。

そんなわけで、俺も気合いが入って一気に丸太を切りまくった。

効率化って素晴らしい。

「よーし、じゃあそろそろ小屋の方に取りかかろうか」

「はぁ、はい。はぁっ……」

「……休憩してから」

「……はいぃ」

へたり込む女子高生。

効率化したのはいいけど、千種の体力に気を使ってあげないと死にそうだ。

気をつけよう。

しばし休憩の後に、作業を再開した。

「今度はそっちの角材を取ってくれ」

「は、はい。えいっ——!」

切り出してきた岩のブロックを基礎にして、土台を作る。

長さを揃えた柱や土台になる材木を用意して種類ごとに並べて置いておく。

すぐ必要な物は空中に浮かべておいて、千種に投げてもらう。

千種は無重力にして宙に浮かべた材木を、腕で一生懸命に押してこちらに飛ばしてくれる。

その顔は真っ赤で、汗が浮いていた。

無重力と言うと、指先一つで重い物でも運べる——なんて、よく勘違いされがちだ。

実際のところ、重さはゼロにできても質量は変わらない。

単純に言えば、一キログラムの物を〝持つ〟ことに力は要らない。むしろ邪魔。

しかし〝押す〟ためには力が必要だし、速度がついていれば、それを止めるためには押したのと同じだけの力が必要だ。

まあなにが問題かと言えば、無重力の物でも投げると疲れるよってことである。

そのせいで、千種は疲労困憊していた。しかし、

「……すごく、一生懸命やってくれるから言いにくかったんだけど」

「ふ、ふぁい？」

「蛸足で材木を投げるのと、どっちが楽？　楽な方でやってくれていいんだけど……」

「………………あっ」

闇魔法チートの女子高生。能力を忘れている。

ともあれ、その後は指先一つですいすいと材木を操る千種のおかげで、作業はとても捗《はかど》った。

「これでよし、と」

作りたかったのは、物置小屋より一回り大きいかなくらいの小さな小屋である。

豊富にある頑丈な木材は分厚くカットして床にしても、なんと無料なわけで。

そういうわけで、さくさくと壁を作り、その上の片流し屋根を作っていく。

小屋作りの経験もあるし、今度は木材を上に上げてくれる女子高生もいるので、前より大きいが作業は早い。

無重力状態だと千種だけでなく、俺にとっても扱いやすくなるし。

「闇魔法、すごいじゃないか。重機みたいだ」

だいたいの外装ができあがるまで、あっという間だった。

「す、すごい。もう小屋が建ってる……！　ま、魔法!?」

「いや魔法使いはそっちだから」

魔法使いとこのやり取りするのもおなじみな感じある。

壁に断熱材を入れて内壁を取り付ければ、本当に立派な住居として扱えるくらいの小屋になりそうだ。

ただ、手持ちにはこの壁をグレードアップさせる手段が無い。

「断熱材が無いんだよな……。このまま内壁つけちゃうしかないか」

発泡スチロールやグラスウールといった、その場で大きさを整えられる断熱材が無い。

まあ、いずれ断熱材を作ろう。

幸い、隙間風は樹皮シートやそもそも〈クラフトギア〉の完璧な手仕事と接合で対策できる。

厚めの板壁にしておけば、それなりに快適なはずだ。

「というわけで、よし」

そうして半日以上もかかってしまったが、小屋ができあがっていた。


「千種、おつかれさま」

「お、おつかれさまでした！」

千種は木材の運搬や吊り上げなどでも、ずっと手伝ってくれていた。

「座りっぱなしだったけど、腰とか痛くなってない？　大丈夫？」

「ぜ、ぜんぜんです！」

ほとんど重機の操縦士みたいな扱いをしてしまった。

切っておいた板材をすぐ出してくれるし、屋根の上に立ったままでも樹皮シートが必要なだけ上に飛んでくる。

闇魔法、めちゃめちゃ便利だ。

しかし、〈クラフトギア〉の仕事が早い分だけ、千種に次々とお願いをしてしまった。

体調とかもっと気を使ってあげるべきだったかもしれない。

「小屋が……できちゃった」

「ああ。頑張ってくれてありがとう」

額から汗を流しながら、千種はぽかんとできあがった小屋を見上げていた。

「が、頑張りました、わたし？」

「？　千種がいなかったら、こんなに立派な小屋はできてないよ」

俺の答えに、女子高生は目を見開いてもう一度小屋を見上げた。

「……ふへへ」

その顔は、ちょっと嬉しそうだった。


「じゃあ夕飯にしよう。お腹の調子、どんな感じ？」

「あっ、もうぜんぜん大丈夫な感じです。痛くないです」

「それは良かった」

回復が早いのは若さか、それとも最初に本人が言っていた異世界流の体質改善だろうか。

どちらにせよ、作る方としてはありがたい。

残念ながら、小屋の製作にかかりきりで狩りに行けていない。なので、熊肉しか食べるものがないのだ。

「じゃあ、熊鍋食べよう」

とはいえ、なかなか強い味わいの熊肉を、千種は俺と同じかそれ以上に食べていた。

元気があって大変頼もしい。これなら明日も働けるだろう。

ミスティアが帰ってくる頃には、二つ目の小屋。

帰ってきた日には三つ目の小屋を作る、くらいはできそうだ。

「そういえば、ミスティアに千種のことを説明しないとな……まあ、ミスティアならさくさく受け容れてくれそうだけど」

そんなふうに、楽観的に構えていた。

第二十五話　帰ってきたエルフ

俺は川を見ながら、ウカタマと雑談をしていた。

「あの辺をもっとこっち側に掘って、簀《す》の子《こ》とかで木の床を作りたいんだよな。どう思う、ウカタマ？」

ウカタマはコクリとうなずいた。爪をシュッシュッと振っている。

掘るなら任せろ、という感じで。別に水が苦手でもないらしい。

「やるときは頼りにしてる」

「ふひぃっ……！　つ、冷たぁっ……！」

と、俺が目を向ける川の中では、裸の千種がちょうど（ようやく）意を決して水の中に頭まで沈めたところだった。

髪を洗うにはそうするのが一番なんだが、前屈《まえかが》みになって水面に突入しようとしたまま、三分ほど動かなかった。

なにかあったのかと、焦って声をかけてしまったくらいである。

なんでもなかったので、ウカタマと一緒に川を掘り広げてお風呂を作る計画を相談しながら千種の決心を見守った。

「うーん……いっそ川から水路を引いて、浴槽付きの風呂小屋を作ってそこでお湯を沸かすとか……」

川辺の風呂小屋。

……わりと良さそう。

川が眺められるように大窓をつけたりして、自然の眺望を楽しみながら風呂に浸かる。

悪くはないけど、窓は考えないといけないか。ガラスが無いから大穴みたいなものになってしまう。

いや、いっそ露天でどうにかしようか。

川岸に土と石で土台を作り、そこに浴槽を埋める。それなら衝立《ついたて》と屋根を作れば完成する。完全屋内型は五右衛門風呂《ごえもんぶろ》で別枠として作るとかで。

「風呂か……考え出すと止まらないな……」

野望が増えた。浴場の建設。

川で沐浴もいいけど、日本人ならやっぱり熱々のお湯を張った浴槽に体を沈めたい。

「あひぃ、冷たいよぅ……」

「焚き火に当たってていいよ」

「ありがと……」

見張りをしつつ、火を起こしておいた。

千種はミスティアほど万能にあれこれ魔法を使えないらしく、温風でぶわりと自分を温めるようなことはできないそうだ。

いや、もしかしたらこれが普通で、ミスティアがすごいのかもしれない。

ムスビが作ってくれたタオルのおかげで、体をしっかり拭くのはなんとかなるが、やっぱり髪だけはそうそうすぐには乾かない。

俺は手早く体を清めて、すぐに着替えた。


……そういえば、今日あたりミスティアが帰ってくるかな。

日数的には、頃合いだ。

そんなことを考えながら焚き火のあるところへ戻ると、千種がウカタマと一緒に川面《かわも》を見つめていた。

「どうしたんだ？」

「あっ、お兄さん水浴びの後に魚を捕ってたから、今日くらいわたしが役に立とうかなーって」

「なるほど？」

朝は焼き魚にすることがわりとよくある。

この川にはイワナっぽいのがほいほいいて、そいつの皮目には脂がついておりなかなか美味い。

かと思えばさっぱり系のも魚もいて、こちらも淡泊ながらも身質が良くて、姿焼きにすると骨の旨味が染み出たほろほろの白身が味わえるのだ。

どんな魚がくるのか、クジのように楽しんでいる。

これもまた、ソトレシピの種類を広げる一環。

「あの辺を泳いでるのが見えるから……」

　つぶやいて、千種は手を組み合わせた。

「千種影操咒法《ちくさのえいそうじゅほう》――〈蛸〉！」

　その詠唱と合わせて千種の影が川の中へと伸びていく。腰ほどの浅い川の底から、暗闇纏《まと》う蛸の足が爆発的な水飛沫《みずしぶき》を打ち上げた。

　蛸足に打ち上げられた魚は、きっちり千種へ飛んでくる。

「のわあぁ――!!」

　叫びながらも手を前に突き出して、千種はビクビクのたうつ魚を魔法で中空に浮かべた。

「いやキャッチしないのか」

「むりむり、こんなの手で持てない！　あっ、むり。むりぃ……」

　魚を素手で持てないタイプだ。

「無理なのに、なんで自分で捕まえようと……」

「や、やくにたちたくて……ひぃっ！」

　青い顔で魚にビビりながらそんなことを言われると、やめろとも言いづらい。

「ど、どうすればいいんだろ……あっ、焼く？　焼くんだっけ？」

　そして、千種が魔法で宙に浮いた魚をそのまま焚き火へ突っ込ませた。慌てて引き上げさせる。

「待った待った待った！　落ち着いて！」

「あっ、ダメでした……？」

ダメなところしかない。

「も、もうちょっと美味しく食べる方法で……内臓も抜いてないし」

「な、なるほど。――〈蛸〉」

小さい蛸足が、ぞろりと伸びて魚を掴んだ。うねうねと魚の口に突っ込まれている。

まさかそれで内臓を？　グロくない？

「――やめなさい！」

凛《りん》とした静止の声。

と同時に、千種のそばで爆発でも起きたかのような衝撃音。そばにあった岩が、不可視の一撃で粉砕される。

「ぅぴゃっ!?」

「今のは警告よ。その魔法はやめてもらえるかしら？」

声だけで、誰なのかは分かっていた。

「ミスティア」

見たこともない厳しさを漲《みなぎ》らせた、エルフの魔法戦士がそこにいた。

短剣を両手に構え、白皙《はくせき》の美貌に気圧《けお》されそうな迫力を満たして、こちらを見ている。

「ソウジロウ、まだちゃんと正気よね？　闇魔法に影響されてない？　どのくらい一緒にいたの？　もう沐浴をするほどの仲ってこと？」

「待ったミスティア。なにか誤解が発生してる」

「……ソウジロウ、私がいない間に、闇の使い手と仲良くなっちゃったの？」

「いやまあ仲良くはなったけど……別に、危険な子じゃない。落ち着いてくれ。ほら、俺は平気だから」

手を振ってアピールすると、ミスティアはゆっくり剣を下ろした。

でも、まだちょっとむすっとしている。

俺の目をじっと見つめる。

「んー…………」

はー、とため息を吐くミスティア。

「……そうみたいね。ごめんなさい」

千種は魚を握り締めて青ざめていた。

「きもいぃ……！　ぬるってするぅ……！」

魔法はダメって言われたからか……。

ミスティアはそんな千種を見て、不思議そうな顔をした。

「私の知ってる闇の使い手たちとは、だいぶ違うみたいね……」

緊張を抜いたミスティアの感想に、胸を撫で下ろす。

どうやら、闇魔法を使うのは特殊な人間である、というのが常識なようだ。

そして、千種は俺と同じで異世界人。

常識から外れたことをしているので、常識どおりの対応をされるとズレることがある。

そんなところだろう。

「具体的に、どう違うんだ？」

「闇の魔法を使うなら、信仰が必要なのよね。人外の者や、混沌《こんとん》の中で人を呪うような者へのね。そういう者への強い憧れや、後ろ暗さを溜《た》め込《こ》んだ魂だけが、この世界に次元を超越した力を形にできる想像力と精神力を持つことができるの。何年もかけてね」

「……たぶんだけど」

おそらくそれは、心底から無形の神を信じるようなものでつまり、

「千種が信仰してるのは、その……少年週刊誌かな」

「シュウカンシ？」

ＪＫの趣味をあまり突っ込んで聞き出したりするのは、なんとなく憚られるので脇に流そう。

あの詠唱とかがおそらくその辺だ。流そう。

「文化の違いだ。とにかく、問題無いんだよ」

「……ソウジロウが言うなら」

不可思議そうな顔のままだったが、エルフは矛を収めてくれたようだった。

「まあともかく。お帰り、ミスティア」

「……えへ。うん、ただいま。ソウジロウ」

数日ぶりに目を合わせて、俺とエルフはわけもなく笑った。

「えっへっへー、なんか、変な感じするね」

まったく同感だった。

「あのーっ、これどうしたらいいのっ……？　うっ、動いていい、です、かー……？　おーい」

千種はまだ、魚を握り締めてオロオロしていた。

第二十六話　郷土料理の美味しい形

「へえーっ、ソウジロウと同郷の人なんだ。よろしくねっ」

「あっ、よよろしくお願いします」

マツカゼによだれまみれにされながらただいまをしたミスティアが、改めて千種に向き合っていた。

「ただでさえ珍しい異世界から客人《まれうど》が、二人も同時にいるなんてすごいわねー。すごく可愛《かわい》いし。服も変わってるけど素敵ね。やっぱり、チグサも強いの？」

「あっ、陽キャの日照りが眩しい……！」

最初はどうなるかと思ったけど、仲良くなってくれそうだな。

良かった良かった。

そしてミスティアが帰ってきてくれたので、準備していたものに取りかかれる。

「ねえねえソウジロウ！　あんなに立派な小屋があって、びっくりしたんだけど！」

できあがってる二つと、作りかけの三つ目を指差してミスティアが目を輝かせてる。

「ああ、新しい寝床だよ」

「ほんとに!?　相変わらず、あっという間にすごいことするわね！」

「まだまだだよ。天井あたりに物が置けるようにして、収納を増やしたりしたい」

取り急ぎ寝られるようにしただけだ。

「ふーん、いろいろ野望がありそうね。楽しみ！」

「まあ、まだまだやれることが山ほどありそうだから。古い小屋を移設したりする大仕事の時は、また手伝ってほしい」

「まっかせて！」

太陽のように輝く笑顔で、ミスティアは答えてくれた。

こんなに喜んでくれると、やり甲斐《がい》あるなー。


「わあー、一つ目でも綺麗に仕上がってる！　ひろーい！」

「前の小屋より大きくしたし、これくらいあると部屋って感じがするかと思って」

「うんうん、わかるー！」

小屋の中には、普段は畳んでおけるベッドとテーブルだけつけておいた。

蝶番《ちょうつがい》を木で作って、壁にペタッと天板をくっつけておく。使いたい時は板を持ち上げて、裏についてる脚を壁につっかえる形で伸ばせばいい。

使わないときは壁に吊《つ》り下《さ》げておけるので、その状態なら小屋の中は三畳ほどの広さがあるわけだ。

「床も板張りなのは、なんだか進化した感じがするわね！」

「寝られるくらい滑らかに仕上げたし、厚めの床材だから断熱効果もある。これで多少なら寒くならないはず。……まあ、これからしばらくは、暑くなっていきそうだけど」

「いいんじゃないかな。無駄にはならないし。でも、一つ聞いてもいい？」

「いいけど？」

「なんで二人とも靴脱いだの？」

「あっ……」

「えっ……」

俺と千種は、入り口の前で靴を脱いでいた。

「……クセで」

今度の小屋は基礎で地面から浮かせたので、上がり口に石を置いている。そこでつい脱いでた。

習慣って怖い。

「お兄さん脱いでたから、土禁なのかなって……」

「どきん？　わかんないけどわたしも脱いでくる」

「いや、べつにいいよ」

「えー、仲間はずれ？　良くないわよそういうの」

「いや、三和土《たたき》も作ってないのに土禁はおこがましい」

「こだわり……」

千種がちょっと笑ってた。

「分かった。ニホンが関係あるでしょこれ」

「あっ、当たりです」

ミスティアが言うと、千種がこくこくうなずいていた。


三つ目の小屋ができあがった時に『どれを誰が使うか決めよう。案内して！』とかミスティアが言い出したので、小屋を一つずつ回ることになったんだが。

ミスティアが「この小屋の下ってどうなってるの？」とか「屋根も高いのに早かったね！」とか言うたび、俺や千種からいろいろと説明する。

次第に千種も口数が増えていき、作業の途中でマツカゼが乗っかってどうにかしようとした話など、話題が増えていく。

……そういえば、千種にとってもこの小屋は〝仕事の成果〟か。

働かせてしまっている――なんて思っていたけど、もしかすると、千種にも作る喜びがあったかもしれない。

天井を見上げながら嬉々《きき》として着工した時のことを語る千種の様子に、俺はそんなことを感じていた。

さて、これで全員揃ったので、手間のかかる料理ができる。

俺は鍋に水を張って捨ててをくり返していた。

「なにしてるの？」

「ミスティア、実は千種が油をくれたんだ」

千種がたっぷりくれたのは、植物油だった。オリーブオイルである。

めちゃめちゃありがたい。

熊とか猪とかいるので、油が無いわけでもない。

ただ、植物油は料理をするにも別のことにもいろいろと便利だ。動物性脂肪のように常温で固まらないし、香りもクセが少なくて使いやすい。

液体は持ち運ぶには容器が必要なうえに、重くてかさばる。

塗料を買った時点で、油をたくさん買って持ち帰ってくるのは、諦めていた。

しかし、魔法が使える千種にとっては、腐らないので持ち運びやすい物だったという。

そんなわけで、油が大量にもらえた。

「だから、俺の郷土料理を作ろうかと思って。めっちゃ美味しいやつ」

「……わざわざ私が帰ってくるの、待っててくれたんだ？」

「当たり前だろ」

「へえー？　えへへ、分かったわ。期待してるね！」

ミスティアが言葉どおりの期待した顔をする。

綺麗な瞳を煌めかせる、向けられただけで心が浮き立つような表情だ。

ミスティアは、こういう顔がとても自然で決まっている。

「そういえば、千種はなんでそんなにたくさん油持ってたの？」

「わたし、料理、できないので……」

千種が暗い顔で言った。

誰も怒っていないのに、なぜかすでに悪いことが起きた後のような表情。

千種も、こういう顔はお手本のように決まっている。

「料理ができないと、油なの？」

「そ、そうです。魚を捕って煮えた油に入れると、料理になるんですよ……うぇへへ……」

それは料理にはなってないな。

「昔のテレビで芸人がやってたやつ」

「えっ、YouTubeでやってましたけど……」

「えっ？」「えっ？」

ジェネレーションギャップ。

「私も見たーいっ。ソウジロウがやるんでしょ？　見せて見せて」

「いやそれじゃないんだ。似てるけど」

俺が鍋で作っていたものは、でんぷんである。

でんぷんをたくさん含んだ植物をすり下ろして布で包み、中で何度も絞る。

すると、水がとても濁る。

濁りは植物の粉だ。粉が沈殿するまで待ち、沈んだ粉を捨てないように気をつけながら、汚れた水だけを捨てる。

それをくり返していくと、汚れだけ流されて白い粉だけが残る。

そして残った白い物がでんぷんの粉——いわゆる片栗粉《かたくりこ》だ。

学校の授業でもやるやつ。

ちなみにでんぷん質な植物の代表格は、芋類。

そして芋類のように根っこに栄養を蓄えて鱗茎《りんけい》を作る野草があったら、だいたいでんぷんが取れると思っていい。

そういう野草を、俺はウカタマと一緒に見つけてきていた。

ツルボに似た感じの野草だ。引っこ抜くと、根に鱗茎がついている。

鍋で作ったでんぷんを、ミスティアに頼んで魔法で乾燥させれば、片栗粉のできあがりだ。

あとは、あらかじめ漬け込み処理《ブライニング》しておいた肉だ。

水に塩と砂糖を溶かしたものを、ブライン液と言う。これに肉を漬けておくと、肉が柔らかくジューシーになる。スパイスやハーブも一緒に入れておけば、味と香りもついでにつく。

ぷりぷりとした身質のウサギ肉。濃厚な脂の味わいがある熊のヒレ肉。そして国産豚よりも上質な魔猪のヒレ肉。

ブライン液に入れた食材を確認して、材料は揃った。

油・片栗粉・肉。

とくれば、それで作る郷土料理はもう決まったようなもの。

――竜田揚げである。


「おっ、美味し……！」

一口、カリッと良い音を立ててかじったミスティアが、驚いて目を見開く。

「から揚げえええぇ……!!」

いやそれ竜田揚げ――とか無粋なツッコミすら憚られる勢いで、千種が泣いていた。

千種の地域だとから揚げかもしれないし。

二人の反応に満足して、俺もカラッと揚がった衣の感触と、特上の肉の味わいを堪能する。

口の中で弾《はじ》けるようなカリカリの食感に、その奥から溢れ出る肉汁と油の甘み。噛み締めるほど快感と旨味でいっぱいになっていく。

「この食感……たまらないな……」

それほど現代日本の料理と離れていないはずなのに、ずいぶん懐かしくて久しぶりに感じた。

まあ、から揚げって週に二回くらいは食べてたしな。

素揚げに近い塩と片栗粉だけの味つけ。

にもかかわらず、こんなに味覚を刺激してくれるのは、揚げ油の香りと味を衣が受け止めたからだ。

カリカリに仕上げた衣の、歯触りを楽しみながら噛み崩す快感。

肉の繊維をぷつりと噛《か》み切《き》るたび、肉汁と油がじゅわっと口の中に弾けて、本能的な喜びを与えてくる。

あーこれ、ものすごいうまい。最高。

スープに入れたツルボの鱗茎がほくほくで、こちらもまた美味しい。

「ほんっとうに美味しい！　チグサのおかげだね。ありがとう！」

「ひぇええ……からあげぇ……。三年ぶりのからあげぇ……ふぇえええ……」

「たぶん聞こえてないぞ。……まあ、気持ちはちょっと分かる」

三年ぶりのから揚げなんて、俺ももしかしたら語彙が吹っ飛ぶかもしれない。

全員があまりに興奮したせいで、マツカゼがあてられてテーブルの下を走り回ってる。

やばいやばい。落ち着こう。

「……〈クラフトギア〉」

ちょっと思いついた。

枝を手に取ってナイフで削り、細い棒にする。

「千種、はいこれ」

俺が差し出したものを見て、千種が衝動的に飛び上がって叫んだ。

「あっ……‼⁉⁉　からあげ――串……⁉」

三つのから揚げを串に刺しただけだ。

意味は無いけど、日本人なのでそれに意味を見出《みいだ》してしまう。

「お兄さんは神です……‼」

から揚げ串を受け取った千種が、それを見つめながらつぶやいた。

高校生が三年ぶりのから揚げ棒になにを思うのか、推して知るべしだ。

「串に刺すと神様なの？　私もやっていい？」

ミスティアが真似《まね》しようとしてる。

「いや、えーっと、なんだろう。説明が難しいな」

「？　あ、分かった。これ〝オハシ〟と関係あるでしょ」

「いやそこは無いんだ」

「びゃあぁ……おいしいぃ……」

そうして、山ほど作った竜田揚げは、全て三人の腹に収まっていた。

第二十七話　闇の代償

川の畔《ほとり》にお風呂を作る計画。徐々に進めよう。

ということで、湯桶《ゆおけ》をまず作ってみた。


桶は両端に角度を付けた四角い木片を組み合わせて円を作り、それを箍《たが》という輪っかで留めて、内と外を削って薄く滑らかにすれば作れる。

まずは板を十個の木片に切り分ける。

これをつなぎ合わせて十角形にするので、両端には内角の二分の一の角度をつける。

十角形の内角の和は『180(n-2)』の公式で１４４０度。これを10で割ると内角は１４４度。２分の1だから72度になる。

とりあえず三角形を作ってだいたい72度にした型を作り、それに合わせて板材を切った。

「……あれ？」

大まかに切って微調整するつもりだったのが、何回やっても一発で角度が合う。

さては〈クラフトギア〉の力だなこれ。

まあいいか。

桶職人は桶専用の道具で、丸太を割るだけで俺みたいに面倒な計算しなくていい道具を持ってるわけだし。

　これくらいの抜け道は許してもらおう。自分に。


　ともあれ、これが側板という桶の側面になる部品だ。

　桶なので上の方が大きく、下の方が細い円筒が作りたい。なので側板は台形になるように切る。厳密な計算はいらないが、上辺と下辺のちょっとだけの幅の差が、10倍の円周の差になるので気をつける。

　あとは鉋《かんな》で削って大まかに円《まる》みをつけておく。調整は後回し。

　木片を合わせて十角形にしたら、樹皮で編んだ太い紐で縛って木の棒で引き締めて、ぴったりと板を繋ぐ。

　そのまま『固定』すれば、まずは十角形の円筒ぽいものが完成。

　上下の端を切り落として真っ直ぐにしてから、外側と内側を丸鉋で削り、円筒にする。

　本当なら、仮止めでも箍が必要だと思うが『固定』してあるので問題は起きない。まあ見栄えのために、完成品には樹皮で編んでつけておこう。


　次は底板。

　内側の径が細い方が底だ。そちらに近い方に、底板をつけるための溝を掘る。

　その溝の径に合わせて、板を円形に切って鉋掛けする。

底板を溝に木槌《きづち》で叩いてはめてやれば、もうだいぶ桶だ。

あとは樹皮の箍を巻いて、もう一度ぎゅっと締め上げてから隙間無く『固定』する。

仕上げにあちこち鉋ややすりで手触りを良くしてやって、完成だ。

水を入れたが、どこからも漏れない。


湯涌《ゆわく》のできあがりだ。

「まあ、入れるのは水なんだが」


新たに作った桶で、千種がばしゃりと頭から水をかけられている。

「ひいいっ……！」

「ソウジロウ！　この桶ぜんぜん漏れないわー！」

「それは良かった」

川に頭を入れることをためらう千種を見たおかげで、俺も桶という道具の不在に気付いた。

……人がいると、いろいろ創作意欲が湧いてくれるな。

わりと楽しい。それに、困ってるところに必要な物を作るのは、すぐ役に立つのでそれも嬉しい。

この調子で道具を増やそう。お風呂場を作る計画、じわじわとやっていきたい。

浴場は木と石さえあれば、全部作れるはず。

ヒノキみたいな良い匂いのする木材で、浴槽を作ったりしてやりたい。

夢があるな。総檜風呂《そうひのきぶろ》。

「こ、これすごい透けてるぅ……」

「そうよね！　透けるくらい薄くて軽くて肌触りが良くて、モス・シルクってほんと最高よね！」

「あっ、ソウデスネ……」

浴着をもらえた千種が、ミスティアと一緒に川に入っていた。

通じてるような通じてないような会話をしつつ、一緒に沐浴している。

「わあ、プロポーション完璧だぁ……」

「チグサ、そっち川だよ？」

じりじり川の深い方へ下がっていく千種。

せっかく慣れてきたところなので、あまり恥ずかしそうにしないでほしい。

「あっ、おさかな。お魚だぁ。アイツならわたしでも勝てるもんねぇ……。千種影操咒法《ちくさのえいそうじゅほう》——

〈蛸〉！」

バシャン、と蛸足で魚を獲るという現実逃避を始めた女子高生。

「こらっ、チグサ。沐浴中にはしゃいだらだめだってば。モンスターが来るわよ」

「そんな怒らな——ぷ」

静かに。

そして唐突に、千種の姿が沈んで消えた。

「――ソウジロウ！　襲われてる！」

「〈クラフトギア〉――!!」


救出した千種は、寝転がったまま虚《うつ》ろな目でビクビクと身を震わせている。

その全身にドロドロの粘液がまとわりついていた。

「ひゅー……は、ひゅー……」

「ああ、びっくりした」

「イビルスライムの亜種かな、たぶん。闇魔法に引き寄せられたのかも」

半透明なスライムが透明な水の中から寄ってきて獲物を引きずり込むとか、初見殺しにも程があるモンスターだ。

溺れる人間はバシャバシャ暴れるどころか、水面下で静かに沈むだけだ。

「見張りって大事だな……」

「はしゃがない方が大事よ？　普通に入ってる分には、襲われたことなんてないし。気配で気づけるし」

「あっ……すみま……ゲホッ……！」

「……まあ、今はそっとしておいてあげてくれ」

言いつつ川をもう一度見る。スライムはもういない、と思う。

しかし、目を凝らしていたら妙な物を見つけてしまった。

「なんだこれ。こんなのあったか？」

ガラス玉。

一見すればそう思ってしまうような、ゴルフボールくらいの灰色の球だ。

表面がツルツルなので、ガラスに見える。

拾って手に取ると、ちょっと硬い感じがした。

「イビルスライムの細胞ね。核から切り離された細胞が、固まって球状になるの。スライムが食べると、すぐ生きた細胞になるのよ」

「切り離されても、転がった先で仲間とか元のスライムが食べれば体積が復活するのか」

生命の神秘。

硬くて軽い。この材質なら地面の上でも多少転がるし、川の中なら流れで遠くに転がりつつ、魚や虫には食べられないわけだ。

「群れた時が大変なの。全部の核を潰さないと、その場で巨大なスライムになっちゃうから」

一匹潰してもその隣がすぐ吸収する。あるいは、複数の核を持つ巨大な塊として動く。

どっちにしろ、大変そうだ。端から切るとすぐ元通りになるわけで。

「それは相手したくないな。面倒くさそうだ」

「ま、私なら魔法で焼いちゃうけど」

「あー」

体細胞なので、焼いてしまえば細胞が死ぬ。賢い。

「でもほら、核が無かったら安全だから」

ミスティアが同じような球を二つ拾って、くっつける。しかし、スライムボールは一つにならず、カチカチと音を立ててぶつかった。

「軽くてちょっと硬い……プラスチックみたいだな」

「すべすべしてて、感触目当てに買う人がいるわよ。安いけどね。弱いスライムもたまにこういう細胞を残すから、初心者冒険者の金策の一つよ」

「なら、この森のスライムは強いってことか」

「そういうこと」

砕いた細胞が、わりと広い範囲に転がってる。

たまに残す、程度じゃこうはならないだろう。

ガッ、と石を割るような音がした。

そちらを見ると、復活した千種がスライム細胞を石で割っていた。

「ゆ、油断してなければ……スライムなんかにぃ……」

最強魔法使いのプライドが傷ついたらしい。

「……割られるとまた小さい球になるのか。すごいなスライム」

二つに割られたスライム細胞は、二つの球になった。

ちょっと面白い。グリフィンの爪といい、異世界の魔法生物は面白い素材になる生物がいて良いな。

「まだ新鮮だからねー」

ミスティアはのほほんとそんなことを言った。

「チグサ。裸で川の中にいるときは、闇魔法は禁止だからね」

「あっ、はい……」

でもやっぱり注意はされていた。

第二十八話　秘したもの

木を伐り倒して開拓しているということは、樹冠の天井が無くなるということ。

「雨に備えないとなー」

今のところ雨は降ってないけれど、いずれ来る時のために備えたい。

食事を摂《と》るのに使っている開けた場所に、屋根を作ったりしたい。

「か、完成予想図的には、どんな感じです？」

「野外バーベキュー場的なのかな。ああそうか。調理場とか屋根とか、あと雨なら焚き火にも当たりたいな……となるとウッドデッキはまずいか。うーん、コンクリート欲しいなー」

「コンクリートは、さすがに無理では……」

「いやほら、靴の話をした時に思い出したんだ。三和土っていう和製コンクリートなら、材料がだいたい揃ってる」

「たたき？」

「昔の家だと、土間や玄関の床は土から作るコンクリートみたいなので固めてあったんだよ。それが三和土」

「つ、作れますか？　そんなの」

「赤土と砂利と消石灰《しょうせっかい》。土と砂利はあるから、石灰だけあれば良いんだけど……」

「あっ、それが無いんですね」

「貝殻を焼くと作れる」

「海にしかないのでは……？」

そうなんだよな。また、町まで行かないといけないだろうか。

「あとは、成分的に言えば卵の殻も石灰になるかな」

貝殻も卵の殻も、炭酸カルシウムだ。

「と、鳥の巣とか見かけるから、卵、食べます……？」

「野生の卵って、産んだ直後か孵化《ふか》する直前か分からないんだよな……」

「？　なにか、ダメなんですか？」

「……割って焼こうとしたら、中から半分だけ雛《ひな》になった黄身なのか肉なのかよく分からないどろっとしたのがべちゃって」

「ぴぎゃー！！！」

千種は泣いた。

謝って落ち着かせるのに、ちょっと時間がかかった。


結局、下は地面のままにして突き固めるだけにしておいて、屋根だけつけておくことにした。

千種の闇魔法と〈クラフトギア〉があれば、作ったあとに屋根をごっそり宙に持ち上げて改築するのも簡単だからだ。

古い小屋を移設・改築するのにも使った手である。

千種はすっかり運搬役が板についてきていた。

重機として、活躍の場を持ちつつある。

食事場——野外ダイニングスペース、とでも言うべきだろうか。

ともあれ、憩いの場として機能するように、広く作る。

「あっ、あの、柱おっきくないですか？」

「このくらい天井が高くないと、解放感が無くなるから」

「あっ、なるほど……」

「野外空間の良さを保ちつつ、雨や強い陽射しから守られるように整える。それが今回の目標」

「お兄さん、そういうのこだわるんですね……」

「物を食べる時は、見栄えも大事なんだよ。こだわらなくなると、砂嚙んでるみたいなメシになるし」

「それは極端では!?」

「それに、千種も喜んでくれるしな」

ちょっと喜んでほしい。そう思うと、実用一点張りの一歩先を考えてしまうのだ。

「まあその……はい。い、いいと思います、けど……」

千種がおずおずとそんなことを言ってくれた。

「ありがとう。ちょっと大がかりになるけど、持ち上げる時はよろしく」

「あっ、どうせ持ち上げるの蛸なんで、平気です」

千種はスンとして座ったまま蛸足を生やした。若者はこういうとこドライだ。

地面を均して固めてから、柱を立てたい場所に石を置いて目印にしておく。

野外ダイニング場は、だいたいテントが二つくらい入りそうな広さにした。

けっこうな広さなので、とりあえず大変なのは天井だ。

今回はいつもの片流しではなく、三角形の切妻《きりづま》屋根でいく。

「ふむ……ところで、千種は天井のこと思い出せる人？」

天井裏がどうなってたか、ちょっと記憶が怪しい。

「あっ、床しか思い出せません」

なんかつらい答えが返ってきた。

……でも、俺もブラック勤務の時は、地面だけ見て歩いてた気がする。

この話やめよう。問題は天井だ。

どう作るか具体的に考えていく。広く取ったスペースを、実際に眺めつつ想像で木材を組み立てる。

「敷桁《しきげた》と母屋《おもや》と垂木《たるき》と……あれ、ちょっと材木が足りない気がするな」

板を作りすぎて、柱材の数に不安がある。

「……よし、今日の仕事は伐採と製材だ」

「あっ、はい。行きます」

千種と一緒に、俺は新たな木材を求めて森へと向かった。

「ウカタマー、根っこがまたできたから引き取ってくれー」

菜園の近くで、俺はそう声をかける。

町で買ってきた野菜の種は、ウカタマが喜んで栽培してくれている。

畑がまた少し広がっている。いずれこっちの世話についても、ウカタマの話を聞いてみたい。

今は任せっきりにも程がある。

「う、ウカさーん。ね、根っこですがー」

千種が一緒に呼びかける。姿が見えないが、地面の中だろうか。

呼びかけに応じて、ウカタマが地面の中から顔を出す。

「ああ、そこにいたのか。新しい根っこだけど、どの辺に置いておけば……ん、あれ？」

こちらへ寄ってくる精霊獣のアルマジロ姿に、どことなく違和感がある。

「……お前はウカタマか、ほんとに？」

「えっ」

と、千種が言った時、その足下からもう一匹アルマジロに似た精霊獣が顔を出した。

「あっ、ウカさんが、ふ、ふたつに！」

せめて二匹に、とか二人に、とかならないかそれ。


「二匹目からは……コタマにしておこう。三匹や四匹と増えても、みんなコタマでいいかな……？」

ウカタマが増えた。いや、種族的にはリドルズだっけ。

まあとにかく、アルマジロの精霊獣がいつの間にか増えていた。

ウカタマとコタマがふんふんうなずいてる。いいらしい。ありがたい。

……ムスビが増えたらコムスビになるか？

別になっても困らない気もする。お相撲さんみたいだけど。


「最初の子が分かるようにしとくねー」

ミスティアは、嬉しそうに新入りを迎えた。

さすが生き物好きのエルフだった。

「嬉しそうだな」

「精霊獣が増えるってことは、良いことだもの」

ミスティアがうきうきとウカタマの首にリボンを巻いている。

そういえば、マツカゼの首にもミスティアが巻いたリボンがある。

……どこに持ってたんだろう。

ウカタマは特に嫌がりもせず、巻き終わるとトコトコ走り去っていく。

「あっ、またリボン巻いてる……乙女趣味な……」

足下をすれ違ったウカタマを見て、通りすがりの千種がそんな感想を漏らす。

「乙女趣味……」

聞《き》き咎《とが》めたミスティアが、千種を振り返る。

「あっ、ごめんなさい。なんでもないです」

「し、仕方なくない？　だってほら、たまたま巻くものがリボンくらいしか残ってなかったー……的なー……」

「そもそもなんでリボンがあるか分かんないことはないです分かります持ってますよねりぼんわたしも昔読んでるように見せかけてジャンプ読んでましたすみません」

「別に巻こうと思ってたわけじゃなくてただなんとなく捨ててなかったのが手元に残っちゃってそれでやるしかなかったしー……っていう感じのやつでー……！」

なんか二人で青くなったり赤くなったりしている。


俺はこっそりとその場を離れることにした。

「ワンッ」

マツカゼが遊んでほしそうに吠えてくる。

「静かに。見つかるとまずい」

「誰に？」

ミスティアが笑顔で俺を見ていた。

まだ頬が赤いままだ。攻撃色だ。

「……女の子がこういう時に八つ当たりするのは知ってる。ひと思いにやるがいい」

「やらないわよ！」

もー！　とか言いながら両手で口元を隠している。

初めて見るな。こんなにうろたえてるところ。

「うぅ～……恥ずかし……ソウジロウはなにも分かってなさそうだからバレないって思ったのに……」

でかいでかい。独り言がでかい。

あと俺もちょっと思ってたからアレ。

千種はいつの間にか消えていた。おのれ闇の魔法使いめ。こういう時だけ素早くなる。

仕方ない。俺も覚悟を決めよう。

「ミスティア」

「うぇっ!?　な、なにかしら？」

「俺も、あのリボンはちょっと可愛いすぎるなって思ったことはある」

「そ、そうよね……」

「でも俺は、ミスティアが好きなものは好きでいいと思うから」

「――っ、そ、そうかな？」

「俺もキャンプはブラック社畜に似合わない趣味だったけど、結局好きだからブッシュクラフトまでやってたんだ。それに――」

これを口に出すのはちょっと照れるが、言う。

「ミスティアは、ちょっと可愛いのも似合うと思う」

「あ……も、もうっ、ソウジロウは！　ダメでしょ！」

ここで!?

肩を思い切り叩かれた。思いもよらないタイミングの八つ当たりに俺が驚いている隙に、ミスティアは走り去っていた。

と思ったら立ち止まってこちらを指差した。

「ソウジロウは神璽《レガリア》なんだから、女の子口説くのは禁止です！」

再び走り出すミスティア。

口説いてないが……。

マツカゼが残ったので、その背中を撫でながら遠くを見る。

「うーん……女の子は難しいな、マツカゼ」

マツカゼは素知らぬ顔で尻尾を振っていた。

首元のリボンをウカタマと見せ合っている。お前たちは平和だな。

第二十九話　小さな羽根

小さな扉を作っている俺を、千種が不思議そうに見ている。

作業台の上には、四角い木製の製作物。

「なんですかこれ？　ちいさい家？」

「神像を祀《まつ》る祠がほしいなと思って。ぽこぽこ小屋を建ててるけど、地鎮祭《じちんさい》とかやれてないし、せめて祀る感じのを作ろうと思って」

そう答えたものの、千種は首を逆側に傾けて、もう一度困惑している。

「ほこら……？」

疑念を孕んだ声に、手を止めて作業台の上にある製作物を見る。そして、正直に言う。

「……俺も、なんか違うなって思う」

これは祠というより、人形の家《シルバニアファミリー》。

やっぱり、途中で屋根作りの練習したいとか、雑念が入ったのがまずかっただろうか。

「女神様の名前がアナだったから、北欧風にしようと思ったのが間違いだったな……」

ログハウスのミニチュアができてしまった。

「二階建てっぽくできそうなのができちゃったな……。ＩＫＥＡみたいな家具をこのへんに置いて。窓をここに開けて」

「あっ、もう諦めてますね？」

「うん」

そのへんにあった木から適当に家具を彫り出して、置いてみる。

壁に穴を開けて窓枠や扉をはめ込み、二階の床とハシゴを追加した。

「まあ、練習にはなったってことにしよう。家はいずれ作るし」

「あっ、そんな計画があったんですか」

大きい屋根もどんな感じか分かったので、これはこれで。

自分を納得させる。

「二人でなにしてるの？　わっ、小さいお家だ！　すごい、可愛い！」

ミスティアが現れて覗きこんでくる。

「あっ、じきに本物を作るから、練習だそうです」

「そうなんだ。二階建ての大きい家ねー。わたしの部屋はどこ？　千種のは？」

一緒に住む気だ。

「えっ、わ、わたしは屋根裏とかでいいですから……！」

「千種が屋根の方かー。これ二階に大きい窓つけられない？　そこから出入りしちゃだめかしら？」

秘密基地かな？

「あっ、日本の家は靴を脱ぐので……」

そんな話をしていたら、ミスティアの後ろでマツカゼが吠えた。

エルフがはっとした顔をする。

「そうだった。ごめんねマツカゼ。あのね、実は大物を仕留めたから手伝ってほしいの。どっちか運んでもらえる？」

「じゃあ、千種に川の方に運んでもらってくれ。俺は解体の準備しておくから」

「ん、了解しました。チグサ、行きましょ」

「あっ、はい」

ログハウスの話題はそこで終わった。


なので、作業台に戻ってきた時に、なぜか小さい人が住んでいたのは驚きだった。

「お帰りなさいませ。レガリア・マスター」

「……誰だ？」

「小さくて優秀なもの。つまり妖精です」

「いや、うん……そうか。妖精？」

無機質な表情で、そんなことを言われてしまう。

サイズ感的には分かる。人形みたいな大きさで、背中には透明な薄い羽が生えている。

毛先を切り揃えた長い銀髪の女性。人間サイズならすらりとした長身にバービー体型の美女といったところだが、人形サイズなので勝手ながら愛らしさを覚えてしまう。

ぴっちりしたボディスーツに、宙を滑るように飛ぶたびに幻惑的にふわふわと揺れる飾り布を身に着けていて、種族的な美しさを存分に活用する装いをしていた。

しかし、いろいろ目《ま》の当たりにしてきたが、いよいよファンタジーの代表みたいな異人種の登場にちょっと動揺した。

「最近は妖精界もずっと収縮するばかりでして、熱量が足りません。しかし、ちょうど熱量に溢れた小さい物件を見つけました。優秀な妖精として、これを見逃すことはありません」

「なるほど？」

「ですので、この家を優秀な妖精のものにします。そのかわりに、優秀な妖精がマスターを手伝ってあげましょう」

正直に言えば、なにを言ってるのかが分からない。

ミスティアを呼ぶことにした。


「わっ、妖精《フェアリー》!?　貴方、人前に出てくるなんていつ以来なの？」

「疾《はや》き翼は羽音を隠すと言います。優秀な妖精が、非凡すぎたようですね」

「つまり分からないのね。まあ、指折り日にちを数える種族じゃないものねー」

「知り合い？」

「ううん、ぜんぜん。でも、妖精ってそういうものなのよ」

ミスティアに訊ねると、ミスティアは笑ってそう答えた。

むしろ初見でその距離感のミスティアが、どういうものなのか知りたい。

「知恵のある野猫みたいなものなのです。真面目に相手するのは面倒だから、言ってることの半分は気にしないでいいの」

「そうなのか……」

意外と雑に扱われてるな、妖精さん。

しかし、これまでの流れだと名前をつけることになる。人っぽい相手にそれはちょっと怖いな。

「……名前ってある？」

「優秀な妖精は、サイネリアと名乗っています」

あった。良かった。

「優秀な妖精は家具を要請します。柔らかい寝台を作ることに、協力は惜しみません」

「要請を拒んだら？」

妖精が冷徹な顔で見つめてくる。

「後悔させます」

思ったより、やばい妖精なのか？

「貴方が目を覚ますと、よく寝付けなくて青くなった優秀な妖精の眼輪筋《がんりんきん》が恨みがましく向けられます。この小さい家から、夜な夜な泣き声が響いて貴方の耳元に届くでしょう」

「後悔のさせ方が陰湿」

「まあ、悪《あ》しきものじゃないから。それに、手仕事を手伝ってくれるのは本当らしいわよ」

苦笑いしか出ない。

「それなら、受け容れた方が寝覚めは良さそう、かな」

「ありがとうございます、マスター」


千種が来た。

「なにこれ？　小さいおじさん？　——へっぶ」

その顔に妖精のドロップキックが炸裂《さくれつ》した。

「レガリアがいる場所に、闇の眷属《けんぞく》がいるのは予測不可能でした。優秀な妖精が脅威を排除します。すでに幻覚が見えているようです」

妖精がシャドーボクシングをしながら飛んでいる。

唐突な蛮行に、止めるのが遅れた。

「やめてあげてくれ。千種に害は無いんだ。大きさしか見てなくて性別と容姿を間違えたのは、たぶんかわいそうなだけなんだ」

倒れて泣いている千種を背中に庇《かば》うと、サイネリアはぴたりと動きを止めた。

「……闇の侵略者の眷属、なのでは？」

倒れた千種の両脇を持ち上げて、妖精に顔を見せる。

「いや無害無害。　ほら」

「しくしくしく……ごめんなさい……ちいさいおねえさん……でもちいさいヒトガタって言ったらアレじゃないですか……」

千種は悲しげに泣いていた。

疑惑の視線を向けていた妖精が、小首を傾げる。

「マスター、貴方は大丈夫なのですか？　悪夢などは見ていませんか？」

「別に」

「……過去に一度たりともありえなかったことです。マスターの評価を上方修正します」

「それより、千種に謝ってあげてくれ。怯えてる」

ずいっと千種を近づける。

「優秀な妖精はマスターに従います。闇の眷属に謝罪を……しゃざい、を……むう……」

妖精がじりじり後ずさっていく。様子がおかしい。

「もしかして、サイネリアも怯えてる？」

「こっ、怖くないです。優秀な妖精は恐怖しません」

震えながら言われても。

「……仲良くしてくれよ？」

「努力します」

妖精が仲間になった。

それからしばらく、千種は俺の背中に隠れるようになった。

「もうわたし、新入りと会う時はずっとお兄さんの背中にいるぅ」

「かわいそう」

ミスティアが同情していた。

でもたぶん、エルフに襲われた記憶も関係してると思う。

第三十話　妖精には遊び心を

新しい住人の妖精・サイネリアだが、わりとうるさいタイプだった。

寝台を作れと言うので作ったものの、柔らかさが足りないとか曲線が優雅じゃないとか注文をつけてくる。

ミスティアも千種もそういうことはあんまり言わないタイプなので、けっこう新鮮だ。

「寝台は、素材的にはこれくらいでしょう。次はカウチを要請します」

「いま座ってるやつがそれだけど」

無表情で寝そべった妖精に、やれやれとか言われる。

「実用性は十分ですが芸術性が足りません。新古典主義様式を取り入れた意匠などを要請します」

「芸術性」

そう来たか。

「脚や縁に心安らぐ意匠をしつらえると良いでしょう。また、エアマットの製作と取り付けを推奨します。動物の毛や布だけでクッション性を高めることは不可能です。気密性のある布を縫合し、空気を注入してエアマットを制作し立派な寝台を作成してください。今すぐ」

「空気を遮断するほどの布って、普通は無理だと思うけど……」

「神樹の森にはゴムの樹液を採取できる木があります。樹液を採集、モス・ムスビに提供し、布とかけ合わせることで製作可能です」

「……知らなかった」

「神樹の森は神代の被造物であり、有用な植物を数多く群生させています。優秀な資源庫として積極的に利用することで、大地との均衡が保たれるでしょう」

「そうかそうか」

なに言ってるか半分くらい分からないけど、聞いてるうちは上機嫌だから聞いておこう。

妖精は語りたがりらしい。

「さて、マスターは優秀な妖精に、性的な興奮を覚えましたね？」

「いや、別に」

「……こんなにも小さくて優秀なところを見せたのに、おかしいですね」

「小ささと優秀さの配点高すぎでは。家電か？」

クセの強ささえ無ければ、大いにありがたいのだが。

「後で採りに行くから、木の場所知ってたら教えてくれ」

「それには及びません。優秀な妖精が、ゴムの採集と制作に向かいます。なにか鋭い物をいただけますか」

取ってきてくれるというなら、任せよう。

俺は〈クラフトギア〉で木を薄く鋭い刃物の形にしてから、その切っ先を『固定』した。

何者にも傷つけられない時空の止まった物体は、他のどんな素材より頑丈だろう。

「なかなかの業物。優秀ですね」

「危ないことするなよ？」

あまり小さくしすぎると、木に傷をつけるのが大変になる。

そう言われたのでカッターナイフサイズにしたが、それを背負った妖精の姿は、昔のゲームで見る大剣背負ったキャラみたいなサイズ感だった。

でもあんまり重そうでもない。実際、素材が木なので軽いことは軽いんだが。

「マスター・レガリア。ちなみに、寝台は自分で使う分も合わせて作成するように望みます」

「……なんで？」

「きっと役に立つからです」

そう言い置いて、妖精は飛んでいった。

不思議な言動の多い生物だ……。

まあ、「妖精はいたずら好きで人間をからかう」って言うしな。仕方ない。


それからあまり時間も経たないうちに、妖精は帰ってきた。

「あれ、早かったな」

「樹木に傷をつけて容器を置いておきました。また明日見に行きます」

「ああ、なるほど」

樹液を集める時の定番のやり方だ。

「ちなみにその容器ってどうやって運ぶんだ？」

俺の疑問に、妖精がそのへんにいた千種に向かって飛んだ。

「な、なになに……？」

そして、妖精に襟首摑んで持ち上げられる千種。

「手で持って飛びますが？　このように」

「ひやあぁ……わたし、飛んでる……」

「いや怪力だったのかお前」

小さくても見た目どおりの生物じゃないな、やっぱり。

普通の人間以上の力は、余裕でありそうだ。

「リリースします」

空中で吊り下げられていた千種が、投げ捨てられた。

思わず受けとめる。

「おおっと」

「あ、ありがとざいます……」

妖精が装飾のついたカウチに腰かけて、つぶやいた。

「ほほう、ベッドの完成が急がれますか？」

「急がないよ別に」

「妖精怖い……妖精野蛮……」

千種が隠れつつ妖精をにらんでいた。


翌朝。

水浴びにも、妖精はついてきた。

「エアマットの作成がまだなので、優秀な妖精は寝不足です」

「嘘つけ。ぐっすり寝てただろ」

ムスビの上に乗って、寝転がっている妖精である。

千種が警戒しているので、水浴びは人数で分けられた。

ミスティアと千種が終わってから、俺と妖精で脱いで川に入る。

「川の方に行って魚に襲われたりしないでくれよ」

「虫と同じ扱いに抗議します。優秀な妖精のプロポーションに見蕩《みと》れるなどしなさい」

「うん、まあ自信を持つだけはあると思う」

「ふっ、そうでしょう」

確かに妖精は綺麗で生き生きとした、美しいプロポーションの造形美を持っている。

ただまあ、小さいうえに羽で飛び回るので、現実感が薄れる姿だ。

「でも、千種と仲が悪いのはなんとかしてくれよ」

「……優秀な妖精とて、それは考えています。全人類は優秀な妖精を好ましく思わなければいけないのに、あの態度には不満があります。こんなにも小さくて優秀なのに、あの闇の使い手はなぜ怯えるのかと、考察を深めているところです」

「自意識が暴君なのが合わないんじゃないかな……」

そんな話をしているとは露知らず、千種はぼーっと空を見てるのか見張りをしているのか見分けがつかないような様子で、木陰に座りこんでいた。

まあ、あれでかなり最強の闇魔法使いで、並みの魔獣くらいなら任せられるので、心配はしてないけど。

「闇の使い手を籠絡した手管を、こっそり優秀な妖精に伝授しても構いませんが？」

仲良くできる方法を教えてくださいとか言えばいいのに。

「そうだな……食べ物に弱いかもしれない」

から揚げ作った時のテンションからして、そういうのに飢えてそうではあった。

「それでは、裸で一緒に水浴びなどは必須ではありませんね？」

「ミスティアと仲が良いのは……ミスティアの才能かな……」

「参考になりません。食べ物の線でいきます」

妖精はそんなことを宣言していた。

「そういえば、妖精ってなに食べるんだ？」

「人間と同じ物を食べます。つまり、酒を注いだコップに全身で飛び込みつつ、それを飲み干すことが可能です」

なにが〝つまり〟なんだそれは。ちょっとうらやましいけども。


妖精に邪魔されたが、神棚を改めて作り直すことにした。

と言っても、神棚みたいな和式ではなく神殿
神殿なんて縁が無いのでふんわりとしたイメージで作ってる。

「なんかこういう……家の輪切りみたいな台座があって……あと縦線がついてる柱だっけ」

鳥居のかわりにパンテオン神殿みたいな、三角屋根のついた柱廊《ちゅうろう》を組み立てる。

素材はいつも木でやっていたけど、今回は石だ。

〈クラフトギア〉で切り出すなら木も石もそう変わらない。

とはいえ、曲げたり捻《ひね》ったりはできないので、ちょっと作業感は変わる。

それから柱廊の奥に、凹型の台座を作る。両脇に小さな柱と弓形のアーチを描く屋根。そして、

周囲を寄せ木細工で少し華やかに彩っておく。

最後に、女神像をお祀りすれば、完成だ。


少し手間取りながらも、いちおう形にはなった。

「……正しいのか分からないけど、ヨシ！」

まあ日本の祠に祀られた神像でも女神様は気にしてなかったので、大丈夫だろう。

「おや、こんなところに神殿が建立《こんりゅう》されていますね」

サイネリアがふわふわと寄ってきた。

羽があるくせに自分で飛ばず、真っ白なモスに乗っている。

飛んできたムスビは俺の頭に乗って、もふもふと撫《な》で回《まわ》してきた。

「お、褒めてくれるのか。ありがとう」

そういえば、神像を飾って寄ってきたのがムスビだった。

気に入ってくれたのかもしれない。

「もう少し彩りが欲しいですね。マスター、優秀な妖精が花を飾るので、植木鉢を小さく作成することを提案します。小さくです」

「ふむ、ありだな」

ぱふぱふぱふ、と肩を叩かれる。

ムスビがなにかを主張している。

「……ムスビも、なにかしたいのか？」

ムスビが、触角の上にシュルシュルと布を作成し、ふさっと神殿に向けて飛ばした。

神殿に飾り布がかけられている。

「なるほど。じゃあつけておこう」

飾り布らしいものを、列柱《れっちゅう》に結んでおく。

ムスビは満足げに飛んで、神殿の横に着地した。

鑑賞してるのかもしれない。


「植木鉢です、マスター」

「はいはい」

サイネリアに急《せ》かされて、俺は残った石材の中から手ごろなものを〈クラフトギア〉で切って、作り始める。

「ところで、女神にはなにを祈るのですか？」

「今のところ、祈りはかなり叶えてもらってるからな……。ありがとうを伝えたいだけだ」

転生する時に口にした願いは、順調に叶っている。

こんな小物を作れる道具と手があり、余裕がある。

そして、思いのほか気持ちの良い隣人がいて、狩りや手伝いまでしてくれる。

これ以上、望むものが特にあるわけでもない。

「酒池肉林酒池肉林酒池肉林……」

「やめろ邪《よこしま》な願いを女神様に向けるな」

妖精が不穏なことをつぶやきながら手を合わせるので、慌てて止める。

「まあ、マスターは願いを叶える側になっていますからね」

「そんなことはしてないけど」

三角屋根を取り外して、正面に彫り物を入れ始める。もうちょっと飾りっ気をつけてもよさそうなので。

「闇の使い手は分かりやすいでしょう。彼女の願いは美味しい料理と、安心できる居場所です。マスターは、すでにそれを提供しています」

「……そう言われると、まあ」

「それにあの乙女趣味の耳長《みみなが》が持つ願いは、人間たちにも仲間にも厄介だと判断されていますが、マスターは受容しています」

「どういうことだ？」

思わず手を止めて、聞き返してしまう。


ミスティアの願いを、受け容れてる？

それも、他の人たちにはみんなから酷評されているものを？

心当たりが無い。

「ミスティアには、なにか目的があるってことか？」

訊ねると、サイネリアは言った。

「神樹の森と、その中に生きる魔獣や霊獣を、役に立てること。それが、あのエルフの女戦士の願望です」

「……その願いが、厄介なんて思われるか？」

たしかに、そういうことは言っていたと思う。

でもそんな、悪く言われることでもない気がするんだが。

「なんの役に立てたいのか、によります。この森は耳長にしか復活させられない、と言われていますが――あの乙女エルフは決して『争いのためには使わない』と公言し、それを守らせようとします。諸国が戦争をしている最中《さなか》にです」

ちょっと考えてみる。

戦争をしている。それも初耳。

だが、その最中で争いには使わないと言っているということは、どういうことか。

「つまり――戦争の真っ只中で、資源の平和利用だけを求めてるってことか」

「そうです。権力者にとっては、これほど辟易《へきえき》する相手もいません。殺し合いをしている横で、絶滅危惧種の保護をしようとしているのですから」

それは、まあ……空気読めないって怒りだす人もいるだろう。

というか、それがミスティアの世評ということは、大多数がそう思ったということだ。

「なので、各地の有力者は協力を要請するエルフの乙女を、拒否して放置しました。支援も協力者も無く、一人で成し遂げられるようなことではないので」

「約束を守るフリだけしようって人も、いそうだけど」

「相手はエルフです。誓約の呪いを刻まれるとなれば、そうもいきません」

そういうことか。

「……争いのために使わないと約束すれば、もしも特別に強力なものが見つかった時に、自分だけが力を使えないかもしれない」

「そのとおりです」

「なるほどな……」

この森で作る炭は、鉄を鋳溶《いと》かせられるらしい。石炭《コークス》並みの資源になる森は、それだけでも確かに利用価値は高いだろう。

もっと単純に、ここの木で作った船は、同じ技術で作った別の船より頑丈にできる。

そんな木々だけでも、その約束をしない理由には十分だ。

「乙女エルフの理解者は、貴方だけです、異世界人」

サイネリアはそう断言してから、俺に言った。

「そこで、優秀な妖精は訊ねます。——貴方はこれから、この森をどうするつもりですか？」

改まったその疑問に、俺は苦笑いしか返せない。

「俺には、大それた望みは無いよ」

神樹の森の活用方法、なんて考えてもいない。

「まずは美味しいご飯だ。味がしないものは、前世でこりた。うまいものを作る余裕と、それを味わえる時間、そういう場所。……そういう、生き方をしたいだけだ」

十数年間、働き詰めだった前世では、味がしないメシを口に詰め込んでいた。

キャンプをしながら、昔のことを思い出して手《て》遊《すさ》びにクラフトをいじり、焚き火に当たって作るソトレシピ。

それだけが、味を感じられる食べ物だった。

樹脂の詰まった木を選別して拾うこと。

焚き火をうまく調整して、燃えさしを残さず灰だけにしたかまど。

頭を捻って作る工作物や工夫。

自分自身の手が、できること。

そういうものが、俺の心に、味わうことを思い出させてくれてた。

「他の人にとって役に立たないものは、きっと、俺には特別なものだったんだよ」

と、自分で言って、気づく。

「だからまあ、ミスティアの目標に親近感は湧く、かな。応援したいね」

「親近感、とは？」

首を傾げる妖精に、俺は木々のレリーフを彫り込んだ屋根を見つつ、答える。

「興味が無い人には、なんの意味も無いことの積み重ね。……それが、人の役に立つようになった時、少しこう思うじゃないか。『大切にしてもらえる』ってな。誰かに喜んでもらうっていうのは、つまりそういうことだ」

ミスティアが、たとえ役に立たない森を世話する、役に立たないエルフと思われてるとして。

役に立たない魔獣を拾い育てる、役に立たない人間の俺がいるとして。

いつかそれを――森を、魔獣を、技術を、工作を、誰かの役に立てられるようになったら。

誰かの記憶に、後世のどこかに、特別なものとして残るかもしれない。

「自分の大事にしたものを、誰かにも大事にしてもらいたいんだよ。……その気持ちが分かるから、ミスティアの目標も、応援できる」

柱廊の屋根を神殿に戻して、俺は女神像を眺める。

なかなか、良く仕上がってる気がする。

「それはこの世界では、とても珍しい心の所有者ですね。マスター」

サイネリアはそう告げた。

俺はミスティアの苦労を夢想する。

理解者のいない理想のために、たったひとりでこんな森の奥に住んでいた月日を。

「……で、植木鉢はまだですか？　小さいやつです。口を動かさず、手を動かすことを要請します」

「お前な……これは仕事じゃない。俺が好きでやってるだけだぞ」

ブラック上司みたいなことを言うな。トラウマが蘇《よみがえ》る。

妖精に急かされながら、植木鉢を作った。

次の日には花が飾られていて、神殿はだいぶ彩り豊かになっていた。

「優秀な妖精は、この神殿を大切にします」

そんな宣言をされた。

第三十一話　重機工房

さて、妖精が採取してきたゴムが手に入ったので、井戸掘りをすることにした。

というのも、現状だと水源を川に頼っている。

水量は豊富だし、これほど飲んでも体長は崩してないので水質も悪くないはず。鉤爪の浄化もある。

しかし、自然の中で生きるためには、いろいろとトラブルには対応できる予備があった方がいい。

雨が降れば川に近寄るのは危険だし、数日は濁ってしまう。

水の汲み置きなどは雨水の貯水槽でも作れば問題無いが、節水などで管理と手間が増える。

井戸があれば毎日の水汲《みずく》みもだいぶ楽だし、雨が降っても降らなくても影響が無い。

ということで、まずは井戸の手押しポンプを作る。

「手押しポンプか……。ポンプってことは要するに、注射器と同じ構造だよな」

基本は注射器のようなもので、あとは大きく地面に刺して固定できればいいはず。

必要なのは、円筒のシリンダーと、押したり引いたりするピストン。

まずは木桶と同じ方法で、細長い円筒を作る。

今度の底板は中央に大きな穴を開けて、円筒の下につける。

これで注射器の外側が完成。この中に、水を引き揚げるわけだ。


次にピストンを作る。

木を切って削って円柱にしてから、ヤスリで仕上げてツルツルにする。

あとはムスビが鞣してくれた分厚い皮を、側面に貼り付ける。貼り付けるのは上の三分の一くらいで、ちょっとだけ上にはみ出るようにしておく。ピストンを上下させた時に、この巻き皮がシリンダーの壁にぴったりくっついて滑る。

「で、ピストンの真ん中に弁をつける、と」

ピストンに貼り付けられるサイズで、ゴムの板を作る。町で買ってきた銅板を四角く整形して、片端だけちょっと斜めにしておく。下から水が通る時に、斜めにした部分が蝶番のような役目をしてくれるはずだ。で、銅板をゴム板に『固定』する。

これが弁になる。


ピストンの真ん中に穴を開けて、先ほど作った弁を穴の蓋にする。で、ゴム板の片端だけを『固定』しておく。

穴より大きいドアがついてるような形だ。下から水が通る時はゴム板が開くけれど、上から水が通る時は蓋のように閉まる。弁になるわけだ。

ゴム板は水圧で穴に押し付け続けられると、穴の形に水圧が集中してしまう。銅板は、圧力を平たく分散させつつ受け止める殻でもあり、ゴムの形を保つ骨でもある。

これでピストンは完成。

手押しポンプの井戸では皮付き木玉、とも言う。あとで水で濡らしてハンマーで皮を叩いて、厚みを少し調整して使う。

ピストンにハンドルを繋ぐための棒を『固定』して、シリンダーにはめれば、仕組みじたいはほぼ完成だ。

竹筒で水鉄砲を作った経験はおありだろうか。

俺はある。

いま手元にあるのが、それとそっくりな状態の手押しポンプ。

「試してみるか」

ポンプの中に水を入れてみる。

特に横からも下からも水漏れは見当たらない。

ピストンを上に引っ張る。

水はぐいっと上から溢れた。

「うん、まあいいな」

ポンプの上部に水の出口をつけた升《ます》と、シリンダーのロッド棒を繋げるハンドルに、それを支えるテコの支点。

そして、ポンプを支持する底板を固定するための台を仮止めすれば、打ちこみ式手押しポンプは完成。

次は、ポンプの底面で揚水管と繋げるための玉下《たました》を作る。

シリンダーの底を固定しつつ、ピストンとは別のもう一つの弁を作るための部品。それが玉下だ。

二つの弁で、水を吸い上げて、上まで吐き出すようにしてやらないとならない。

ポンプと大きさを合わせた分厚い木の板を用意して、中央に丸く穴を開ける。穴の縁には傾斜をつけておき、ゴムを『固定』して接着する。板の裏側には、台形を棒で組み立てて固定しておく。

穴に合わせた大きさの円錐《えんすい》台形の石を切り、真ん中には真っ直ぐな木の棒を接着する。板に開けた穴に棒を通して、その先端に大きな円盤型の石を接着。

穴を蓋する石があり、棒のガイドで真っ直ぐ上下する。円盤が棒で組み立てた台形に引っかかって、一定以上の高さには穴から離れない。

これで玉下が完成した。

「昔見ただけだから、できないかと思ったけど……できちゃったな……」

たぶん、神様の祝福が効いてるんだと思う。

これができたら、部品的にはほぼ完成みたいなものだ。

あと必要なのは、注射器で言う注射針の部分。水道管と鞘管。つまり、どちらも長いパイプだ。

作り方はシンプルにして、能力で時短することにした。

適当な太さの木を丸くて長い棒にして、それに樹皮シートをくるりと巻き付ける。

あとは樹皮シートを『固定』して、棒を抜けばそれが水道管だ。

一見とても頼りないが、樹皮の時間は止まっている。人が乗っても潰れないほど頑丈だし、水が通っても腐らない。

「で、できました」

「はいありがとう」

シートを巻いて調節して『固定』するだけだ。巻くだけなら千種もできるので、一緒にやってる。

「あ、あといくつくらいですか？」

「八メートルぶんだから、あと四つくらいかな」

ウカタマが地質調査をしてくれて、そのくらいで水が出ると教えてくれた。

手押し井戸で出てくるギリギリのところだった。良かった。

パイプができたら、井戸掘り開始。

まずは設置場所を軽く掘って、作業しやすくする。

穴掘り用のシャベルで軽く掘り進めて、ドリルも使って一メートルほど掘った。

大きい水筒くらいの太さで、深さ一メートルくらいの細長い穴ができる。

これを深さ八メートルまで伸ばせば、井戸になるわけだ。

穴にパイプを立てて、杭のように地面に打ちこむ。まずはケーシング、水道管より大きい径の鞘《さや》管《かん》からだ。

下の方のパイプは側面に小さな穴を開けてあって、この穴から地下水が入ってきて中を満たす。その水を手押しポンプで汲《く》み上《あ》げる仕組みである。

「じゃあ、お願い」

「千種影操咒法《ちくさのえいそうじゅほう》――〈蛸〉」

「その詠唱って効果あるの？」

「あっ、これやると力が強くなるんです」

千種や俺の力は、重力とかの物理法則ではなく、神様からの授かり物だ。

そういうことが実際あるのかもしれない。

「なるほど。じゃあ打ちこんでいくから、よろしく。――〈クラフトギア〉」

蛸足で支えたパイプの上に木の板を置いて、その上からハンマーを打ち下ろす。

「……俺もつい詠唱しちゃってるよねこれ」

しっかりイメージを固めて口にすると、なんだか収まりが良い気がするのだ。

あとなんとなく、神器の方から応えてくれてる気もしてる。

「あっ、はい。い、一緒ですねえへへ」

千種が笑って言う。

気付いてたけど黙っててくれたとかだろうか。

ともあれ、ケーシングを打ちこんでから、次はその中にドリルを突っ込んで回す。

ドリルは〝T〟の文字の一番下に、螺旋《らせん》階段みたいな形の刃がついたような工具だ。

俺は上の横棒を持ってグルグル回す役である。

本来なら、この突っ込んだドリルを引き抜いて土を取って、またドリルを突っ込んで――というところを、

「千種影操咒法《ちくさのえいそうじゅほう》――〈渦〉」

ドリルの掘り起こした土を、千種の影が飲み込んでいくことで時短する。

「よーし、どんどんいこう」

鞘管をじゅうぶんに打ちこんだら、さらに上に追加して継ぎ手代わりの樹皮シートを巻き付けて『固定』する。

あとはこの手順の繰り返しだ。

打ちこむ、ドリル、パイプを足す、打ちこむ。

「あっ、水の音がしてる！」

「へえー、まだ予定の深さじゃないのに」

掘り進めてる途中で鞘管の中から響いてきた水音に、思わず二人で耳を寄せた。

地面に突き刺したパイプが、ゴボゴボという籠もった水音を地面の下から届けてくる。

ちょっと楽しいな。

「ほ、ほんとに掘るだけで、水って出るんですね」

「もっと進めよう」

楽しくなってスピードアップしてしまった。

モチベーションって大事だな。

「これで終わり、と」

「あっ、意外と簡単でしたね」

「千種のおかげだよ。俺だけだと、土やら砂やらの処理は、〈クラフトギア〉があってもだいぶ手間だから」

ドリルは〈クラフトギア〉だから、柄ではなく刃の部分を伸ばして強引に掘り進めることはできたかもしれない。

しかし、ドリルでは掻《か》き出《だ》せない砂の層もある。

本来なら弁式掘り器や水を利用して、何メートルもの長さの棒を突っ込んでは引き抜いてとやらないといけなかった。

そこを俺《工房》と千種《重機》の合わせ技で、ズルをして掘り進めた。

用意した鞘管を全て打ちこんだ。先端は地下八メートルを通過して、周囲の地層から染み出す水が流れこんでいることが、音で分かる。

「完全に水の層だよ。音が」

「あ、ちゃっぷちゃっぷですね……」

鞘管に耳を寄せて叩いてみると、水音が聞こえてきた。

あとは揚水用の水道管を突っ込んで、水を満杯まで注いでみる。

水が管の下に吸い込まれるように引いていけば、そこには水の層がある証拠だ。引くのが遅くていつまでも満杯のままなら、土の層しかないことになる。

今回は事前調査どおり、水はみるみる引いていった。


あとは揚水管に手押しポンプを取り付けるだけだ。

水道管の先端には鞘管と同じく側面に穴が開けられていて、そこにはムスビの作った布のフィルターが巻き付けて『固定』してある。砂を吸い上げないための濾過器《ろかき》だ。

ケーシングの周囲を埋め戻して固め、水が出てくる先には樹皮の容器を置いておく。

ポンプに呼び水を入れてから、ハンドルを押す。

「おおー……お水だ……」

「やった。完成！」

一日仕事にはなったけど、その甲斐《かい》はあったと思う。

綺麗で透明な水が井戸からドバドバと流れ出てくる様子に、俺と千種は喝采を上げた。

排水のことは、ウカタマがなんとかしてくれるらしい。今度、樹皮容器ではなく自然石を加工した土台とか水の受け口とか作って、景観を馴染《なじ》ませよう。

第三十二話　オフグリッドキャビンへの憧れ

オフグリッドキャビン。というものをご存知だろうか。

金が無いけどソロキャンは好きな社畜ができることと言えば、無料の動画サイトでブッシュクラフトの動画を漁《あさ》ることである。

そして俺が辿《たど》り着《つ》いたキーワードが『off grid cabin』だった。

どういう意味かといえば、電力網《Electrical grid》に非接続《off》な状態からきている。

ライフラインを公共事業に依存せず、独立した方法で設計された建物や生活様式のことだ。

要するに人里離れた森の中などに、こぢんまりした小屋《cabin》を建てること。

それがオフグリッドキャビンというものである。

ちなみに小屋《cabin》と言いつつ、四人家族が暮らせそうな規模でもそのワードで出てくる。


「あっ、今やってるのって、それですね。……でもこれ、動画にしても地味じゃないですか？」

「だからまあ、女の子がやってる動画は再生数めっちゃ多かった」

「……サムネのおっぱいで釣るピアノとか料理と、同じサムネですか？」

俺がやぶ蛇ったなこれ。

「言いにくいことを……」

「へえー、ソウジロウもおっぱい見てたんだ」

からかうように笑うミスティア。

「再生数が多かったって話だ」

「あっ、宮廷経験で言うとあれは『見てたけどはぐらかしたい』の意味です」

この女子高生、調子に乗るときは乗るよな。人数差で攻めるのは良くないと思う。

「……それで、Ａフレームのキャビンがけっこうジャンル的に種類が豊富だったんだよ。そういうのを建てようと思う」

現状だと、屋根がついてるのはそれぞれの小屋や倉庫と、食事を摂るここだけだ。

つまり、休憩する場所、というのが無い。

食べる場所と休む場所は、別々にしたい。

その方が、なんだかご飯が美味しく食べられる気がする。

「３ＬＤＫだよ、やっぱり。今のところＤはあるけど、Ｌを作ってない。Ｋは仮設だけど……まあ、仮でもなんとかなる」

ミスティアは、面白そうに笑った。

「べつにいいけど、相談するほどのこと？」

「大きいのを建てるから、何日かかかる。他にもっと便利そうな物が作れるのに、こんなの作っていいのかな、ってちょっと思う」

ミスティアが俺の顔を覗きこむ。

「ソウジロウ、私たちのこと考えてくれるのは嬉しいけど、もっと自分の気持ちを大事にしてよ。ソウジロウが作りたいなら、私たちの許可なんかいらない。好きなもの作っていいと思う」

「わ、わたしは寝床とトイレをもらえてるし、これ以上べつに……あっ、お仕事あれば追い出されませんよね？　ですよね？」

千種は、もうちょっとかっこ良く言ってほしいところだった。

「せっかく神璽《レガリア》として力を授かったんだから、もっと楽しまなくっちゃね」

ミスティアは笑ってそう言った。


「おっと、ようやく優秀な妖精の寝室を建てる気になりましたか。良い判断です」

「自尊心の高さだけなら、人間より大きいよな……」

「警告です――〝大きい〟を拒絶します！」

なぜか目を光らせて、妖精がぶわりとなにかの粒子を召喚した。

「撤回しない場合、このスギ花粉を流し込みます。――チグサに」

花粉だった。さすが妖精（？）。

「あっ、えっ!?　なんでわたし!?」

「マスター・レガリアには効きそうにないので」

だからって、無関係な人質を使うのはギャングだろ。

「分かった分かった。撤回するから、やめてあげてくれ」

「ならよいのです」

「妖精蚕族……」

粒子を収めたサイネリアを、警戒の目で見ている千種。

どんどんこじれていくな、ここの関係。

「で、寝室ですか」

「いやむしろリビング。というか、レストハウス、かな……」

Ａフレームのレストハウスキャビン。ということにした。

雨が降っても、屋根のついた場所に集まれるようにしておきたかったのだ。

もちろん、Ａフレームのオフグリッドキャビンを作ってみたい、という気持ちも嘘ではないけど。

「ふむふむ、もっと大きい窓を作って、景観を眺望できるようにしては？」

紙に描いた完成予定図を見て、サイネリアはそう指摘してくる。

あ、別に〝大きい〟が無差別に嫌いなわけではないんだ……。自分に向けられるのが嫌なのか？

「いやでも、ガラスが無いし」

「ガラスではないですが透明な薄い板、というものならできます」

「えっ、ほんとに？」

「必要なのは木材と水。それからシルキー・モスの溶解液です」

「ムスビの？」

「はい。小さいものなら、優秀な妖精の得意分野です。作りますか？」

作ってもらうことにした。

「お願いします」


セルロースナノファイバー素材。

何度も言うが、樹木とは繊維状のセルロースが固まってできている。

それは樹皮に限らず、根や幹もまたセルロースの塊だ。

このセルロースを髪の毛の一万分の一まで小さくしたナノ繊維が注目されている。

それがＣＮＦ《セルロースナノファイバー》というものだ。

ナノ単位まで小さく解《ほぐ》したＣＮＦ《セルロースナノファイバー》をみっちりと並べる――つまり、ナノ繊維で紙を作るのと同じことをすると、セルロースナノファイバーフィルムという、特殊な紙ができあがる。

紙とは名ばかりで、ほとんど高分子材料（金属・セラミック・プラスチック等）に匹敵する性能がある。

軽量で高強度、気密性まで備える。鋼より頑丈で、空気も通さないということだ。

しかも、繊維幅が可視光より小さいので光を透過させてしまう。

すなわち、透明で頑丈で水も空気も通さない紙。それがＣＮＦ《セルロースナノファイバー》フィルムというものだ。

「これが、優秀な妖精の小さくなる魔法で作った、ＣＮＦ《セルロースナノファイバー》フィルムです」

という説明を、サイネリアからされたのは、いろいろ間違っている気がする。

「最先端素材!?」

小さいものなら、でナノ単位の話とは思わなかったよ。

「これで、窓が作れますね」

「それはもう、完璧にできる」

まさかの展開に驚いてしまう。

いずれガラスを作るための窯《かま》を作ろうと思ってたけど、だいぶ後回しにしていいかもしれない。

「それでは、これで優秀な妖精が寝室として使っても問題ありませんね」

「……あ、あくまで、共用スペースでもいいなら」

常に生息してる妖精がいても、まあ小さいからあまり気にならないはず。

妖精が（勝手に）住み着いてるドールハウスを、中のどこか邪魔にならない壁とかに設置してもいい。

「もちろんです。マスターの御心のままに」

無表情に殊勝なことを言ってお辞儀する妖精。

「……実効支配してしまえばこっちのものとか、考えてないだろうな？」

「……………………まさか」

「考えてた沈黙だろそれは」

いろいろと思惑は錯綜《さくそう》していたものの——新素材のおかげで、モチベーションは上がっていた。

第三十三話　趣味に走る

Ａフレームの小屋は、難しい構造をしていない。

要するに、人が入れるサイズのくさび形の箱を作ればいいのだ。

とりあえず、大きい石を並べて基礎にする。

その上にまずは四角のフレームを置いて、薄い板で底面を作る。その上に、ＣＮＦ《セルロースナノファイバー》フィルムで二重窓のようなものを作り、空気の層を置く。これで防水と断熱になる。

それから無《む》垢《く》材《ざい》の板を並べれば、四角い床が完成する。

今回はけっこう広めにした。人間が二人寝転んでもまだ余裕があるし、四人くらい集まっても、ボードゲームができそうなほど。


次に、四角い床の垂直方向に二本の辺を加えて、三角形にしていく。

垂木のように二本の木をあらかじめ斜めにくっつけておいたものを、床の上に並べていく。

これだけでもう、基本となる骨組みは、だいたい見える。

「あっ、三角テントが見えます」

「基本はあれと同じだからね」

一緒に作業してる千種は、そんなことを言った。

かなり大きく作ったので、二階というかロフトを作っておく。スペースは無駄にしない。

壁をつける前に、ロフトの床を張る。

「狭くて暗くて、良いところになりそうですね……」

「上にもちゃんと窓つけよう」

「光が！」

あらかじめ窓にする場所は決めておき、窓は別で作っておく。


そして扉だ。

意外と部品が多く、組み立てもけっこう手間だった。

かなりまともな扉にしたせいかもしれない。扉には窓があって、これもＣＮＦ《セルロースナノファイバー》フィルムで透けている。


組み立てた扉を、正面につける。

外壁を張る。

壁を作りつつ、決めておいた場所に窓を置いておくのを忘れない。

外壁の上にＣＮＦ《セルロースナノファイバー》フィルムを貼って、防水を施す。

「あ、あの、こういうの使わなくても、神器で全部を『固定』すれば熱も水も通さないと思いますけど」

「水一滴も通さない桶が作れる神器だろ？」

「はい」

「空気も通さなくなって窒息するのが怖い」

「ひえっ」

釘やタッカーを打つ代わりに、釘のように点で『固定』して接着していくので大した手間も疲れも無い。

まともに作ればいいだけの状況で、手を抜こうとして死んだら馬鹿馬鹿しい。


外壁にフィルムを貼ったら、その上から板を張り、黒い塗料で塗装する。

森の中に、キリッとした印象の黒いクラシックなAフレームキャビンがそびえ立つ。

さらに、この小屋にはもう一つギミックがある。

壁の片側に、床から人の頭の上まである高さの大窓があるのだ。壁の片方が、大部分透明の窓と思ってくれればいい。

その大窓からは外の自然の風景がよく見えるので、小屋にありがちな閉塞感が、まるで無い。

夜に灯りを灯すと、キャビンがまるでライトアップされたように輝いて見える。

その横と正面にはウッドデッキが広がっていて、デッキに置かれた椅子に、腰を下ろしてくつろぐこともできる。

まさにロマンを詰め込んだオフグリッドキャビンが、そこにあった。

「できたぁ～！」

「おめでとう～！」

数日間かかりっきりで作っていた建物がついに完成し、拍手してお祝いしてくれるミスティア。

やっぱり嬉しいな、こういう反応。

「どうでしたか、作ってみて感想は？」

「大変だったけど、できあがりを見たら思ったより良かった。やってみるもんだ」

ちょっと大変そう、くらいをもっと攻めた方が、いろいろと経験になりそうな手応えがある。

「職人みたいな感想ね！　私もよくできてると思う！　素材が持ついろんな種族の魔力に、神器が手を入れることで調和した一体感になるから、うるさくないのね。景観も地味だけど雰囲気があるので、良い感じです」

予想外すぎる角度の感想……！

魔力？　そういうのよく分からない。

「エルフみたいな感想です、と優秀な妖精はため息です」

「エルフですけど？」

サイネリアがふわりと宙をスライドしてきて、ミスティアに告げる。

「エルフは外も中も見ており、それは結構ですが人に伝わるかどうかまでは考慮しない。それが、傲慢と言われたりするのです」

「ひと目見た時に肌で感じたことを伝えるのに、言葉を選んでいては遅いでしょ!?　解釈は後でいくらでも伝えられるんだから、まずは初見の衝動を伝えないと！」

「人をおちょくるのは、妖精族の特権です。エルフは天然でやるのでムカつきます」

利権争いが起きている。わりと妖精の方が悪党だ。

「美観も魔力も結構ですが、飾り気が少ない割りに板材一つ一つに仕上げを施してあり、また節目が見えないような素材の選定がされていますね。木目に価値を見出すタイプの種族的美観を感じます。

景観の中に埋もれて目立たず隠れてしまうと思われがちな黒無地の塗装ですが、森の中で幾何学的直線の構造物を黒く塗ると、むしろ目立ちます。魔法の光を無垢材の内壁が反射した照明は、どことなく暖かな光に満たされるはず。良い心配りです、マスター」

「そうかな。思いどおりにいってると嬉しいけど」

めちゃめちゃ褒められてる。嬉しい。

「私もそういうところ思ってたから！　ちゃんと！　すごく良い！」

「センスがあろうとも、語彙力と早さがものを言うのです」

ミスティアの主張に、勝ち誇る妖精。

どちらの味方をしても後が怖いので、ちょっと話をずらす。

「千種も頑張ってくれたから――」

「あっ、その戦場に投入しないでください」

俺が水を向けようとすると、千種はうずくまって闇の塊になって隠れた。

作業してる時は、一緒に頑張って作ってくれたのに……。

みんなで中に入ると、妖精に言われて作ったダブルサイズのエアマットを置いたベッドが、中央に鎮座している。

「ほほう、なるほど」

ひゅん、と素早く飛んでベッドの上にダイブした妖精が、色っぽく寝そべりながら言う。

「交尾ができそうな部屋ですね。優秀な妖精としては評価は70点です。やりたいという意思が伝わって――」

「せいや」

ベッドの端を思い切り叩くと、上で寝そべっていた虫が吹っ飛ばされた。

制作者の心をあれだけ読み取ろうとしてたのはこの前フリだったのかよ。

「ミスティア、やっぱり妖精の方が邪悪すぎるから、気にしないでいいと思う」

「あ、はい」

千種みたいな反応された。

「このベッド、マットもシーツもムスビが作ってくれたやつだから。使いたい時は空気を入れて膨らませてくれ。で、使わない時は空気を抜いて、しまっておいてくれ。下の台は分割して足を畳むと半分のサイズになるから、長椅子として使える」

「へえー、便利」

「あと、この透明の大窓だけど、上に黒いフィルムがあるからこれを下ろすと中を隠せる」

「ふむふむ、チグサはずっと下ろしてそう」

「あっ、はい」

「実際、千種に言われて作ったからこれ」

「陽射しが入らない方が良い時もあるものね」

にこにことミスティアが千種を振り返るが、言われた方は愛想笑いしながら目を逸らしている。

「それと、これが一番大仕掛けなんだけど……なんと、この大窓が開いて、直接ウッドデッキに出られる」

　窓を押すとぱかりと下から持ち上がった。そのまま頭の上まで押して、横にある足を立てれば、透明な外壁はウッドデッキの天井へと変貌した。

「うわっ、すご！　えー、なにこれー！　すごーい！」

　天井を見上げて、ミスティアが目を輝かせている。

「そういう顔が見たかった……」

　感無量だ。

「……ひみつきちかな？」

「エルフ《百歳超え》とマスター《おじさん》が一番喜んでるので、そんなふうに言っては立場が悪くなりますよ」

「ひえっ」

千種と妖精がひそひそ話していた。若者め。

「まあとにかく、これでゆとりができたな。大満足だ」

「ゆとり？」

千種が首を傾げる。

「突発的に物が増えたり、動きにくくなったりしてもしばらくは平気になっただろ。水や寝床に、余剰があるから。もし千種と一緒に人里に行ってたくさん物を買ったり、予期しない大物が獲れたりしても大丈夫ってことだ」

「ああー、なるほど」

「あの町には良い商人さんがいるんだよ。なにか売れそうな物を作れたら、持って行ってみよう。きっと喜んでくれる」

▼

「セデク、まだ売り先は見つからんか。それでも子爵か？」

「そんなにせっつくな。年長者の商人らしく、ゆったり構えておけ、ドラロ」

「あんな大物が儂の手元にあって、落ち着けるか！」

「あー、まあ、あてはあるぞ？　とある王の嫡子が戦傷を負ったらしくてな、傷が毒を持つのはよくあるし、それとなく話を……」

「……御用商人に？」

「王に」

「お前が引き取って城館で預からんか！　儂の手元にアレがあるうちに何かあったら、儂の責任になるわ！」

「うちの倉庫は絵でいっぱいでなぁ」

「捨てろそんなゴミ！」

「ゴミとはなんだ！　お前の店の倉庫がいちばん清潔で整頓されてるし、そのまま置いておけと息子に言われたんだ！　責任だけうちが引き取れば文句あるまい？」

「ぐぬう……正論だが……！」

「まったく、そんなことで大丈夫か、ドラロ？　ソウジロウ殿が、また来た時が思いやられる」

「ふん！　エルフと二人でなら、あれほどの物資は一年以上は平気なはずだ。同量以上のスパイスや薬も、とっくに手配しておる！　いつでも取り立てに来てもらってけっこう！」

「……人が増えてたり、魔獣に食べられたりしたら、またすぐにでも来るだろう？　それにあるいは取り立てではなく——もしも、もっと売りに来たらどうする？」

「…………あれだけの貸し付けをしたら、十年は寝ててもいいが？　寝ててくれないか？」

「俺に言われてもな。……もし、俺が描いた絵が高値で売れたら、次は金額に関係無くもっと描くぞ。――息子に、手紙をもっと出せ、ドラロ」

「くううう……!!」

▼

「へー、そんなに良い商人さんなんですかー」

「そうだよ。だからまあ、そんなに間を空けずにまた町に行こうかなと」

こんな森の中で作るなにが売れるかは分からないが、きっとなにかがあると思う。

ハンドメイド品を作ってたまに売って、それでちょっとした贅沢《ぜいたく》をする。

つらい労働者経験をしたせいか、そんなのんびりした生活には、密《ひそ》かに憧れがあるのだった。

「あっ、おお手伝いしますね」

それに、いろいろと作り上げるたびに、千種は嬉しげに完成品を見つめている。

もしも人に買ってもらえることがあれば、一度は死んだ目で異世界を語っていたＪＫも、もしかしたらもっとたくさんの作る喜びを見つけられるかもしれない。

俺の憧れの生活と、千種の社会復帰と、ドラロさんの商いに貢献する。

一石三鳥だ。

「ほどほどにだけど、頑張ってみよう」

「あっ、ゆ、ゆるファイですね」

千種は小さな手を緩く、しかしちゃんと握り締めてうなずいてくれた。

第三十四話　羽心あれば下心あり

ある朝、大樽《おおだる》が飛んでいた。

「なんだこれ」

「おや、マスター。おはようございます」

よく見たら、サイネリアが大樽を持って飛んでいるだけだった。

「いやどこからこのサイズ……っていうか、どうやって持ってるんだ？」

相変わらずサイズ感が狂う。

なぜか丸いサングラスをかけながら、妖精がキメ顔をする。

「フッ、優秀な妖精が、ただ良好なベッドを要請する、異世界ヒモ活ホストだと思っていましたか？」

「言うほどヒモっぽくもないけど」

わりと重要な素材をくれたり、採集したりしてるだろ。

「……確かに。妖精にしては働きすぎですね。改めます」

やぶ蛇ってしまった。

話題変えよう。

「その樽《たる》はどうしたんだ？」

「おっと、よく聞いてくださいました。優秀な妖精は、マスターに言われたとおり闇のＪＫとの関係を修復します」

「その大樽はそのために？」

「ふ、そのとおり。まずは一杯どうぞ」

　どすん、と大樽を置いて栓を開き妖精が手をかざすと、ふわりと液体が中から浮いて出て、妖精の置いたコップに飛び込んだ。

　魔法ってやつはもう。


「これは……酒か。朝から飲ますなよ」

「まーまーまーまー。ちょっとちょっとちょっとだけ」

　人の肩に乗った妖精が、サングラスの顔をぐいぐい近づけて頬に体をこすりつけてくる。

　うざい先輩のアルハラ並みにうざい。口調が。

「分かった分かった……ってこれビールだ！　泡立てた方が美味かっただろ絶対！」

　フルーティーな香気が立ち上がっていて、口当たり爽やかな味わい。いかにも肉が美味くなりそうな、少しの酸味。

　絶対に泡が美味しいやつ！

「酒精は、人間関係の潤滑油に適しています。口を緩くするのに効率的です」

「妖精でもそうなんだ……」

「酒宴を開催し、過去の不幸を雄弁に語らせれば、きっと闇のＪＫはいくらでも内心を吐くはず。飲酒にかかる代金は、掛けで承ります」

掛け――とはつまり手元に無いお金で飲む、いわゆるツケというか借金だ。

「ホストクラブの手口なんだが？」

そのサングラスそういうこと？

妖精さんの経営母体が、いわゆる小指トバす事務所の方？

「……了解しました。ナンバーワンはマスターに譲りましょう。ですから、酒宴を開いてください」

サングラスを差し出してくる。いらない。

「なにを了解したんだ？」

勝手に取引を始めないでほしい。

「気付いていますか？　この大袋の存在に」

「ああ、それなにかなって思ってた」

妖精は大樽を運び込んでいたが、先に謎の大袋が調理台に鎮座している。

この流れだと、それもサイネリアの仕込みなんだろう。

「優秀な妖精は、植物系にコネがあるものでして……この白いブツ、マスターなら価値が分かるのでは？」

袋の口を開けた妖精が、中身を手で掬《すく》って、ちらりと見せびらかす。

……それは!?

「お……こ、め……!?」

お米だった。

「これでも、宴《うたげ》を開くに値しませんか？　こちらの提示する条件は、一晩ほど飲み食い語ることだけですが？」

飲み会。なるほど、いろいろと拠点を拡充したからやる余裕もある。待ち構えていたとしか思えない。

とはいえ、

「本当に!?　ありがとう！」

選択の余地は無かった。

「穀物の味がほんと欲しかったところなんだよ！」

「優秀な妖精を、崇《あが》めることを許可しますよ？」

「崇めてもいい！　像を彫ろうか？　石と木のどっちがいい？」

「は？　正気ですか……？」

妖精が引いていた。

いやずっとお米もパンも麺も食べてなかった現代人が、お米もらったらこうなるんだよ。

「千種は俺より喜ぶよ。楽しみにしなよ。それと、俺にしてほしいことがあったらなんでも言ってくれ」

「……では一つだけ。そのようなことを、今後は気軽に口にしないことを要請します」

サングラスを捨てたサイネリアが、不思議なことを言ってきた。


「えーっと？」

困惑する俺に、妖精は足を組んで大樽に腰かけた。

「自覚が無いようで、妖精はため息です」

サイネリアの目が、俺に注がれる。

「貴方の中にある神器の性能に比べれば、このようなことは些末事《さまつじ》です。この森林は事実上、貴方だけが活用できるもの。ですが、この森に固執する必要もありません」

森の向こうを見るように、どこか遠くを指し示す。

「その気になれば、この森を出て世界最大の王国に攻め込み、支配することも簡単でしょう。世界の財物も贅沢品も、全て献上させ、奪い取れるのです」

ただ淡々と、ただの単純な前提を話している。そんな口ぶりで、妖精は告げてくる。

「些末で、簡単なことです。レガリア。貴方は、世界を鍛《う》ちうる神器を刻まれた璽《しるし》。こんな森で、小さな豊かさを噛みしめる必要はありません。君臨し簒奪《さんだつ》し、あらゆる美も食もかき集め、溺れるように舐《ねぶ》ることができます」

その前提で、俺に問いかけてきた。

「どうでしょう。レガリア。覇者として、現人神《あらひとがみ》として――君臨し、暴食されますか？」

浮かんだ返答は、ごくシンプル。

「そんなことしたら、ミスティアが、一緒に驚いたり喜んだりしてくれなくなるだろ」

俺は素直にそう答えるしかない。

長い長い。

それに話が壮大すぎる。

「……ほほう、それはそれは。楽しくなる返答です、マスター」

サイネリアは、こくりとうなずいた。

「俺は脅し取る米より、優秀な妖精がくれる心配りの方が、美味しいよ」

「優秀な妖精は、その回答に満足です」

どこからともなく、またしてもサングラスを取り出して、装着する妖精。

「それでは、酒宴を開催することを要請します。と同時に、優秀な妖精は闇のＪＫと和解を求めます。酒精を飲用させ、酩酊《めいてい》のうちに関係修復を図ります。マスターには、闇のＪＫに多めに飲ませる準備を希望します」

「そういう下心は、ヒモ臭いね」

苦笑いが浮かぶ。

「まあでも、つまり千種と仲直りのために、お米持ってきてくれたんだろ。可愛いところもあるじゃないか。素直にそう伝えれば、喜ぶよきっと」

「……そのような曲解した伝達を拒否します」

「えっ、そこで怒らなくてもいいだろ」

ここまでしておいて。

「まあとにかく、なにかをくれるというなら——知り合いの倉庫から借りてきたものなので、代わりになにか置いてくるものをください」

勝手に物々交換しようとしている。

「……それ、盗んだって言わないだろうな？」

「まさかまさか。妖精として、正面から堂々と譲ってくれなどと言っては沽券《こけん》に関わるだけです。彼らからすれば、この程度は飯粒も同然」

穀物取引をお願いするのが沽券に関わるとは、妖精ってめんどくさいな……。

あと対象が複数になってるのが怖い。

「……その人たちにちゃんとしたお礼をできるように、なにか作るよ」

「そういうことです。まあ、いわゆる人ではないですが、人型にもなるので大丈夫でしょう」

そういうことになった。なるほど、確かに掛け《かけ》の飲み会だなこれ。


ともあれ、宴開催のお誘いは、ごく簡単だった。

ミスティアと千種に、酒と米を見せるだけで「今夜は飲もう！」になったからだ。

ここで素直に伝えれば、一発なのになー。

第三十五話　お祭りは始まる前から

前回のあらすじ。

妖精がお酒とお米を持ってきた。

「おっさけだぁ〜！」

「おっこめだぁ〜！」

ミスティアも千種も大喜びで、意味も無く走り回ってからハイタッチする。

テンション高い千種は、ちょっと久しぶりに見られたな。

「妖精が……あー、みんなに会えたお祝いをしたいって持ってきた」

「拒否します。そんなことは言っていません」

「意外と可愛いところあるじゃない。でもそういうの、良いわね！　私は好きよ！　お酒最高〜！

お米も食べたことないけど最高〜！　ふゥー!!」

ミスティアはべた褒めだった。

肝心の千種は、

「おこめだ……おこめだ……おこめ……」

白いブツに釘《くぎ》付《づ》けで、他になにも目に入ってなかった。

せめて妖精を一瞬でもいいから見てあげなさい。

「よねんぶり……」

「すまないサイネリア……俺はいま、千種になにも言ってやれない……」

その日は、みんなで食事の準備をすることにした。

キャンプで美味しく物を食べようと思ったら、自分で作ることが一番だ。

簡単なものでいい。ホイル焼きや焼きおにぎり、いっそカップ麺でもいい。

とにかく自分で作ると美味しい。それがキャンプ飯だ。

ついでに、自分で採取までするともっと良い。

「お兄さん、これ入れていいやつ……？」

「いいやついいやつ」

「ふへへぇ、なんか見分けつくようになってきたかも」

採ってきた野草を手にして、喜ぶ千種。そのそばにいるウカタマに、さりげなくエールを送る。

「優秀な妖精は、キノコも採れますが？」

「じゃあ千種と一緒にここを頼む」

仲直りのきっかけができるかもしれない。

以前から狙っていた川エビの捕獲を狙う。

「つーかまえっ、た！」

ミスティアが、川に入って確保した。

俺も一緒に探したんだが、普通に見つからなかった。

狩りに行ってもミスティアの方がすぐ魔獣に気付くし、なにかが違うんだろうな……。

ともあれ、川エビを岩場から引っ張り出すミスティアを助けに行く。

「いいのが獲れたぁ〜！　ひゅーぅ！」

バチバチに暴れるエビの触角を握って、笑っているミスティア。

「でっか。異世界の川エビでかいなー」

「ソウジロウのところだと、どのくらい？」

「手のひらに乗るくらい」

川のエビといえば手長エビとかそのへん。

ここのは伊勢《いせ》エビくらいでかい。

大味になってるかもしれないので、試食の分も獲らないと。

小さいのでいいから。

「味見が必要なの？　こだわりがあるんだ」

「日本人は、水中の生き物はわりとなんでも食べるから」

それはもうこだわりあります。

「半魚人みたいな言い方。半魚人まで食べちゃうつもりかしら」

「日本に半魚人はいない」

反射的に答えてから、ふと付け足す。

「ところで、人魚って半魚人に含まれる？」

「もーそんな……えっ…………？」

半分笑いながら振り返ったミスティアの顔が、俺の顔を見てどんどん青ざめていく。

「じょ、冗談だよ」

「ああ良かったー。もうっ！」

八百比丘尼《やおびくに》の伝承を思い出しただけなんだが、説明するといろいろ誤解を招きそうだ。

今度、ゆっくり話せる時に話そう。


さて、作りたい粉がある。

小麦粉と、片栗粉の二種類だ。

片栗粉は前回の竜田揚げでも作ったので、同じ方法が使える。

野草の鱗茎を茹でて絞って、汁から作れるやつだ。

「あははは、ちょっとドロってするー！」

ミスティアがやってくれるとのことで、任せた。

なにがおかしいのか、潰した鱗茎を布に包んで絞って、指の間から吹き出るでんぷんにウケてる。

問題は小麦粉。

小麦は町で買ってきた分がある。調味料を優先したので、主食には心許《こころもと》ない量しか持って来れなかった。

でも調味料としては十分に使える量だ。

で、どうやって粉にするのか。

今後を考えて、手回し式の石臼《いしうす》を作ることにした。

まず、頑丈そうな岩を円柱の形に切る。それを半分に切って、二つの円盤にする。

上臼と下臼の合わせ面に、それぞれ異なる傾斜をつける。中央は高く、端に向かって挽《ひ》く物が転がり落ちていくように。

また、臼というのは、上下でぴったり噛み合わさってはいけない。端の方はぴったりにして、中央は端より上臼との隙間を大きくしておく。

穴に入れた粒が、中央では砕かれ、小さくなって端に滑り落ちるにつれて、粒子が小さくなるように。

上臼の上面は、少しくぼみを作っておく。小麦を乗せたまま回転させても、端から落ちない程度に。

そして、中央近くに小麦を投入するための、穴を貫通させる。

ここまでで、見た目はだいたい形になってる。取っ手を付けたらもう完成、と言いたいくらい。

そうもいかないので、合わせ面でちゃんと穀物を挽き潰すために、溝を掘る。

『目立て』と呼ばれる作業だ。

挽《ひ》き臼《うす》は、平らな面と面の間に挟んで〝押し潰す〟のではなく、トゲトゲの目と目で〝挟んで砕く〟ような仕組みである。剪断力《せんだんりょく》で効率良く穀物を砕いて、小さくしていくのだ。

大量の穀物を、表面がツルツルの乳鉢《にゅうばち》に入れて、乳棒で一粒一粒の感触を感じつつ押し潰す。あるいは、ギザギザの歯があるすり鉢に入れて、すりこ木をぐるぐる回してすり潰す。

ある程度小さくするのは、どちらが早くて楽だろうか？　もちろんすり鉢である。

というわけで、目立てをする。

まずは、ケーキのホールを切るみたいに、放射状に六分割する線を彫る。で、分割した線を跨がないようにしながら、時計回りに平行な溝を入れていく。

上臼と下臼で、逆回りになるように溝を入れる。これが主溝である。

このままだと、主溝の間にツルツルした平面が残ってしまう。ここに主溝より細かく浅い溝を入れていく。副溝というやつだ。〈クラフトギア〉を石頭鎚《せっとうつち》に変えて、コツコツと無数の溝を平行に打ち込んでいく。

ちょっと楽しい。無心になれる。

主溝と主溝の間を一つ埋めたときに、きちんと美しく平行に仕上がっているとなんだか達成感があるのだ。


目立てが終わったら、下臼の中央に穴を開ける。

車輪の軸のように、下臼と上臼がズレないための木の軸を下臼に『固定』し、上臼の中央に軸穴を開けてぴったりはめる。

あとは、上臼に取っ手を側面につけて、樹皮を編み込んだ帯でぐるりと巻いて『固定』する。

臼より大きな受け皿の上に乗せれば、完成だ。

「な、なんですかこれ？」

「よし、千種に任せよう」

「ええー!?」

石臼を見たことないという千種に、あえて託した。

「略式《にゃる》略式《にゃる》……」

石臼を蛸足がぐるぐる回してるのを見守る千種。

目が真剣だ。

ゆっくり回してちょっとずつ入れないと、摩擦熱で粉が焼け付いたりする。そう教えたところ、だいぶ慎重にやってる。

座りこんで、蛸足がぐるぐる回す石臼を、じっと見つめ続けていた。

時々手を動かして、小麦を穴に落としてる。

なんか似合うな……。


さて、俺には重要な使命がある。

採ってきた魚やエビや肉を捌いたり、野草を切ったりすること。

つまり包丁仕事だ。

「うーん、このエビかなり味が濃いから、わりといけるな……」

ついでに、食材の試食。

塩茹《しおゆ》でしただけのエビの身をひとかけら口にしてみると、でかいのに美味い。

ぷりりとした弾力に、濃い味わい。本当に伊勢エビみたいだ。ヘタしたら、それ以上に美味しいかも。

と、そんなことしてたら毛玉が寄ってきた。

「んー、気になるかマツカゼ？　ほーら」

人が何か食べてる気配を察知したらしいマツカゼに、エビの切り身を一つ見せる。

口を開けて目を輝かせるわんこに向かってエビを落とすと、きっちり空中でエビの身をパクリとキャッチした。

反応を見ると、美味しかったらしい。

くるくる回って喜び、もう一つ、と俺を見上げる。

「もうダメ。一個だけだ」

マツカゼは聞き分けが良いので、ちょっと不満そうにしながらも去っていった。

下ごしらえに戻る。

しかし、またも後ろから服を引っ張られた。

「一個だけだってマツカゼ」

「うん、一個だけよね」

振り返ると、ミスティアが屈《かが》んで俺を見上げていた。

あーん、と口を開けて待たれている。

切り身はもう一つ減った。

「んふー、おいしー！　チグサー！」

エルフは仲間を呼んだ。切り身はもう一つ減った。

食材を揃えて下ごしらえしたら、後は、調理をすれば完成だ。

町でいろいろ買った調味料を、ここぞとばかりに発揮する。

いろいろと集めて、どうにかメニューを増やした食卓は、かつてない豪華なものになった。

とっぷり日が沈んでから、夜の食卓に豪勢な料理がずらりと並ぶ。


大きな石鍋ごとテーブルに置かれた、川エビのパエリア。鍋の中央に鎮座する、テルミドールのように頭ごと半割りにしたエビの迫力がすごい。ハーブとオイルで香り付けした米の炊き上がりを、千種はじっと見つめて待っていた。

そして前も好評だった、ヒレ肉のから揚げ。

これはミスティアが頑張って手伝ってくれた片栗粉と、チグサが挽いた小麦粉を混ぜたもので、今度こそ本当にから揚げだ。

そして、絶対に美味い、野草と野菜と川魚の天ぷら。久しぶりの白い衣に、千種と俺のテンションは天井知らずだった。

最後のメインが、熊肉のウッドプレートステーキ。

保管していた魔獣の肉を、なんと木を焼き板として使って焼いたステーキだ。燻製とステーキの中間くらいの、スモーキーな肉に仕上がっている。

分かってる。

「……調子に乗ってちょっと作りすぎたな」

まあ、なんとかなるだろう。たぶん。


「いただきまーす！　かんぱーい！」

木で作ったジョッキに、並々と泡を作ったビールを注いで、宴は始まった。

「ソウジロウ！　このステーキ、美味しいわ！　えー、不思議。焼いたお肉なんて普通に食べてるのに。これは木の香りなのかな」

「ミスティアが作ってくれたから揚げ、ビールがめっちゃ進むな……しょっぱい」

「ごめーん！」

「大丈夫。今日疲れてるから美味いよ」

「耳長を甘やかさないでください、マスター」

「よっ………………年ぶりの、おこめ……」

「千種泣いてる」

「異世界のメシが不味《まず》い、ってかなり言ってたからな……よく生き延びたよ」

「ソウジロウみたいに、自分で作れば良かったのに」

「優秀な妖精が、料理できる人間とできない人間がいることを耳長に分からせます。そして、異世界人は九九％ができない種族のくせに、とも言います」

「一％に会いたいなそれ」

「ひっそりと暮らしています」

「どういうことそれ？」

「てんぷら、からあげ、おさけ……ここは、てんごく……」

「マツカゼも食べるー？　おいしぃー？」

大樽のビールも料理も、どんどん減っていく。

良い夜になりそうだった。

第三十六話　宴会から恋バナへ

さんざん飲み食いしたので、みんな満足げに焚き火を眺めるだけになった。

「焚き火はいいよな……眺めてるだけで温まるからな……」「そうよねー」「ふへへー。ふへへぇー」「なあー」

酔っ払いどもの会話である。

棒と毛布を組んで作った即席のアウトドアチェアに背中を預けて、焚き火の前に並んで座りながら。

てきとうな話をしている。

「闇魔法の使い手ってねー、フツーだと人を食べたり幻を見たりするの」

「宮廷の扱い微妙だったのそれかー」

「なぜ信仰値ゼロで闇魔法なのか、妖精は疑問に思います」

「私のこれただのチートだしー。あ、これも少年ジャ●プは信仰してれぅー」

「子どもの頃から読んでた漫画が、完結する前に死んだのが心残りだよ、俺は」

「……ちゅらい。わかるぅ」

「なになに、漫画ってどんなの？」

「聞いちゃいますかー。陰キャに漫画の話を」

「よく分からないけど、禁忌の話なの？」

「ある意味そうだよ。そこの女子高生の詠唱はソレのモノマネだから」

「ほんとーに禁忌ですよその話はー!!」

もはやグダグダである。


火に当たりながら、ぼーっとした話を好きなようにやっていた。

「ハイエルフには、禁忌ある？」

「いきなり言われると、あんまりパッと来ないなー……」

「宮廷でさー、聞いたんだけど。エルフを宮廷に誘ったら『エルフは木に生《な》るからダメ』って言ったらしーじゃん。エルフってさ、花粉とかで生まれるの？」

「あはは、それ聞いたことあるわ！　ただの断り文句よ。『森で育ち、森に生まれるのがエルフの生き方。人間の宮廷で人間のように生まれることをエルフが望むわけがない』っていうこと。言葉どおりの受け止め方をしちゃったのね、昔の人間が」

「ああー、なるほど」

遠回りすぎる言い方だ。京都の人かな？

「あーでも、木で作るわけじゃないけど、魔法は使うわね……」

ミスティアがそんなことをぽつりと言う。

「えっ、魔法で子どもを作るのか？　じゃあ逆に、千種とでも子どもできるのか？」

「あっははは、そんなわけないじゃない！　チグサとなんて、あはははは！　この中ならソウジロウとじゃないと——ってなに言わせるのよ！　もー！　あははははは！」

「ごめん。でも今の自爆だと思う」

「ふへへっ……エルフも下ネタで笑うんだ」

「ははっ……！」

「うっ、うるさい！　人に話したら呪うわよ二人ともー！」


なにを話していたのか、正直一分前のことを忘れてる。

ただ——誰かがなにかを言うたびに、自然と笑いがこぼれるような、心地好さだけが印象に残る集い。

まあ一つだけ言えるのは、全員、心地好く酔っていた。

○

あ、私いま寝てた。

自覚しました。ミスティアです。

なんだかいつの間にか寝てた。

浴びるようにお酒を飲んでから、焚き火をまったり囲んでいたと思う。

マントにくるまって千種が座ってて、私も膝掛けをもらってお酒を舐めながら火を見てて……。

あー、記憶が無い。これ以上記憶が無い。

実は、さっきから目を開けてない。

まだ頭に酒精が残ってる感じがする。あんまり時間経ってないかな、これ。


うたた寝しちゃったらしい。

火が小さくなっている気配がする。

ソウジロウとチグサはどうしたのかな。

話し声がしない。

二人も、寝てるのかな？

「まだ寝てるな……」

ソウジロウの声がした。

ささやくような声だった。気を使ってくれるみたい。

……ちょっと、起きるのめんどいなー。

いっか。寝たふりしとこ。

ていうか二度寝しちゃお。


「……っ!?」

私は持ち上げられてた。

びっくりした。

「よっと。軽いなー」

声が近い！

えっ、ソウジロウに抱きかかえられてる？

な、なんで？　なんでですか？

歩いてる。運ばれてる？

あ、部屋に戻してくれるのかな。

優しいなー。お言葉に甘えちゃおうかな。言葉じゃないけど。

だって、歩くの面倒だから。

だから別に、ぎゅってされてるところから体が熱くなったりしてるのが理由じゃないですから。

「っと」

軽々と運ばれて、ソウジロウはすぐ部屋に入った。

ベッドに寝かされたら起きる。

それでお礼言って、寝たふりとか言われても笑っちゃおう。

よし、完璧。

横になった地面の感触で、完璧が消し飛ぶ。

……ものすごくやわらか!? あっ、これデッキ付きの小屋かな?
地面じゃない。ソウジロウが新しく建てたやつ!
『交尾ができる部屋ですね』
それは妖精が言ってたけど!
ど、どうしよ!? あ、あんなこと言っちゃったから?
い、いやー、私ほんとに経験とかが無いしあの。
「これは、外しておくか……」
髪留めが外されてしまった。ぽふんと髪を下ろされる。
ベッドの脇に、ソウジロウが座る気配。
……迷ってる間に、起きるタイミングじゃなくなっちゃったー!?
「綺麗だなー……ほんとに……」
指の背で、頬を撫でられる感触。
顔を見つめられてるってことでしょうか!
「……いくか」
いくんですか!?
なんだか、まだ目が開けられない。
どうしようどうしようどうしようどうしよう……でも——

ぱたん。

ぱたん？　扉が閉まった音？

「…………」

無音。静寂。

寝かされただけ、ってことですか。

はいはいはい。なるほどなるほど？

「…………ふ」

「サイネリア？　見てたの？　ずっと？　いま鼻で笑った？」

目を見開くと、妖精が小さなカウチに寝そべって、お酒を飲んでた。

「聞きたいですか、優秀な妖精の実録実況を？」

「…………最後まで、無事に言えると思う？」

無表情のまま、妖精がふっと姿をくらました。まるで身動きもしてないのに、宙に溶けるように姿が消える。

おのれ妖精族。

「……チグサ、起きてる？」

いま気付いた。

妖精を脅迫したら、私の横で怯えて震えだした子がいる。

「ぁっ、す、すみません……寝てますぅ……」

たぶん、チグサも運び込まれたんだと思う。私より先に。

私より先に。そして、寝転んでる。ふーん。

横向きに姿勢を直してベッドに肘をついて、青い顔しながら目を瞑《つむ》る魔法使いに訊ねる。

「……寝たフリ、ずっとしてたの？」

ビクッと震えた。

少し沈黙した後に、その顔が小さくうなずいた。

「……はい」

「……目、開けなかったんだ？」

今度の沈黙は、だいぶ長かった。

「…………………………ど、どうしたらいいかわかんなくてでしゅね……」

「ふーん……」


私はちょっと考える。

そして、結論を出した。

「ソウジロウが悪いわよね、これ」

「あっ、はい」

チグサの目が開いた。

「はー、焦ったー。二百年以上生きててこんなに焦ったの初めてよー……」

「……えっ、初恋ですか？」

「こっ、恋とかじゃ、なくてさー。エルフと人間だしさー。恋とかは、なくないー？」

「あっ、日本人は別にエルフと人間でも……あっ、どうでしたっけ……？」

「そこ大事でしょ！　ありなの？　なしなの？」

「あっ、ありとかなしとか大事です、か……？」

「だってさー、そのさ、私は昔そう言って断ったことがある、というか、ですね……」

「はえー。どんな人でした……？」

○

「？　起きてる。若いなー、やっぱ」

レストハウスに運んだ二人が、なにやらきゃいきゃいガールズトークしてる声がする。

内容までは分からないが。

「ビールより、ワインを要請するべきでした。優秀な妖精は反省しています」

「お帰り。どこ行ってたんだ？」

焚き火に戻ってお茶を飲んでいたら、妖精がふらっと姿を現した。

「しいて言うなら芸術鑑賞……ですかね。マスターは良い働きをしてくれました」

「千種と仲直りできたってことか？」

「弱味は握ったので、問題ありません」

「大ありだろ……」

やれやれだ。

明日の朝は大片付けが待っているけれど、今日はもう、満足すぎて動きたくない。

飲み会の夜は更けていった。

第三十七話　一夜を過ごして

さんざん飲み食いした翌朝。

なのに、胃もたれしてない。

若返った体って最高！

「女神様ありがとうございます……!!!!」

力いっぱい神殿と女神像を拝んでおいた。

あー、やっぱり祈る場所があるとしっくりくるかも。


「マスター、あれをどう思いますか？」

「あれって？」

「今朝方はとてもよく赤くなる、乙女エルフのことです」

「あれかー。……俺って酒癖悪かったか？」

「なるほど。優秀な妖精はそれもまた好《よ》しと思考します。80点です」

「ありがとう……？」

ミスティアは、ちょっと様子がおかしかった。

たとえば沐浴の時。

いつもすっと着替えて川に飛び込んでいくのに、今日はなぜかちょっと岩に腰かけてなにかを考えていた。

ちらちらとこちらを見ていたのも珍しい。

目が合うと、顔を赤くして水面を叩いていた。

千種がミスティアをおろおろしながらなだめるという、珍しい光景を見た。

一晩、ガールズトークして仲良くなったのかな。


そんな話をしていたら、二人が姿を現した。

「マツカゼとムスビのご飯あげました」

「おつかれさま。俺たちもご飯食べよう」

その答えに、微妙な顔をする二人。

「……昨日、いっぱい食べすぎたかも」

つい笑ってしまう。

「安心してくれ。俺もだよ。軽い汁物しか作ってない」

食べすぎたせいで、あんまり空腹感が無い。

「え、でもそれは？」

「ああ、昨日の残り物と、お米があるなら作ろうと思って」

テーブルの上に、布をかぶせた皿がある。

「小さいおにぎりだよ。夜まで残してくれていい」

「オニギリ……？」

「おにぎり!?」

案の定、千種がかぶりついた。

「三角が塩で丸い方は鮭《さけ》」

「鮭いたの!?」

「いないけど、なんかニジマスっぽいやつの身を具にしたから、代用食材シャケおにぎり」

「コンビニのおにぎりだ！　ふへへぇ！」

ニジマスで代用されていると噂のコンビニ鮭おにぎり。

二人してけらけら笑う。


「むー、ちょっとソウジロウ。私は仲間はずれ？」

ミスティアがすねた。

あれ、すねた？　珍しいな。

こういう時、よく分からなくても笑ってノってくるタイプなのに。

「えーっと、ただの出身地のネタだよ。シャケの身をニジマスで代用するところを、最初からニジマスしかいないのにシャケおにぎりって言ってるだけっていう感じで」

ギャグの説明するの恥ずかしいなちょっと。

「そ、そう。……なんかごめんなさい！　良くないわね私！　これは良くないやつです！」

ミスティアが急に謝った。

「いいよいいよ。小さく握ったから、食べられる時に食べてくれ」

お腹が空いてなければ、初めて聞くおにぎりが入らなくても仕方ない。

どれくらい腹にくるのか分からないしな。初めての料理。

「うう……そうじゃないんだけど、ありがとう……」

ミスティアが、顔をそらして気まずそうにしている。

気にしなくていいのに。

「あっ、その、長引くかなって思って……いただいてます……はぐはぐ……」

振り向けば、すでに食べ始めてる千種がいた。

食べ物については、必死になるよな、この子。こう、食べられる時に食べないと無くなる、みたいな危機感がある。

「千種って、兄弟いた？」

「あっ、妹ならいましたけど」

「違うか……」

「？」

兄とか弟とか、ほっとくとなんでも食べてしまうのがいたのかと思った。

……つまり、異世界に来てからの食糧事情のせいということだろうか。

たった四年で、そんなふうになってしまったのか。かわいそうに。

「いっぱいお食べ……」

「あっ、はい」

というか俺も食べよう。

「ミスティアも、お腹すいてなくても汁物くらい入れておきなよ」

「はーい」

「いただきます」「いただき、ます」

手を合わせて言うと、最近ミスティアも真似するようになった。

「温かい汁物は内臓を温めて動かすし、肉の消化に使う水分も補給できるから」

「なんでそんなこと知ってるの？」

「元おじさんだから、衰えててね」

トシ取ると体の不調がけっこう響くようになる。

そして科学や医療に頼るようになり、そういう情報を集め始めるのだ。

まあ、ブラック勤めだったからかもしれないけど。

「それ、ソウジロウは衰えたんじゃないわ。賢くなったのよ」

「……今度から、そう言おう」

俺の言葉に、ミスティアは優しく微笑んだ。

「人間はみんな、歳のこと気にしすぎてて可愛いわー。ソウジロウも人間だったのね」

「どういう意味それ」

「あっ、まれによくある長命種目線ですね……。異世界あるある」

なんだかんだで、いつもの食卓になっていった。

第三十八話　ミスティアの一大事

ウカタマと一緒に菜園を見回っていたら、物凄《ものすご》い勢いでマツカゼに吠《ほ》え立《た》てられた。

「うわっ!?　ど、どうしたんだマツカゼ!!　ミスティアは？　一緒じゃないのか？」

こんなことは初めてなので、ちょっと驚く。

激しく吠えるマツカゼが、ダッシュして足を止めてこっちを見る。それをくり返す。

ウカタマがマツカゼに向かって走り出した。

「ついてこいってことか？」

俺は首を傾げつつ、二匹を追った。

狼は俺がついてくるのを見て、どんどんスピードを上げる。

首に巻かれた可愛らしいリボンを見て、はたと不安がよぎる。

まさかミスティアになにかあったとか言わないだろうな。

逸《はや》る気持ちが足を加速させて、マツカゼの尻尾を蹴り飛ばしそうになって慌てて自制する。

落ち着こう。


「あっ、ソウジロウ！　早かっ――」

「ミスティア、大丈夫かそれ!?　どうしたんだ!?」

マツカゼについていった先に、ミスティアがいた。

血まみれで。

「ああこれ、私の血じゃないわ。この子のやつよ。だから大丈夫」

背中に背負っている鹿くらいある大きな獲物を目で示して、ミスティアはなんともないように言った。

それから、神妙な顔で俺を見る。

「いえ、大丈夫じゃないわ。マツカゼに呼んでもらったのは、血まみれなせいなの。魔獣が寄ってくるかもしれないし、悪いんだけど拠点に着くまで護衛して。お願い」

「構わないけど……っていうか、俺が持つけど」

〈クラフトギア〉で鳶口を取り出すと、ミスティアは慌てて後ずさった。

「待ってソウジロウ！　この子、まだ生きてるから！」

「えっ？」

驚きつつ背負われたものをよく見ると、いつも見る狩りの獲物とは様子が違っていた。

布で縛られた翼と胴。目隠しをされた頭。同じく布で縛られた手足。

生け捕りにされてる。

翼から、ぼたぼたと血が滲《にじ》んで垂れていた。

その翼は、よく見れば鳥などとはまったく違う皮膜と甲殻を持っていた。

「この子は絶滅したと言われていた飛竜種なの。――下手すると、たった今絶滅しちゃうところだったけどね」

ミスティアが背負っているのは、怪我《けが》をした仔竜《こりゅう》だった。

その竜は、狩りの途中でマツカゼが見つけたらしい。

どうも怪我を負って動けなくなったようで、森の中でうずくまっていたという。

その状態でなお自分を威嚇する仔竜の姿に、見捨てるべきかどうか、ミスティアは悩んだ。

放っておいたら、翼の骨を折った仔竜は死んでしまうだろう。

自然の掟《おきて》というなら、それまでだ。

しかし、結局は捕獲して、連れ帰ることに決めた。

暴れる竜を布で縛って大人しくさせ、血を浴びながら背負ってきた。

ただ、魔獣に襲われたらなにもできないので、マツカゼに応援を呼んでくれるように頼んだのだ。

「ちょっとした賭けだったわねー」

「危ないよ本当に」

華奢《きゃしゃ》なミスティアより大きい竜を背負って帰ってくるという行動は、ちょっと無茶だ。

「いちおう、やっちゃったけど……良かったんですか？」

「ありがと、千種。ソウジロウも。無茶なこと言ってごめんなさい」

「いや、別に俺たちはいいんだけど」

「そんなことない。せっかく作ってもらったのに、あんなこと言って本当に悪いと思ってる」

連れてきた竜は拘束を解くと逃げてしまうし、かと言って、縛り上げたままにもできない。

ミスティアの小屋の私物を全て外に出し、壁の一部を大きく切り取って中に入れた。

切り取った壁は、竜を入れてから『固定』して戻した。

千種は拘束していた布を影で飲み込んで解放しつつ、部屋全体に闇を下ろして暗くしておいたらしい。

そうすると静かにしているらしいとかで。

「翼に添え木しつつ、様子見かな。治癒の魔法は専門じゃないし、警戒されてるから抵抗して暴れちゃうかもしれないし……竜種の回復力に任せた方が良いかな……」

ミスティアが考え込んでいる。

「まあ……とりあえず、血を落としてきなよ」

「おっと、そうね」

全身汚れたままのミスティアにそう言うと、いま気付いたとばかりに自分の姿を見下ろした。

千種と一緒に川へ向かうミスティアだった。

「うーん、まだ落ち着かないみたい。歩き回ってる。壁とか引っかいちゃうかも。ごめんなさい」

「いやそういうのはぜんぜん良いけど……」

秒で川から戻ってきたミスティアが、小屋の近くで地面に耳を当てていた。

まだ髪が湿っている。戻って来るにしても急ぎすぎだろう。

「あっ、葉っぱ付きの枝とかってある？」

「まあ、いくらかは」

「小屋の中に飛竜の寝床作らないと。枝でいいのか分かんないけど、とりあえず入れてみたいの。もらってもいいかしら？」

「いいよ」

「ありがとう！」

そう言って、ミスティアは俺の作業場の方へと走っていった。

なんかあわあわしてるなー……珍しい。

大丈夫だろうか。

第三十九話　新しい縁結び

「んあ、マツカゼ……？　いや早くない……？」

朝、とすら言えない時間。

まだ薄明かりすら差し込まない明け方前に、マツカゼに起こされた。

マツカゼはきゅんきゅんと申し訳なさそうに鳴いている。

「そういえば、ミスティアの小屋は竜が入ってるから……ふあ、なんでお前一人なんだ？」

あくびしつつ聞いてみるが、昨日と違って緊急事態という感じの顔はしてない。

とりあえず起きて窓の外を見上げるが、やっぱり暗い。まだ日の出よりほんの少しだけど早い。

「んー……？」

ふと思い当たることがあって、俺は外に出た。


「ミスティア、なにしてるんだ？」

「あれ、ソウジロウ？」

小さな灯りが、ミスティアの小屋の近くで見えた。

歩み寄ってみると、やっぱりそこにはエルフがいた。

見たところ、寝起きの姿のままだ。

「飛竜の様子がおかしくて。あんまり寝てなさそうなの」

「直接、中を見に行けばいいのに」

「まだ家に慣れてないから、刺激したくなくって」

「分からなくもないけど、まだこんなに暗いのに」

朝早く――どころじゃないほど早い。

「……私は二十年くらいこの森にいるけど、あの子を見たのは初めて。二百年以上生きてた時間を含めてもね。とっくに滅んだと思ってた。目の前で絶滅させたくないの」

「まあ、そうだな」

うなずいて相槌を返すが、ミスティアの意識は飛竜の方を向いている。

たぶん聞いてないだろう。

マツカゼが俺の後ろについてきてる。

ミスティアが起き出したので、自分も起きないといけないと思ったのかもしれない。

「狩りに行ってくるから、マツカゼをお願い」

「まだ陽も昇ってないのに」

「竜に食べさせるお肉を獲ってこないといけないから。ごめんね」

言いながら、ミスティアはさっさと走り去っていった。

暗いところで狩猟犬がいると、魔獣と戦う時に巻き込むかもしれないので置いていく。

肉も、新鮮なのを食べさせたいんだろう。まだここに連れてきたばかりのやつだし。

「……しかしまあ、竜かぁ。異世界での竜って、どんな扱いなんだ」

詳しそうな子に聞こう。

「真龍・古龍みたいなのは喋ります。っていうか、人間より頭が良くて強いって言われてますね……。会ったことある人間は、あんまりいないけど……」

千種が斜めに傾きながら言う。

「あれはだいぶ獣っぽいけど……大きくなると喋るのか？」

「飛竜種は、人間と猿くらい違う……みたいなことを、竜族が人間に教えたって伝承がありますけど……」

「ああ、なるほど。種の起源が同じだけど、枝分かれして違うものになったのか」

「あっ、そういう意味なんだ」

よく言われるけど〝人は猿から進化した〟のではなく、もっとずっと種を遡《さかのぼ》って〝猿とは別の進化をした〟のが人間だ。

物にたとえて言えば、鍬《くわ》と刀はどちらも鉄でできているが、鍬が進化して刀になったと言われると、そんなわけないだろとなる。

「神樹の森の飛竜……古代に竜騎士が乗ってたと言われた、原種の飛竜かもですね……」

「へえ。それなら、頑張れば馴《な》らしたりできるのかな」

「どうなんでしょう……」


その日以来、ミスティアはずっと竜にかかりきりになっていた。

「ミスティア」

「ちょっと魔石を獲ってこないとなので！」

ちょっと相談したいことがあったけど、急いで走っていってしまう。


「ミスティア見なかった？」

「あっ、なんか食べる肉と食べない肉があるとかで、も一回狩りに行きましたけど……」

うーん、タイミングが合わない日が続くな……。

「ミスティアは？」

「石を探しに行きました。優秀な妖精に竜の体調を見ろと言うので、綺麗な石を要請したところです」

「お前のせいか」

サイネリアは宝石でも作る気だろうか。

ともあれ、ミスティアはずっと走り回っている。

マツカゼがついていけないくらいだ。

「ミスティア知らないか？」

寝転んでいたマツカゼにそう訊《き》くと、きゅーんと情けない声で鳴いた。

違うんだ。ついていけてないのを責めてるわけじゃないんだ。


そんなことがあってからようやく、アウトドアチェアに腰かけたミスティアを捕まえた。

「ミスティア」

「うあっ、あ、ごめんなさい寝ちゃってたわ」

「いや、起こしてごめん」

座ったまま寝てたらしい。

「そろそろ、竜は落ち着いた？」

「うーん、たぶんね。もう私を見ても威嚇しないわ」

笑って答えて、立ち上がる。

「休んでるところ邪魔しちゃったな。ごめん。退散するよ」

「えっ、そんなことないのに。なにか用があるんじゃないの？」

「いや、いいんだ。ゆっくり休んでて」

体を休めてもらうのを優先した。

詳しい話はまた後日で大丈夫。

まあ、一つだけちゃんと聞いておきたいことはあったけど……。


「ん？」

歩み去ったつもりが、背後からすごい気配がする。

振り返ると、ミスティアがダッシュで駆け寄ってきていた。

「あ、あの！　もしかして、私が最近こんなだからなにかあった!?」

「えっ」

「なんか竜のことばっかり話しちゃっててごめんなさい！　えっと、食べたいものがあったとか？　狩る？　頑張るけど!?　竜のことばっかりでサボってたわけじゃなくて、その――」

「いやそういうことじゃないんだよ」

追ってきてまでそんなこと言うとは思わなかった。

「ただ俺は、ちょっとだけ聞きたいなーって思ってただけで……」

「なになに!?　なんでも聞いて！」

そんなに必死になることじゃない。


「あの竜って、俺が見たり触ったりしに行っていいのか聞きたくて」

「ほぇっ」

ほえ？

ミスティアがびっくりした顔で、びっくりするような声を上げる。

「もうちょっとしたら放し飼いもできるかもって言ったから、まあ、もう少し待とうかと」

「ソウジロウは、竜にご興味がある……？」

「あるある。撫でてみたい」

恐竜みたいでかっこいいじゃないか。

しかも賢そう。

でかい爬《は》虫類《ちゅうるい》と言えばワニとかコモドドラゴンとか、絶対触りに行くと食べられそうなのしかいないからな。

硬い肌で賢くて大きい。象みたいだ。

「えー！　そうだったんだ！　嬉《うれ》しいー！」

ミスティアが俺の手を握ってぶんぶん振る。

「大丈夫よ！　飛竜って強面《こわもて》だけどちゃんと懐くから、もう全っ然、撫でれるから！　あっ、お腹いっぱいの時に見に来ない？」

「行く行く」

「やった！」

ずっと我慢していたけど、むしろミスティアは喜んでくれることだったらしい。


「うわ、なんかグルグル唸《うな》ってるけど、大丈夫か？」

「へーきへーき」

竜の小屋に入ると、ドダン！　と竜が反対側の壁際まで跳ねて下がった。

俺を見ている。

ミスティアのことは慣れた、というのは本当らしい。

俺のことだけ警戒している。

「目が良いし、知能も高そうだ」

「分かるんだ？」

「あきらかに一瞬でミスティアと俺を見分けたし、初めて見る人間の方だけ目で追うし」

「そうなの。すごいわよね」

嬉しそうにうなずくミスティア。

分かる分かるって、ものっすごい首を縦に振っている。

「どうするのが正解？」

「分からない。私も竜を拾ったの初めてだもの」

「それはそうか。滅んだはずって言ってたし」


じっと見つめてくる竜。

猫相手なら視線をゆっくり外さないといけないけど、竜はどうだろう。

「怖くないわよー。ほらっ。ねっ！」

ミスティアが俺と肩を組んで。竜にアピールしている。

体を寄せ合ってピースするエルフ。

自撮りかな？

「仲良し！」

「お、おう」

俺も竜に手を振ってみる。

竜は頭をくるりと傾けた。首を傾げる馬みたいだ。

「あっ、ちょっと可愛い」

「そうでしょ！」

なぜかミスティアが嬉しそうに答える。

そんなふうにしながら少しずつ竜に近づいて、最終的にどうにか目の前にきた竜の首を撫でることができた。

「あったかいな。体温高そう」

「うん。意外とね」

爬虫類とは違うらしい。


じっとこちらを見つめてくる竜は、最初とは違って、少し警戒心を解き始めているのが分かった。

鼻先を近づけてきて、俺の手をしきりに嗅いでいる。

それから、じっと俺の目を覗きこんでくる。

「んー？」

飛竜は俺から視線を外して、天井を見上げた。そして、もう一度俺を見る。

ふーむ。なんとなくだが、やっぱり竜が大きくて、この小屋が狭いみたいな主張をされているような。

仔竜の大きさはだいたい子馬と同じ程度だが、馬なら子どもでも走り回るのだから、飛竜もちょっと飛び上がるくらいはできた方が良いかもしれない。

「小屋が狭いのかもな。天井取っちゃうか」

「えっ、まだ翼折れてるし、飛ぼうとしたら傷が悪くなっちゃうから……」

「いや、大人しくできるよ。なあ？」

語りかけると、竜が軽く鳴いて答えてきた。

「……ソウジロウ、もしかして、飛竜と話してる？」

「さあ？　分からないけど……〈クラフトギア〉の気配は感じてるし、好きみたいだから」

精霊獣たちの反応と似てるのである。

神器を工具として扱っているので、だいたい腕の中にあるみたいなイメージが俺の中にはあった。

ムスビやウカタマは手を差し出すとその気配を探るように、手のひらではなく腕の方へ引き寄せられがち、みたいな反応をするのだ。

飛竜を撫でた時に、それに似た感じがした。


「ええー、すごくない!?　会うの初めてなのに！」

「女神様の祝福かな。あの神様もわりと生き物好きそうだし」

俺が言うと、ミスティアは笑った。

「あはは！　私と一緒ね！　それなら、人気が無い神様なのも仕方ないかも」

……生き物好きのエルフ。ってもしかしてアレかな。

この世界だと、オタクとかリケジョ的な扱いなのか……？

竜が逃げなくなったので、竜小屋は移設した。
それと、ミスティアの様子が落ち着いた。
やけに張り詰めていたので心配していたが、もう大丈夫そうだ。
良かった。

第四十話　エルフの面目

「飛竜って、立ったまま寝るのよ。まだ寝てるところ見たことないけど」

「へえー。鳥みたいだ」

まだ羽が治ってない飛竜は、だいたい飛ばずに歩いたり走ったりしてる。

過去に滅んだはずの生き物なので、伝承でしか生態が分からないらしい。

「じゃあ止まり木とか置いておくか」

「それが良いかも」

ということで、太い丸太で組んだ止まり木を置いておいた。

飛竜はさっそくガリガリと爪で引っかいていたが、しばらくしたらそれに乗るようになっていた。

ふーむ、猛禽類みたいだ。


ところで、俺は少し悩んでいた。

妖精が持ってきた米と酒。あれはどこかから借りてきたものらしいので、妖精になにかしら持たせて代わりのものを置いてきてもらわなければいけない。

「共犯ですよね、マスター？　金品ではなくなにか面白いものをお願いします」

そんな注文までされている。

妖精の様式美に付き合わされるのはちょっと面倒だが、かといってお米をもらって恩を返せないでは不義理だ。

妖精ではなく、妖精から米を借りられた人に。

面白いもの。面白そうなもの。ついでに、ドラロさんに売れたり自分で使えそうなものがいい。

となると？

「ソファを作るか」

思い浮かんだのはそれだった。

下手に即席でアウトドアチェアなんて作ってしまったので、レストハウスに柔らかいものを置きたくなっている。

「だいさんせいです」

千種がぬっと出てきて一言つぶやくと、そのまま立ち去ろうとした。

「待て待て。ソファ好きなのか？」

「あっ、その、世の中の椅子って硬すぎるので、尻が痛くなるので……」

「尻とか言わない。中退でも女子高生名乗ってるのに」

「……ケツが痛くなるので？」

「悪化させるんじゃない」

ともあれ、需要があるのは分かった。

やっぱり木の座面だけだと、痛くなってくるよな。普段はいいんだけど、長居するならたまに柔らかい椅子とか座面が欲しくなる。

「……そういえば、千種だけよく座ってるからな」

「あっ、すみません。これからは立ってやりますぅ……」

「怒ってるわけじゃないって」

魔法で物を浮かせたり指定した場所に出したり、動く必要があんまり無い作業の時がある。

そういう時に、千種もよく椅子を置いている。

「とびきり良いやつを、頑張って作ろう。ちょっと協力してくれる？」

「あっ、はい。お願いします」

お願いされたので、俺は張り切った。

面白いソファといえば、あれしかないだろう。


まずは詰めるもの。袋状のものだ。

これはムスビにお願いした。破れなくてちょっと伸び縮みするような、とびきり肌触りの良い生地が欲しかった。

俺が触ったことのある最上級のシルクよりもっとさらさらのムスビの布は、それにぴったりだった。

これを袋にして、どうせなら〈クラフトギア〉で接合してしまおうと考えた。

縫い目の感触が消えるように、糸を使わずにつなぎ合わせる。

「むああ……ちょっと大変だこれ……」

板や部品のように、面で固定しても点で固定しても硬い感触になってしまう。

ムスビシルクが柔らかくて滑らかすぎるので、面というか『固定』した部分の硬さが気になるのだ。

「糸……いや、繊維の一本ずつを繋げば、感触も消えるか……？」

布を綴《と》じ合《あ》わせる指先に全神経を集中し、なんとか柔らかいまま口を閉じられるようになるまで、ちょっとかかった。

そして中身。

いろいろと悩んだのだが、とあるものを思い出してそれを詰め込んだ。

目指したのは、俺が知りうる限りいちばん柔らかいクッションだった。

千種に約束したとおり〝とびきり良いやつ〟と、自信を持って言えるように。

「というわけで、できたのがこれ」

サンドバッグみたいに、大きな筒状のクッションだ。

ウッドデッキの上にそれを置いてミスティアと千種に見せると、二人はさっそくこね回していた。

「すごーい！　やっわらかくて形がいくらでも変わるから座ると沈んで……でも座れる!?　こんなの初めて！　あっははは！」

ミスティアはべた褒めだった。

そう、エルフの言うとおり、どこまでもぐにゃぐにゃしているけど、上に乗ると体を支えてくれる。

まあつまり、

「ヨギボーだー!!　人をダメにするやつー！」

千種は顔を突っ込んで叫んだ。

「……人をダメにするやつですよ！」

寝っ転がったまま、顔だけ俺に振り返って叫んだ。

もしかして今ダメになってる？

「気に入ってくれたみたいだな」

千種が生意気な顔で笑う。

「商品名は『エルフもダメになるソファ』にしますか？　アイデアそのへんからパクリだし」

「……千種もパクリじゃないか。千種影操咒法《ちくさのえいそうじゅほう》って、集英社の許可取ってるか？」

「わわわかんんあないっっぴぃぃ……！　すみません……！」

女子高生が大騒ぎしながら大喜びだったので、ひとまず満足だ。

「どうやってこんなの作ったの？　中身なに？」

「イビルスライムの細胞を削って、マイクロビーズにしたんだ」

「スライムを？」

意外そうに言うミスティア。

ミスティアが言っていた『どんなに切っても球状になって固まる』という性質を利用して、細かく削った細胞をマイクロビーズ代わりに詰め込んだビーズクッションだ。

イビルスライム釣りには、千種が協力してくれた。

「あっ、わたしがまたぬるぬるになったのは、無駄じゃなかった……」

「無駄に余裕ぶるからだろ……」

千種が油断してスライムに捕まってたのは、完全に無駄だったと思う。おびき寄せるだけでいいのに。

「このクッション、ベッドのところに置いておくから、背もたれにでも使ってくれ」

そう、ベッドが大きすぎてクッションが置けないなら、その上で使えるクッションを作ればいい。

逆転の発想だった。

「これの上で寝たい……」

「まあ、それも好きにしてくれ」

千種はすでに、クッションの上で寝そべっていた。どうも千種とビーズクッションは、相性が良すぎたようだ。

気をつけよう。

「これ、どうかな？」

「優秀な妖精は、面白いのでオッケーです。アレは千年生きてるせいで世の中を分かっているつもりになりがちなので、新しいモノを見せればのたうち回りますよ、フフフ」

サイネリアの反応は、すごく良かった。

というかその相手って大丈夫なんだろうか。千年生きてるって絶対に人間ではない相手なんだが。

「いずれ会えますよ、フフフと優秀な妖精は笑います」

「もしかしてイタズラの対象って俺も含んでる？」

「フフフ」

ダメだなこれ。絶対教えてくれない。

「モスシルクのソファかー……売るなら、買い手を探すところからかなぁ……」

もふんもふんと不定形に形を変えるソファを揉みながら、ミスティアがそんなことをつぶやいていた。

　さて、ソファの評価が良かったので追加で作る。

　あの試作はうちで使えばいいとして、妖精に渡すぶんとドラロさんに持って行くぶんだ。

　ムスビを頭に乗せたまま、布の合わせ目を指でゆっくりなぞって繊維同士を『固定』していく。

　四角く立体縫製する設計は、ムスビがパーツの形を整えて織ってくれたので、俺はそれをきちんと仕上げる係だ。

　気を抜くわけにはいかない。

「んっきゅあぁぁ……」

「ん？」

　奇妙な鳴き声が聞こえて、レストハウスを振り返る。

　ウッドデッキで、どしんと飛竜がうずくまっていた。

　怪我が痛むのかと思って慌てて駆け寄ると、

「また新入りに襲われたぁ……」

　ビーズクッションの横で、クッションから投げ出されたらしい千種が、うちひしがれていた。

　まあ、こっちはいつものことか。

それより、

「竜が、寝てる……」

クッションに頭を置いて、気持ちよさそうに横たわっている。

「……お前、もしかして普通に寝そべるのでは？」

語りかけると、うっすら目を開けた竜がグルルと軽く鳴いて、また目を閉じた。

そうだよ、と言われた気がした。

その日は、竜小屋の中にオガクズを、なみなみとプールのように入れてみた。

翌朝に見に行くと、竜はオガクズの上で横たわって寝ていた。熟睡だった。

「……鳥じゃなくて、馬だなこれ」

立って寝られるけど、横たわっても寝る。そういうタイプだ。

「面目ないです」

ミスティアが恥ずかしそうに顔を手で覆っていた。

そういうこともあるよ。

第四十一話　アリ？　ナシ？

新しいミスティアの小屋は、明日完成する。

それを伝えると、ミスティアはとても申し訳なさそうにした。

「ありがとう。それに、ごめんね。いきなり竜を持ち込んできて」

「大丈夫だよ。俺も竜を見かけたら拾うと思うから」

剣に巻き付いたやつとか。

「もー、こんなこと滅多に無いからね！」

「おっと、居候がようやく片付きますか。優秀な妖精は安堵《あんど》しています」

「サイネリアはどうでもいいけど」

「マスター、援護を要請します」

「巻き込まれたくない。おやすみ」

そう告げて、レストハウスを後にした。


自分の小屋へと向かいつつ、ちょっと考える。

……予備って大事だな。もう一棟くらい、大きい倉庫みたいなの建てておこうかな。

▼

「はー……迷惑かけちゃったなー……。ソウジロウは優しいから怒らないけど……」

ソウジロウの姿が見えなくなって、私は思わずベッドに倒れ込む。

「竜のこと、怒らないどころか手伝ってくれるし……」

クッションを抱く。

これもソウジロウが作ったもの。

っていうか、最初は一人だと大変そうなソウジロウを手伝うつもりだったのに、最近はあんまり良いところ見せれてない気がする。

「嫌われてないといいけど……う、なんか自信無くなってきた……」

思った以上に、その想像で胸が痛い。

っていうか覚悟してた以上にそれがつらい。

「……妖精、いるんでしょサイネリア。お酒持ってない？」

「肯定します。しかし、優秀な妖精も葡萄酒《ぶどうしゅ》の準備はまだできていません」

サイネリアがふわりと姿を現した。

持ってないかぁ。

なんか飲みたい。飲んで忘れたい。

「最近のわたし、かっこ悪いなー……」

竜のことも間違えてたし。

ソウジロウが竜に興味あるって言ってくれてはしゃいじゃったし。

……な、なんか勢いで密着しちゃったし。

夢中になっててついやっちゃった。

「……あのさー、ニホンのこと詳しいわよね、貴方」

「嗜《たしな》む程度に」

妖精族はエルフも竜族も知らないようなことを、なぜか知っていたりする。

「チグサの言ってたことって、ほんと……？」

「なんのことですか？」

「えっと……人間とエルフって……あの、アリかナシかで……」

むあああ！

「やっぱ今のなし！　べ、別に！　私は下心なんて無いから！」

「レガリアの方にある場合は？」

「えっ……と、あ、あるのかな？　どうかな？」

今までそんなこと考えたことなかったし。だってソウジロウって神璽《レガリア》様だし。そういう感じなくて優しくって一緒にいてもいいなってマツカゼだって懐いてるし、最初に会った時だって——

「って妖精の言うことまともに聞いちゃダメだー！」

変なことばっかり考えてる気がする！！！！

え、でも考えるべきかも？

だってほら、ソウジロウが迷惑に思っちゃうかもだし。

いやもう迷惑よ迷惑。

だってエルフって言ったら人間はみんなしかめっ面を最初に見せるものだからね。そういう感じなのよね。

もうほんと生きる時間も違うし、文化も違うし。まあそうよね。

……そ、そうなのかな？

「あー、あのー……ソウジロウって、私のこと迷惑とか、そういうこと言ってたことある……？」

こんなこと人に聞くの初めて。

「……そうですね、優秀な妖精が聞くところには」

「には？」

「『世界中の全ての贅沢品より、ミスティアと一緒にいたい』そうです」

「…………へ、へぁっ!?」

それってあのもし○▼※△☆▲※◎★●!?！！！！!?？？!!!!!?!!!!

第四十二話　夢を見るエルフ

ミスティアの様子がおかしい。

「どれくらいおかしいかと言うと、俺から言い出すくらい」

「あっ、自覚あるんですか」

千種の言葉のナイフがよく刺さる。

「沐浴するとき、川の中に沈んで、出てこなくて焦ったからな……」

「あっ、あれはわたしもトラウマ刺激されました」

「食べてる時も、なんか食べるのか食べないのか、よく分からなかったし」

「乙女エルフの手が止まっていましたね」

サイネリアがなぜか得意げに言う。なんだその顔。

「おまけに、なんかマツカゼ置いて出て行っちゃったしな……でっかい鞄で」

ミスティアは俺が町に行くときに使った、特大の鞄を背負って出かけていった。

なにか狩猟以外が目的っぽい感じだ。

「心当たりは、あります？」

「いや、なんでか俺のこと観察してたなーって思ったら、振り返ると目をそらされて……」

ぽん、と思わず手を打つ。

どんなふうにおかしいのか、いま気付いた。

「俺が避けられてるんだこれ」

「あっ、なんかやったんですか……？」

「いや、水路とか作りたいなって言ったくらいで……」

心当たりが無い。

「どうしよう……？　理由は分からないけど仲直りする方法とか、ある？」

千種に訊ねてみるが、ＪＫは難しい顔で首を捻った。

「わたし、ぼっちだったので、言われてる意味がよく……」

「ごめんなんでもない。ＪＫだからって女の子に詳しいわけでもないよな。よくあることだよ」

「あっ、わたし慰められてる」

妖精だけが、素知らぬ顔で足を組んでいた。


「ミスティア、遅いな……」

いつも帰ってくる時間になっても、ミスティアが戻ってこない。

大抵は、一度戻ってきて獲物を置いて、また出て行くみたいなすごい狩猟をしてる。

狩りに出てから一度も戻ってこないのは、たまにあった。

そんなミスティアが、今日に限ってはずいぶん遅い。

……気になる。

気になって、ついついミスティアが出て行った方へと足を向けてしまった。

森に少し足を踏み入れて、帰ってきてないかと首を伸ばして周囲を見渡す。

もうじきに暗くなる。

森の奥を見つめて、思わずつぶやいた。

「大丈夫かな、ミスティア」

「……だ、大丈夫ですとも！」

「うわっ」

いきなりミスティアの大声が降ってきた。

驚いて上を見上げると、樹上にエルフの姿があった。

軽く手を振って、飛び下りてくる。

「ごめんねー、遅くなって。心配しちゃった？」

「まあ、ちょっと」

「……ありがと。えっへへ」

はにかんだミスティアに、訊ねてみる。

「どこ行ってたんだ？　狩りじゃなさそうだけど」

お肉持ってないし。

「うん、その。これを採りに行ってて……」

言いながら、ミスティアは背負っていた鞄を下ろした。

口を開いて、中を見せてくれる。

「えっと、なにこれ？　岩の欠片？」

「卵の殻よ。叩《たた》き割《わ》って入れてきたの」

「これ全部、卵の殻なのか!?」

大きな背負い鞄いっぱいに、白かったり茶色だったりはするけど、卵の殻がぎっしり詰まっている。

「どうしたんだこれ」

「ストームグリフィンみたいな、おっきい鳥がね、巣を作ってるところがあるの。卵の殻は、雛が生まれた後は用済みで、いくらでも落ちてるから」

大きい鳥がいるなら、卵も大きい。殻も大きい。

山ほど手に入るわけだ。

「でも、なんで卵を？」

「チグサから聞いたんだけど、ソウジロウは卵の殻が欲しいって」

「あ」

「ちょっと遠いから、魔法でびゅんびゅん走ってきたの。……つ、使ってくれるといいな、って」

わざわざ俺のために、採ってきてくれたのか。

こんなに遅くなるのに、走り回って。

「ま、まだいっぱいあるから！　足りなかったらまた採ってくるけど！」

「うん……いや、」

俺は鞄を受け取って、ミスティアに言った。


「ありがとう。それと……おかえり」

ミスティアは、思い切り笑顔で答えてくれた。

「うん！　ただいま！」

言ってから、目を合わせたミスティアが、

「んー……ん、んんんんー……！」

不思議な声でうめいて、俺の周りをくるくると歩いて回り始めた。

視界からフェードアウトするエルフを目で追おうとすると、ぱたぱたと見えない位置に行ってしまう。

「な、なにしてるんだ？」

「えっへっへ、は、恥ずかしいなって……」

「どういうことですか」

はにかんだ返事に、思わず敬語で訊ねてしまう。なにが起きてるんだこれ。

「やだもう止まってよー！」

背中に頭突きされて両肩をがっしり摑まれた。身動きできない。

「はい」

というか動けないし。そう答えるしかない。

「はー、恥ずかしい。ソウジロウったら恥ずかしいこと言うから……」

「言ってない」

「言いました。これは結論です」

「……はい」

理不尽な。

なんだか奇妙な格好のまま、俺はずっしりとした重みのある鞄を抱えて立ち尽くした。

……よく分からないけど、俺の手伝いをするために、がんばってくれたんだな。

ミスティアは出会った時から、素材集めもたくさんの工夫も、楽しそうに一緒にやってくれる。

一緒に驚いてくれる――というのは、ミスティアが最初に提案してくれたとおりだ。

けれどまあ、俺の方こそ驚いたり、逆にこちらから頑張って驚かせてみたいと思ったりもしていて、

「ソウジロウ」

「うん？」

「今度は、なに作るの？」

「そうだな……楽しいものか、美味しいものかな」

「あはは、なにそれ！」

森の中での暮らしは、まだまだ長くなりそうだった。

書き下ろし短編　千種の異世界

「月曜日が消えた……」

　わたしがまず思ったのはそれ。

「月曜日だから、売り切れる前にコンビニ寄って、雑誌買わないといけない。早起きして学校に行く途中で、寝不足で駅で足がふらついて階段落ちて頭が生温かくて……」

　そこまで。どう思い出しても、そこまでしかない。つまり、

「ま、まだ今週の読んでない……！　せめて！　今週の読んでからにしてよー!!」

　絶叫した。でもどうにもならなかった。

　周囲はなんだか薄暗い森の中。もちろん駅の構内じゃない。病院でもない。

　目を開ける前に真っ暗な世界を通った。門があって、それに手をかけた。玉虫色の光が広がって、ふっと目を覚ました。そんな感じ。

　その時にはわたしは、なぜかわからないけど理解していた。ここは元の世界じゃないと。

　異世界転生。その五文字が思い浮かぶ。

　……むう、異世界転生。……転移？　どっちかだ。

「わたし、異世界ものってあんまり見てないからなー……」

……詳しいとまでは言えないんだよねー。アニメとかスマホの無料漫画くらい？　わたしが読んでる雑誌では、そういうのほぼ無いし。

「どうしよう……」

　上半身を起こした。寝っ転がっていたので。

　でも、そこからは途方に暮れるしかない。ちょっと空を見上げて、ぼんやりする。十分くらい？

「学校どうしよう？　ん、あれ？　学校……」

……わたしの学校、どこだっけ？

　思い出せなかった。


「えー……待って。わたしは一百野《いおの》千種《ちぐさ》。一年生。ここまではよし。でも、クラス……同級生……友達……いや友達は最初からいない……ぴえん……」

　あなんか悲しくなってきた。

　ともあれ、なんだか思い出せないことが多すぎた。記憶喪失ってやつ？

　まじですか。これ、どうしたらいいんだろう？

「んぐぐ……おや？」

　頭を抱えて唸るわたしを見る、赤い目があった。

　それと目が合う。

「グゲゲ……」

向こうはうなり声を上げた。

「ほほーう……そういうのかぁ……そういうのなんだぁ……」

こういうのがいるってことは、剣と魔法のタイプだ。

モンスター、ゴブリン。

人型で二本足で立っていて、緑の肌をしている。大きさは五歳児ぐらい？

半開きの口元に、ギザギザの乱杭歯《らんぐいば》が生えていた。

「なるほどねー。なるほどねー」

うなずきながら、じりじりと立ち上がった。

……立ち上がれば、わたしの方が大きいよ？　ここは引き分けってことにして、お互いに見なかったふりをしない？

心の中で呼びかけながら、少しずつ後ずさりする。

「ゲガッ！」

すると、赤い目が増えた。

「なるほどねー……仲間がいたんだ……」

冷や汗がぶわっと湧いてくる。

……あれっ!?　もしかして、わたしピンチですか!?

気づかないうちに、命の危機に陥っていた。さっき駅の階段でも迎えたやつだよ。さすがに二回目早くない？

「グゲァアア――――!!」

「にっ――にゃる・しゅたん！」

わたしの口がそう叫んだのに、理由はなかった。ただ『知っている』ような気がしたからだった。

真っ暗で、それでいて星辰《せいしん》のようにわずかにきらめく記憶の彼方《かなた》。なにかと『置き換えられた』ような部分からの叫び。

力が、わたしの体を包んだ。

「にゃるららぁああ――!?」

そしてジャンプした。

襲いかかるゴブリンのはるか頭上まで。何メートルもわたしの体は持ち上がって飛んで行った。

……も、漏らしそ……

まじでびびった。

わたしのとっさの叫びに応えた力が、重力という力を奪って木の上までジャンプさせてくれたのだ。

石のナイフや棍棒《こんぼう》を振り回して飛びかかってきたゴブリンたちは、こちらを見上げてぽかんとしている。

わたし自身も、ちょっとぽかんとしてる。

……魔法、使えるんだわたし。

びっくりですわ。

「ゲゲゲ!!」

なにやら不満げに叫んだゴブリンたちが、木に爪を立てて登りはじめた。

あきらめてくれるつもりはないらしい。

どうしよう。戦うしかないかも。

……ううっ、やだなー。

こっちの気持ちと無関係に、ゴブリンはガツガツ登ってくる。木登りうまいな！

……やるしかない。

覚悟を決めた。

息を吸って、ゴブリンに手を向ける。

「にゃる・がしゃんな！」

呪文と共に現れた新たな力が、モンスターへと降りかかる。

「ギッ――――!?」

魔法に込められた力は、重力だった。

わたし自身が軽くなったのとは逆に、彼らの体は十倍以上に重くなる。

そして落ちた。

細腕で何メートルも登ってきたのはびっくりだけれど、その距離のぶんを加速してゴブリンは落ちていった。

ぐしゃ。

「ううえ……」

ちょっと生々しいその光景に、吐きたくなった。ゲームみたいに、死体が消えてドロップアイテムになったりしないんだ……。

我慢している気持ち悪さと衝撃が、これは夢ではないと伝えてくる。

「この世界……記憶喪失とハードモードでスタートかー……」

泣きたい。

覚えてたり覚えてなかったりするわたしの記憶だけど、今週読み逃した漫画の記憶は残ってて良かった。じゃなかったら、対抗するより逃げ回ってたと思う。それだけが救い。


その後、わたしは道と町を見つけて、なんとか文明があるところにたどり着けた。

町には石の壁が高くそびえたっていて、モンスターに襲われたばかりの身としては、安心感を覚える。

けれど、鉄とコンクリートでできた現代的な街並みではないので、そこはちょっと残念。本格的に異世界だ。

やっていける気がしなかった。

というか、町に入るのに税を払えと言われた。さっそくやっていけてない。生きてるだけでお金がかかるの？

財布からなけなしの二九〇〇円を差し出したら、そんな硬貨はここじゃ使えないと言われてしまった。

そんなこと言われても。

でも見た目は銀に似てるから、全部渡すなら通してやるということになった。さよならわたしの二九〇〇円。

門番のおすすめで、冒険者ギルドというところに行った。モンスターを倒したりすると、お金がもらえるらしい。

わたしみたいな女の子に、そんなお仕事おすすめするのはどうかと思う。でも魔法使いだろって言われた。どうやらセーラー服は、そういう感じに見えるらしい。

……まあ魔法使いなんですけどぉ。

ちょっとだけそわそわするよね。こんなわたしに、力がある。うへへ。

冒険者ギルドでは、いろいろと面倒くさいことを注意された。一番近場の森では、獣を狩ったり木を伐り倒したりするなとか。でもモンスターは積極的に倒すようにとか。

いろいろ森についても、所有権とか狩猟権とか、目に見えない権利があるらしい。思ったより自由じゃないいないんだな、異世界。

近場の森で三、四匹のゴブリンでも倒せば、その日のご飯代ぐらいにはなるという話だった。

寝床なら、ギルドの屋根裏を貸してくれるらしい。ただし、いつも冒険者でぎゅうぎゅう詰めで、遅いと足の踏み場もなくなるそう。それで寝れる気がしない。

……ゴブリン、倒したのになー。

証明でゴブリンの右耳を持ってこないといけなかったらしい。耳って。野蛮。


また外に出て、さっきゴブリンを落としたところに行く。

新しくゴブリンを見つけて狩る自信がなかった。見つけるのも。殺すのも。

「なかったのにぃ!!」

ゴブリンの死体を見に行ったら、たくさんのゴブリンがそこにいた。狼に乗ってるやつもいた。

また木の上に登ったけど、今度は最初の数匹を落としたら、登ってこなくなった。

「くっ、小賢《こざか》しい……あっ、石を投げるのはやめろぉ……！」

文句を言うと、ゴブリン側からもなにか抗議っぽい叫びが上がる。

不毛な罵り合いだった。

決着がついたのは、投げられた石をわたしが魔法で掴んだからだ。

こっちから一〇倍重力で落とし返して、下にいるゴブリンと狼を倒した。

「疲れた……」

ゴブリンとオオカミの耳を切り取って、ギルドに持って行った。オオカミの方は魔石というのも持ってくれれば良かったのに、なんて言われてしまった。

魔石は心臓の横にあるとかいう。解体しろっていうこと？　マジで？

……異世界向いてないかも、わたし。

わたしの知ってる異世界ものって、神様にめちゃめちゃ愛されながらお菓子作りとかするやつなんだけど。そういうのじゃ駄目？　駄目かなー？


「にゃる・しゅたん！　にゃる・がしゃんな！」

一週間ぐらいすると、わたしも一応慣れてきた。

ゴブリンたちを森で待ち構えて、木の上に飛ぶ。追っかけてきた最初のやつらは落とす。残りには石を投げる。

その繰り返しだ。

なんでかわからないけれど、最初に何匹かを倒すとたくさんのゴブリンが寄ってくる。虫みたいに、倒すと仲間を呼ぶ臭いとか出してるのかな？

オオカミを安定して倒せる冒険者は、普通なら二～三人くらいでパーティーを組んでいるらしい。

その点、わたしはたった一人でやってるので、実は普通よりお金に余裕があるって気づいた。

だから、とりあえずマントを買った。

だって、黒いマントかっこ良くない？　わたし魔法使いだからマントしてて良くない？

周りの冒険者見てたらそう思った。着てみたらかっこ良かった。あと、森の中で、服の裾とかひっかけちゃうのが減った。なるほど……。


黒いセーラー服に黒いマント。いまのわたしはどこから見ても、冒険者の魔法使いだ。

けれど、もちろん冒険者やっていたいわけではない。

「もっと稼がないと……」

お金を貯《た》めて砂糖を買って、それでお菓子作りをする。

そのお菓子で大評判になってお店で売ってウハウハで、こんな野蛮な生活とはおさらばするんだ。

……我ながら完璧な計画……！

びっくりするほどお高い砂糖を手に入れるために、わたしは頑張っている。

「でも、使える魔法が弱いんだよなー……」

重力魔法。いまのところ、木の上に登るのと、木の上から落とすことしかできない。

一回試しに、すばやく走るのに使ってみた。そしたら木の枝に引っかかって、体勢崩してなんかぶつかった。

「つっかえ《使えない》」

鼻を襲うひりひりした痛みで、そう結論づけた。

でも本当は、このままだといけないって思っている。なにしろわたしはいまだにひとりで、この近辺にはもっと強いモンスターがいるらしい。

その強いモンスターを狩る方が、お金が稼げる。

でも強いモンスターを倒す方法がわからない。どうすればいいんだろ？

木の上で考え込んでいたら、下の方から人の声がした。

「うわっ、なんだこれ!?」

見下ろすと、他の冒険者たちがそこにいる。

倒れてるゴブリンを見て、びっくりしているらしい。横取りされると困るので、手元に置いている石を一つ落とした。

落ちてきた石にすぐに気づいた冒険者たちが、こんこんこんと木を叩く樹上のわたしに気づいた。

「あんた、たしか最近来た魔法使いの、イオノ……？」

「一人でこれやったの？　やるじゃん」

男女二人組の冒険者は、そんな声をかけてきた。

ちょっと悩んだけど、わたしは飛び降りた。

「にゃる・しゅたん」

重力操作で、ゆっくりと地面まで到達する。

すると、二人組は顔色を変えた。

「まさか、特殊な才能が必要とされる、闇魔法……!?」

「初めて見た……」

驚いている二人を見て、わたしは答えた。

「…………悪い?」


わたしずっとここでゴブリン引き寄せて戦ってたけど、もしかしてここ街に近すぎていっぱい引き寄せるのはちょっとダメだったのかな? 死体ってすぐに片付けないとやっぱりダメですかでもそういうの知らないんだけど誰も教えてくれなくて、こういう感じになってまして。えへへ。悪かったら教えてください。


くらいのことをマイルドに言いたかったんです。

でもほら、あんまりわたしうまく喋れないタイプっていうか。そういう感じなので、口から出たのがそれだけだった。

よりによって『悪い?』って一言って。感じわる。

「いや……別に文句をつけようってわけじゃないんだ」

「……行こうよ。闇魔法の縄張りなら、モンスターがすぐに寄ってくるよ」

「ああ、そうだな」

二人の冒険者たちは、いそいそと立ち去ってしまった。

ああ、聞きたいことあったのに。『闇魔法ってなに？』とかいろいろ。

そういうのぜんぜん人に聞けてないし。

それに、

「……いいなぁ」

仲間の作り方とか。

異世界難しすぎる。

ある程度ゴブリン狩りに慣れてきたら、ふと気づいたことがある。

冒険者は、仲間がいた方がいい。

まあそれは当然で、一人では勝てない相手にも、三人なら勝てる。単純な話だ。

ゴブリンすら、仲間と一緒に行動してる。わたしにはいないのに。

……まあ、結局、異世界でも陽キャが最強ってことなんですけど。

世界はどこも、そういうふうにできているらしい。

仲間を作るために、ちょっと冒険者と話をしようとしてみた。結果、ダメでした。わたしって、そういうのあんまり得意じゃない……。

……陰キャは異世界でうまく生きる人権もないんですか？　人権ください。

だけど、大物のモンスターを倒して帰ってきた寡黙な冒険者に、人がわっと集まるのを見て解決策を思いついた。

……わたしも強くなれば、わたしなんかでも、向こうから話しかけてくれるんじゃないかな。

さすがっすねー、チグサさん。お噂はかねがね聞いてますよー。いっちょう私のゴールデンなパーティーに参加しませんか？　的な展開が待ってるかも。

「えへへへへ……」

「!?　だ、誰だ!?」

その日、再び木の上で考え込んでいたら、いつの間にかまたしても誰かが来ていたらしい。

わたしを見上げるその人物は、変わった仮面を被っていた。変なファッションセンスの人だなー。

「き、貴様は……!?」

貴様て。失礼な。

「……にゃる」

ふよふよ落ちていくと、相手はいきなり仮面の下で壴んだようだった。

「おお……！　その力、まさかと思ったが……本物だったか」

「……誰？」

『ですか？』まで言いたかったー!!

で後悔するわたしの目の前で、彼はうんうんと奇妙にうなずいた。

「警戒するのは当然だ。我々のような力ある者は、無能な凡愚に迫害を受ける。――しかし私にも、この力があるのだよ」

仮面の人は手を広げて呪文を唱えた。

「ナ　ブサンク　ウガーナ　グヌ　ニス　ハゴカ　ルルーエーヤー」

するとわたしと同じように、ふよふよ浮き始める。あ、同じ魔法だこれ。

「闇魔法……」

「そのとおりだ。しかし、洗練されてこそいないものの、貴様からは大した力を感じるな……。すぐにでも、私を追い抜くだろう。そのために、この魔導書をやる」

彼の影から、一冊の本が出てきて、わたしの方へ飛んできた。

魔導書!?　わー、これ読むと強くなれるのかな？　ていうか、なにこの人とっても親切！

どゆこと?

「不思議そうな顔をするな。凡百《ぼんびゃく》の魔法使いどもと、我々は違う。我らは星辰《せいしん》の彼方に祈りを捧げるためにある。この世界を父へと開く。それさえできるならば、私でなくてもいい。お前でなくてもいい。門を開くこと、それだけだ」

なに言ってんのかわかんない。

「門を開く……」

「そうだ。期待しているぞ、新たな混沌の兄弟よ。イア、イア……」

ぶつぶつ言いながら、彼は去っていった。

よくわかんないけど、ありがとう親切な人！

「ふむふむふむ……」

魔導書。読めるのか分かんなかったけど、読めなかった。

なんかギルドでも使わない難しそうな字で書かれている。

だけどなんとなくページを見つめてると〝思い出している〟ような感じで、闇魔法のことが分かってくる。

なんか不思議な本だった。

「むむむ……。いぁ　いぁ　ふんぐるい　むぐるうなふ……しゃめっしゅ、しゃめっしゅ……くとぅるふ・ふたぐん……にゃるらとてっぷ・つがー」

呪文を唱えると、わたしの影が広がって、中からなんだか奇妙な生き物が出てくる。どうやら召喚呪文が闇魔法の強いやつらしい。

でも、

「なんかこの呪文ぼーっとするんだよね、頭が」

ちょっと合ってないかもしれない。どこかから誰かが見てくるような、変な感じもするし。

「もっと可愛いか、かっこいいのがいいな……」

しっくりこない。

呪文。影の中。召喚。しっくり。

ということは？

……ふふふ、ここは異世界。地球の法は及ばない。

「これだ……！」

著作権法とかね。


両手で掌印《しょういん》を組んで、唱える。

「千種影操咒法《ちくさのえいそうじゅほう》――〈蛸〉！」

呼び出した蛸足はゴブリンもオオカミもまとめて締め上げて、押し潰した。

うわめっちゃ強い。

「わたし、強くなってる……！」

さっそく冒険者ギルドで難しそうな依頼を受け取って、ダンジョンだか洞窟だかを一人で潰して意気揚々と戻ってきた。

これでわたしも、陽キャの仲間入りだ……！


――一時間後。

「おいっ、マジでホブゴブリンの巣は壊滅してる！」「たった一人で？」「化け物かよ、あの魔法使い……」「喚起位階に到達してる闇魔法使いだと……？」「誰か話聞いてこいよ……」「無茶言うな」「こえーよ、魔女だぞ……」

誰も話しかけてくれません。

……あれぇ……？

「……足りないの？」

思わずそう聞いたけど、誰も目を合わせてくれないから独り言を言ってるみたいになっちゃった。

むう、おかしいなー。ゴブリンの巣一つじゃ駄目だったかな？

仕方ないので、次の日にもう一つ潰しに行った。

でもやっぱり誰も話しかけてくれなかった。

「昨日『足りない』とか言ってたらしいぜ……」「マジか……いくつ命を潰せば満足するんだ……」「こええ……」

それ、わたしが知りたいんだけどなー。

仲間ができない。

陰キャじゃダメですか？　ぴえん……。

「なんでじゃ……」

またしても木の上で黄昏《たそが》れる時間が増えた。

闇魔法のおかげで、わたしの戦いはずっと楽になっていた。

いちいち木の上に逃げる必要すらない。敵が出たら、闇魔法で助けを呼べばいい。ただそれだけだ。

人間の助けを呼べたことは一回もないんですけどねアハハハハ。

……泣きそう。

とかやりながらも、順調に倒すモンスターを強くしていった結果、わたしはそこそこ有名になった。

そんな時である。

「誰か助けてくれ！」

森の中を歩いていたら、叫び声が聞こえた。

そちらの方に飛んでいくと、見覚えのある冒険者の男女二人組がいた。

なんか大きい猪に襲われてる。

「千種影操咒法《ちくさのえいそうじゅほう》――〈蛸〉」

蛸足を呼んで、猪を摑んで地面に叩きつけた。それで戦いは終わり。

わたしが振り返ると、二人はポカンとしていた。

……あれ、大チャンスでは!?

落ち着け落ち着けわたし。ここはたぶん、第一声が大事だ。

助けてあげたところでいい感じに冒険者と関係を修復できれば、ソロ活動から抜け出せる。

……なんて言う？　『怪我はないですか？』『無事ですか？』『よく頑張った？』『後は任せろ？』

よくわからなくなってきた！

「……わな、かろ……にゃる！」

「や、闇魔法使いイオノ……？　罠……？　狩る……？」

あー、舌がこんがらがって直すのにいちばん言い慣れたのが出るー！

「……どうして、ここに？」

結局、口からスムーズに出たのはそれだった。

「それは――」

「ゲギャァアアア!!」

男の方がなにか言おうとした時に、横合いからゴブリンのとち狂った声が響いた。

襲い掛かってきたので、出しっぱなしだった蛸足で薙《な》ぎ払《はら》う。けど珍しく、大きいホブゴブリンとかも来ていた。

なんだろう。やけに大量。

「じゃま」

今はそういうの求めてない。

「千種影操咒法《ちくさのえいそうじゅほう》――〈顎門《あぎと》〉」

ゴブリンの群れを顎に見立てた手から見る。遠近法で手のひらより小さくなって挟まれた群れが、木の影から飛んだサメの大顎にまとめて噛み砕かれた。

……しまった、とっさに。

これ使うとサメが換金部位を食べちゃうんだよね……。まあ、仕方ない。非常事態だったし。人命優先。

「うわあ……一人でも大丈夫だったな……」

「あれくらいなら」

怪我をしたらしい女の人に返答して、会話が途切れた。


よく周囲を見てみれば、この二人も相当ゴブリンたちとやり合ってたらしい。見慣れたモンスターの死体が転がり、イノシシっぽいのは毛むくじゃらのオークだった。

「……？　こんなにたくさん、珍しい」

この森はちょっと、高い所まで飛べばすぐに町が見える程度の近場だ。じゃないと迷うし。

こんなにたくさん、強いモンスターがいるのは珍しい。

「そうだよ。私たちは、このモンスターの群れの調査に来たんだ」

腕の傷に薬をぶっかけて手当てをする女性の方が、そんなことを言う。手にしてるのは短槍《たんそう》だ。

「まさか、ここまでモンスターがいるとは思ってなかった。実際やばかったよ」

盾と片手剣で武装した男の人が、肩をすくめた。女性が顔をしかめる。

「だから引き返そうって言ったんだ」

「よく言うよ。ぶつくさ言いながら、俺の後ろに付いてきたくせに」

「それはパーティーなんだから仕方ないだろ！」

唐突にやいやい言い始める二人組。なにこれ？　ぼっちのわたしを、もっと孤独にしようっていうあれ？

「……わたし、邪魔？」

「いや違うんだ。俺たちは、この辺で怪しい魔法使いを探してる」

「……つまり、わたしを？」

ちょっと距離をとる。そしたら男の方は慌てて言い募る。

「いやいやいや、そうじゃないんだ！」

「ちょっとそうかと思ってたよ。だから、この依頼を受けたんだ。怪しい邪教徒が、モンスターを呼び寄せてるっていう噂を確かめにね」

「メリアン！」

「るっさいわねレンドール。事実でしょ」

　メリアンと呼ばれた女性がにらみ返す。

「でも違った。せっかく集めたモンスターに、あんたまで襲われてるみたいだからね。おまけに、考えてたよりずっとやばい」

「こんなこと言ってるけど、彼女はきみが森を狩り場にしてるから、最初に一番危なくなるならイオノだって言って、ここに」

「るっさいな！　一番怪しいのもこいつって言っただけじゃんよ！」

　なんかもめてる。

「……で、誤解は解けた？」

「っ、悪かったわよ。モンスターを呼んでたのは、あんたじゃない」

　メリアンがそっぽを向いて認めた。

　良かった。疑われてたら困る。


　だけど、仲間になるチャンス失敗かー。

　二人組だし。わたしが入る隙なんてなさそう。

　三人でいると、だいたい黙っちゃうんだよね、わたし一人だけ。

「じゃあ……」

「待ってくれ！　なあ、よかったら一緒に行かないか？」

立ち去ろうとしたらいきなり逆転した。

「いつも寡黙な話題の魔法使いイオノに、うちの冒険者ギルドは興味津々だろ？」

なにそれ、知らない。

「あなたが一人を好むのは知ってるけど、今回は一人でいると疑われてしまう」

あれー？　仲間を作ろうとしてたんだけどなー？

「だから、ここは俺たちに協力してくれないか」

「レンドール！」

「俺たちだけだと、モンスターも手に負えないだろ」

「それはそうだけど……魔女だって、事情があるかもしれないじゃん。こんなに人を避けてるんだから」

「……いいよ」

気合を入れてそう告げた。

「えっ？」

メリアンが驚いた顔でこっちを向く。

私はもう一回、今度は、大きく息を吸ってから答える。

「だから、いいよ。その依頼、手伝う」

そういうことになった。

なけなしの勇気を振り絞った結果、ついに念願の仲間が！

これも闇魔法で二人を助けられたおかげ。

ありがとう、魔導書くれたおじさん！

きっとこういうことのために、魔導書くれたんだね。情けは人のためならず！　いやっほう！


「……」

「……」

「……」

空気がやばかった。

きっかけは昨日の夜。冒険者ギルドが古い廃村の場所を調べていたらしく、森の中で人が闇雲に住むのは無理ということで、その廃村跡を調査に行く。

そう聞かされて、森の奥へとモンスターを蹴散らして進みながら、一晩の宿をそこに作った。

『疑って悪かったよ……』

そんな言葉と共に差し出された、一杯のスープ。それはまぎれもなくメリアンにとってお詫《わ》びの品だったと思う。

わたしは無言でそれを受け取って、食べて、

『生臭い……！』

昼間に倒したオーク肉の匂いに悶絶《もんぜつ》した。スープの具にしていい匂いなのこれ？

お詫びの食べ物をついついまずいと言ったばかりに、焚き火の炎で少しだけ明るく温まった空気が、闇魔法より暗く冷えた。

『お、お酒でもどうかな？』

レンドールがフォローしてくれた。

『あっ、わたし飲めないからいいです』

断った。一度も飲んだことないし、飲める自信がない。

空気がゼラチンみたいに固まった。そんな気がした。

そんな夜が明けて、翌日が今である。

朝から誰も話さない。空気が重ぃ。つらい。

……うぅ、こんなことになるなら、勇気なんて出すんじゃなかった。

三日坊主どころか一日も必要とせず、わたしは早速後悔していた。

消えたい。

黙って歩くこと一時間くらい。

目的の廃村に、到着した。

そこは見るからにボロボロの家屋が点在するだけの、小さな空間だった。

「荒れてるな」

メリアンが家の残骸っぽい柱を突っつくと、それだけで家屋の壁だったらしいものは倒れた。

「……でも、あそことか、怪しい」

わたしが指をさしたのは、崩れた神殿っぽいところ。

石造りだったらしく、大きな石柱が倒れて、出入り口を塞いでいる。

「あんなとこ、どうやって出入りするんだよ？」

「千種影操咒法《ちくさのえいそうじゅほう》――〈袋〉」

重力を操作して、障害物を軽く浮かせた。

できることがだいぶ違うので、怪しいと思うポイントがずれてたらしい。

「当たりみたいだ、イオノ」

レンドールが武器を構えながら、そう言った。

開いた神殿の出入り口から、ぞろぞろとモンスターが現れる。

「早いな……ここに冒険者が来るのは、もっと後だと思っていたが……」

「森に配置したモンスターどもは、囮かよ」

「だが、運が悪かったな、冒険者ども。なにも見つけられずに帰るなら、見逃してやれたというのに……」

なんか言いながら、神殿の奥から誰か人間が現れた。

「己の不《ふ》こ――」

「にゃる・がしゃんな！」

現れたので、浮いていた石柱を思いっきり落とした。

なんか言おうとしてたかもしれない。

でも、ここでいいところを見せて二人と仲直りしたいんだわたしは。そういう口上を聞いている場合じゃない。

「なにをする！　この、この蒙昧《もうまい》な凡愚ども!!」

潰れたと思ったのに、変なおじさんだけは立ち上がった。モンスターも、まだ少し残ってる。

困るな。

「殺してやる！」

おじさんの叫び声で、モンスターたちが飛びかかってきた。

あわせて村の周囲からもいっぱい。なんかくる。むう。

「メリアン！」

わたしが目を逸らした瞬間。レンドールが叫んで、前に出た。

ホブゴブリンが、文字どおり飛んできていた。力は強いが。鈍くて足が遅い。

そう思っていたら、どうやら変なおじさんが魔法で飛ばしてきたらしい。

……変なおじさんのほうが、連携できてる!?

ちょっとショックだった。

びっくりしている間に、レンドールは盾で飛んできたホブゴブリンを殴り飛ばして、メリアンはオオカミに乗ったゴブリンを槍で牽制《けんせい》。

わたしは、

「ぁ、わああ〜!?　痛《い》ったい!!」

後ろから飛んできた石が頭にぶつかって、血が出ていた。

ひぃぃ。

後ろから飛んでくるものとか、わかんないってば！　ズルくない!?

「い、イオノ？」

「どうしたんだあれ……まるでド素人……」

メリアンとレンドールがわたしを見てびっくりした顔になっている。

「あっ、当たり前でしょ！　こんな生活始めて、まだ一ヶ月くらいしか経ってないよ！　一ヶ月っていったら夏休みにも行ってないじゃん！　新入生ですよ！」

頭から流れる血でパニックになりかけつつ叫び返す。

「ひどいよー……ぅぅ……」

涙出てきた。

「なんだ貴様、そのザマは？　森で見かけた時とは、どうも気配が薄れているし……さては、あの魔導書を読まなかったな」

「は？　なんのこと？」

「しらばっくれるとは失望した。私の見込み違いだったようだ」

変なおじさんは、なんかぶつぶつ言っている。

「その程度の混沌しか持たないのなら、貴様の技量も知れたもの。もういい小娘。この場で果てるがいい」

変なおじさんが手を振ると、周りから一斉にモンスターがやってきた。

防ぎきれない。やばい。

「イオノ！」「イオノ、ごめん！」

二人がわたしのところに駆けつけてきた。

「あたしたちてっきり、やばい魔法使いと勘違いを――」

「あっ、ちょっと口閉じたほうがいいですよ」

メリアンにそう告げて、掌印を結ぶ。

二人が近くに来てモンスターを押し止めてくれたので、できることがある。

「千種影操咒法《ちくさのえいそうじゅほう》――〈袋〉〈蛸〉」

重力操作で三人とも無重力になる。蛸足で空高く持ち上げる。

最後に、

「連続詠唱《にゃるにゃる》――〈蛸顎門《たこあぎと》〉」

蛸足で地上を泳ぐサメを召喚。空から見下ろす地上を、ぜんぶ影の中の地獄に落とす。

全員空中に避難したからできる、大技だ。

召喚した化け物が、生き物全部を見境なく襲ってる。わー、怖い。

「バカな!?　これほどの力を持ちながら、なぜそのような正気でいられるのだ!?」

蛸足に全身からめ取られながら、必死でそれに抵抗している変なおじさん。こっちを向いて、叫んでいる。

「な、なんだその詠唱は!?　呪印は!?　星辰の彼方におわす神々を奉じるなら、作法に従え！　魔導書はどうしたァ！」

魔導書魔導書って、連呼されてようやく思い出すものがある。

「もしかして、あの謎の良い人にもらった魔導書？」

なんでこの人が知ってるんだろう？　ちょっと不思議だけど、一応答えてあげる。

「あれはですね、ちょっとわかんなかったです」

わたしの答えに、変なおじさんは目を見開いて血走らせた。

「――は。この世界は、邪悪だ」

小さくつぶやいて、おもむろに自分の首を切り裂いた。

「えっ、なんで!?」

思わず口に出したわたしの疑問に答えることはせず、変なおじさんはただ笑った。大量の血を首と口からまき散らしながら、サメの口に自ら飛び込んでいった。

「ひえぇ……邪教徒って怖い……」

最後まで変なおじさんだった。

「イオノの技の方が怖いけどな……」

メリアンが、小さくそんな事をつぶやいていた。ひどい。

地上で暴れまわる蛸足の生えたサメは、動くものがなくなったら闇に溶けていった。


「ごめんな、イオノ。あたしたち誤解してたよ。もっと怖いやつだと思ってた」

「まったくだ。上から目線で言ってたんじゃなく、ただ、子どもだったんだな……」

「あっ、えっと、はい」

理由はわからないけど、二人の態度はとても柔らかくなっていた。

ようやく仲間っぽいものが、わたしにもできたのかもしれない。

嬉しい。

闇魔法のおかげだ。あの時の仮面の人、ありがとう。


そう思いながら廃墟《はいきょ》を探索して、あの変なおじさんを退治した証拠を探す。冒険者ギルドは、いつもそういうところあるからね。証拠くらいなにか一つ持って行かないとね。

「おっ、変な仮面があったよ。これはどうだい？」

「仮面だけじゃなぁ」

二人が手に取った仮面。それには見覚えがあった。

「その仮面は……えっ、あ、あの本くれた人だったんだ……！」

驚愕《きょうがく》の真実。親切な仮面の人はあの変なおじさんだった！

「本？　本をもらったのか、イオノ？」

「もしかして魔導書か？」

二人に詰め寄られたので、わたしは恐る恐る本を取り出して二人に見せる。

「あっ、はい。これ」

「闇魔法の魔導書！」「これがあれば証拠は充分だ」

二人とも意見が一致していた。つまりこれ、邪教徒の象徴なの？

「えっ、わたしもしかして、邪教徒扱いされちゃうの？」

顔から血の気《け》が引いてるのがわかった。そんなわたしに、二人は顔を見合わせてニヤリと笑った。

「そんなわけないだろ？　あーでも、疑われちゃうかもな～」

「俺たち二人で、かばってやらないとそうなるかもな～」

「えっ？　えっ？　ど、どうしよう」

慌てるわたしに、メリアンとレイドールはクスクス笑いながら言った。

「今日の晩飯当番は、イオノだから。それでかばってあげる」

「生臭かったら普通に言うから安心しろ？」

微笑む二人の親切な言葉に、わたしはゆっくりとうなずくのだった。


一時間後。

「危ないところだった……」

森の中を歩いて町に戻るその道中、わたしは〈袋〉と〈蛸〉を使って一瞬で飛んで逃げたのだった。

○

「いや、ラストがおかしくないか!?」

焚き火を囲んで千種の異世界デビューの話を聞いていたら、ほんわか終わりそうだったラストが夜逃げみたいになった。

どういうことだ。

「もう騙されません。なにもしてないのに甘言《かんげん》を弄《ろう》するのは、騙そうとしてる証拠です。……邪教徒さんみたいに、親切のふりして弱みを押しつけたりするんだ……わたしにはわかるんだ……ふへへ……」

　酔って赤くなった顔で、目を血走らせながらつぶやく千種。

　人間不信になってた。

「かわいそうなチグサ。私は見捨てないからね！」

　ミスティアが叫んで千種の頭を撫で回す。

「まあ次の町で砂糖を買ってから、わたしがな～んにもお菓子とか作れないことを思い出したんですけどね……結局、冒険者しかできねえ闇魔法でしゅ……」

　ラストどころか、そのエピローグまでひどかった。

「苦労したんだな……」

　そう言うしかない。


　女神様に説明してもらって希望を言って、おまけに俺のやりやすい能力までついてきた。

　そんな自分が千種に言えることなど、それしかない。

「はい……お腹いっぱいしました……」

「聞いてるだけで俺まで胸いっぱいだよ……」

　彼女はとろんとした目で俺を見た。

「じゃあ、千種の異世界・宮廷編～美味しいご飯があるって言われたのに騙された女子高生は無双したいけどできません～は、次回にしますね……」

「次回はもうちょっと、救いのある展開にしてくれ……」

もはやそう答えるしかなかった。彼女の過去はまだまだつらい部分が続くらしい。

今ここにいることが楽しくなってほしい。そう願わずにはいられない夜だった。

あとがき

まずはこの本の出版に関わった全ての関係者様に謝辞を。

そして読者様。お買い上げありがとうございます。長田《ながた》信織《のぶおり》です。

今回は初めてのウェブ連載からの書籍化です。文体をいろいろと調整してウェブに合わせたので、書籍に改めて直すというのは初めての経験でした。

いかがだったでしょうか？　お楽しみいただけてたら幸いです。


さて、本作をお読みいただいた方にはお察しの方もいるかもしれませんが、私も多少のキャンプ経験があります。

といっても、毎年何回も行っていたのは、昔の話。子どもの頃の十数年くらいですね。

結構つらかったですね。キャンプのための道具を背負って十キロほどの徒歩行進。やたらと重くて古くさくて子どもが立てるのには一苦労な三角テント。

薄寒いグランドシートの上に銀マットを敷いて、どうにかして眠る。

こんな苦行を何度も何度もやる理由がちょっと分からない。

そして本格的な三泊四日ともなれば、文明から離れた山の奥で。たった三日間のためだけに、竹と麻紐《あさひも》だけででかい家具を作らされたり、やたらと深い穴を二時間かけて掘らされたり。家に帰れば帰ったで全身から荷物から靴まで泥だらけなので、親には悲鳴を上げられました。疲れ切った体に鞭《むち》打って洗わなければなりません。泥は染み込み、乾くともう取れないので。

こんなに苦しいことを、何年も何年もやっているのはどうかしている。そう思いながらやってました。慣れたらなんだかんだやれるものです。

ただ、一番大きなキャンプでは自衛隊の車両が来ていて、それはテンション上がった記憶があります。あの野営地イベントでは、たしか数百人くらいが寝泊まりしていたらしいというおぼろげな記憶。

楽しかったのはあの時くらいですね。

ひどい時のキャンプでは、キャンプ地のコンディションも最低で、本当に疲れ切ってしまいました。

土砂降りの大雨が降っていて、テントすら立てられない悪条件下の中、なんとか天幕だけを張ってみんなで体を寄せて寝ました。

下っ端だった私は、端っこに追いやられました。寒かった。

その時に「マムシが出るから気をつけろ」と言われていたんですが、ちゃんと出ました。寝ている時に、私の横を触れ合うほど近くを通っていました。でも疲れ切っていたので、マムシを無視して寝ました。嚙《か》まれたら起きるからええやろ。

マムシと添い寝するキャンプ経験は、さすがにそれ一回きりでしたが。

そして現在、キャンプブームで私は知りました。キャンプって娯楽だったんですよ。みなさん知ってましたか？

私は娯楽に行ってみました。それは娯楽でした。

あの時の苦行はキャンプじゃなかったみたいです。キャンプど素人でした長田信織です。よろしくお願いします。

二〇二三年　初夏

異世界《いせかい》のすみっこで快適《かいてき》ものづくり生活《せいかつ》
～女神《めがみ》さまのくれた工房《こうぼう》はちょっとやりすぎ性能《せいのう》だった～

著者／長田信織《ながたのぶおり》
イラスト／東上文《とうじょうぶん》

2023年8月17日　初版発行

発行者／山下直久
発行／株式会社ＫＡＤＯＫＡＷＡ
〒102-8177　東京都千代田区富士見2-13-3
0570-002-301（ナビダイヤル）
印刷／図書印刷株式会社
製本／図書印刷株式会社

【初出】……
本書は、カクヨムに掲載された『異世界のすみっこで快適ものづくり生活』を加筆、訂正したものです。

ISBN978-4-04-915211-1　C0093　Printed in Japan

ファンレターあて先
〒102-8177
東京都千代田区富士見2-13-3
電撃の新文芸編集部

「長田信織先生」係
「東上文先生」係